MARC LEVY

En 2000, Marc Levy publie son premier roman *Et si c'était vrai…* Viennent ensuite *Où es-tu ?* (2001), *Sept jours pour une éternité…* (2003), *La Prochaine Fois* (2004), *Vous revoir* (2005), *Mes amis, Mes amours* (2006), *Les Enfants de la liberté* (2007), *Toutes ces choses qu'on ne s'est pas dites* (2008), *Le Premier Jour* et *La Première Nuit* (2009), *Le Voleur d'ombres* (2010), *L'Étrange Voyage de Monsieur Daldry* (2011), *Si c'était à refaire* (2012), *Un sentiment plus fort que la peur* (2013), *Une autre idée du bonheur* (2014), *Elle & lui* (2015), *L'Horizon à l'envers* (2016), *La Dernière des Stanfield* (2017) et *Une fille comme elle* (2018). Tous ses romans ont paru aux Éditions Robert Laffont/Versilio. Traduit dans le monde entier, adapté au cinéma, Marc Levy est depuis plus de dix-huit ans l'auteur français contemporain le plus lu dans le monde.

Retrouvez toute l'actualité de Marc Levy sur :
www.marclevy.info

LES ENFANTS
DE LA LIBERTÉ

DU MÊME AUTEUR
CHEZ POCKET

MARC LEVY

LES ENFANTS
DE LA LIBERTÉ

**Robert
Laffont**

Pocket, une marque d'Univers Poche,
est un éditeur qui s'engage pour la
préservation de son environnement et
qui utilise du papier fabriqué à partir
de bois provenant de forêts gérées de
manière responsable.

© Éditions Robert Laffont, S.A., Susanna Lea Associates, Paris, 2007
ISBN : 978-2-266-29065-4

J'aime bien ce verbe « résister ». Résister, à ce qui nous emprisonne, aux préjugés, aux jugements hâtifs, à l'envie de juger, à tout ce qui est mauvais en nous et ne demande qu'à s'exprimer, à l'envie d'abandonner, au besoin de se faire plaindre, au besoin de parler de soi au détriment de l'autre, aux modes, aux ambitions malsaines, au désarroi ambiant.

Résister, et... sourire.

Emma DANCOURT

À mon père,
à son frère Claude,
à tous les enfants de la liberté.

À mon fils
et à toi mon amour.

Je vais t'aimer demain, aujourd'hui je ne te connais pas encore. J'ai commencé par descendre l'escalier du vieil immeuble que j'habitais, le pas un peu pressé, je te l'avoue. Au rez-de-chaussée, ma main, qui avait serré la rambarde, sentait la cire d'abeille que la concierge appliquait méthodiquement jusqu'au coude du deuxième palier les lundis et puis vers les derniers étages les jeudis. Malgré la lumière qui dorait les façades, le trottoir était encore moiré de la pluie du petit matin. Dire que sur ces pas légers, je ne savais encore rien, j'ignorais tout de toi, toi qui me donnerais sûrement un jour le plus beau cadeau que la vie fait aux hommes.

Je suis entré dans le petit café de la rue Saint-Paul, j'avais du temps dans mes poches. Trois au comptoir, nous étions peu à être riches de cela ce matin de printemps. Et puis, les mains derrière sa gabardine, mon père est entré, il s'est accoudé au zinc comme s'il ne m'avait pas vu, une façon d'élégance bien à lui. Il a commandé un café serré et j'ai pu voir le sourire qu'il me cachait tant bien que mal, plutôt mal. D'un tapotement sur le comptoir, il m'a

11

indiqué que la salle était « tranquille », que je pouvais enfin me rapprocher. J'ai senti, en frôlant sa veste, sa force, le poids de la tristesse qui écrasait ses épaules. Il m'a demandé si j'étais « toujours sûr ». Je n'étais sûr de rien, mais j'ai hoché la tête. Alors il a poussé sa tasse très discrètement. Sous la soucoupe, il y avait un billet de cinquante francs. J'ai refusé, mais il a serré très fort les mâchoires et grommelé que, pour faire la guerre, il fallait avoir le ventre plein. J'ai pris le billet et, à son regard, j'ai compris qu'il fallait maintenant que je parte. J'ai rajusté ma casquette, ouvert la porte du café et remonté la rue.

En longeant la vitrine, j'ai regardé mon père à l'intérieur du bar, un petit regard volé, comme ça ; lui m'a offert son ultime sourire, pour me faire signe que mon col était mal ajusté.

Il y avait dans ses yeux une urgence que je mettrais des années à comprendre, mais il me suffit aujourd'hui encore de fermer les miens en pensant à lui, pour que son dernier visage me revienne, intact. Je sais que mon père était triste de mon départ, je devine aussi qu'il pressentait que nous ne nous reverrions plus. Ce n'était pas sa mort qu'il avait imaginée, mais la mienne.

Je repense à ce moment au café des Tourneurs. Cela doit demander beaucoup de courage à un homme d'enterrer son fils alors qu'il prend un café-chicorée juste à côté de lui, de rester dans le silence et de ne pas lui dire « Tu rentres à la maison tout de suite et tu vas faire tes devoirs ».

Un an plus tôt, ma mère était allée chercher nos étoiles jaunes au commissariat. C'était pour nous le signal de l'exode et nous partions à Toulouse. Mon

père était tailleur et jamais il ne coudrait cette saloperie sur un bout d'étoffe.

Ce 21 mars 1943, j'ai dix-huit ans, je suis monté
dans le tramway et je pars vers une station qui ne
figure sur aucun plan : je vais chercher le maquis.

Il y a dix minutes je m'appelais encore Raymond,
depuis que je suis descendu au terminus de la
ligne 12, je m'appelle Jeannot. Jeannot sans nom. À
ce moment encore doux de la journée, des tas de
gens dans mon monde ne savent pas ce qui va leur
arriver. Papa et maman ignorent que bientôt on va
leur tatouer un numéro sur le bras, maman ne sait
pas que sur un quai de gare, on va la séparer de cet
homme qu'elle aime presque plus que nous.

Moi je ne sais pas non plus que dans dix ans,
je reconnaîtrai, dans un tas de paires de lunettes
de près de cinq mètres de haut, au Mémorial
d'Auschwitz, la monture que mon père avait rangée
dans la poche haute de sa veste, la dernière fois que
je l'ai vu au café des Tourneurs. Mon petit frère
Claude ne sait pas que bientôt je passerai le
chercher, et que s'il n'avait pas dit oui, si nous
n'avions pas été deux à traverser ces années-là,
aucun de nous n'aurait survécu. Mes sept camarades, Jacques, Boris, Rosine, Ernest, François,
Marius, Enzo, ne savent pas qu'ils vont mourir en
criant « Vive la France », et presque tous avec un
accent étranger.

Je me doute bien que ma pensée est confuse, que
les mots se bousculent dans ma tête, mais à partir
de ce lundi midi et pendant deux ans, sans cesse
mon cœur va battre dans ma poitrine au rythme que
lui impose la peur ; j'ai eu peur pendant deux ans, je
me réveille encore parfois la nuit avec cette foutue
sensation. Mais tu dors à côté de moi mon amour,

même si je ne le sais pas encore. Alors voilà un petit bout de l'histoire de Charles, Claude, Alonso, Catherine, Sophie, Rosine, Marc, Émile, Robert, mes copains, espagnols, italiens, polonais, hongrois, roumains, les enfants de la liberté.

PREMIÈRE PARTIE

1.

Il faut que tu comprennes le contexte dans lequel nous vivions, c'est important un contexte, pour une phrase par exemple. Sortie de son contexte elle change souvent de sens, et pendant les années qui viendront, tant de phrases seront sorties de leur contexte pour juger de façon partiale et mieux condamner. C'est une habitude qui ne se perdra pas.

Aux premiers jours de septembre, les armées d'Hitler avaient envahi la Pologne, la France avait déclaré la guerre et personne ici ou là ne doutait que nos troupes repousseraient l'ennemi aux frontières. La Belgique avait été balayée par la déferlante des divisions de blindés allemands, et en quelques semaines cent mille de nos soldats mourraient sur les champs de bataille du Nord et de la Somme.

Le maréchal Pétain fut nommé à la tête du gouvernement ; le surlendemain, un général qui refusait la défaite lançait un appel à la résistance depuis Londres. Pétain préféra signer la reddition de tous nos espoirs. Nous avions perdu la guerre si vite.

En faisant allégeance à l'Allemagne nazie, le maréchal Pétain entraînait la France dans une des périodes les plus sombres de son histoire. La république fut abolie au profit de ce que l'on appellerait dorénavant l'État français. La carte fut barrée d'une ligne horizontale et la nation séparée en deux zones, l'une au nord, occupée, et l'autre au sud, dite libre. Mais la liberté y était toute relative. Chaque jour voyait paraître son lot de décrets, acculant à la précarité deux millions d'hommes, de femmes et d'enfants étrangers qui vivaient en France dépourvus désormais de droits : celui d'exercer leur métier, d'aller à l'école, de circuler librement et bientôt, très bientôt, celui d'exister tout simplement.

Ces étrangers qui venaient de Pologne, de Roumanie, de Hongrie, ces réfugiés espagnols ou italiens, la nation devenue amnésique en avait pourtant eu sacrément besoin. Il avait bien fallu repeupler une France privée, vingt-cinq ans plus tôt, d'un million et demi d'hommes, morts dans les tranchées de la Grande Guerre. Étrangers, c'était le cas de presque tous mes copains, et chacun avait subi les répressions, les exactions perpétrées dans son pays depuis plusieurs années. Les démocrates allemands savaient qui était Hitler, les combattants de la guerre d'Espagne connaissaient la dictature de Franco, ceux d'Italie, le fascisme de Mussolini. Ils avaient été les premiers témoins de toutes les haines, de toutes les intolérances, de cette pandémie qui infestait l'Europe, avec son terrible cortège de morts et de misère. Tous savaient déjà que la défaite n'était qu'un avant-goût, le pire était encore à venir. Mais qui aurait voulu écouter les porteurs de mauvaises nouvelles ? Aujourd'hui, la France n'avait plus besoin d'eux. Alors ces exilés, venus de l'Est ou du Sud, étaient arrêtés et internés dans des camps.

Le maréchal Pétain n'avait pas seulement renoncé, il allait pactiser avec les dictateurs d'Europe et, dans notre pays qui s'endormait autour de ce vieillard, se pressaient déjà chef de gouvernement, ministres, préfets, juges, gendarmes, policiers, miliciens, plus zélés les uns que les autres dans leurs terribles besognes.

2.

Tout a commencé comme un jeu d'enfants, il y a trois ans, le 10 novembre 1940. Le triste maréchal de France, entouré de quelques préfets aux lauriers d'argent, entamait par Toulouse le tour de la *zone libre* d'un pays pourtant prisonnier de sa défaite.

Étrange paradoxe que ces foules désemparées, émerveillées en regardant se lever le bâton du Maréchal, sceptre d'un ancien chef revenu au pouvoir et porteur d'un ordre nouveau. Mais l'ordre nouveau de Pétain serait un ordre de misère, de ségrégation, de dénonciations, d'exclusions, de meurtres et de barbarie.

Parmi ceux qui formeraient bientôt notre brigade, certains connaissaient les camps d'enfermement, où le gouvernement français avait fait parquer tous ceux qui avaient le tort d'être étrangers, juifs ou communistes. Et dans ces camps du Sud-Ouest, qu'il s'agisse de Gurs, d'Argelès, de Noé ou de Rive-saltes, la vie était abominable. Autant te dire que pour qui y avait des amis, des membres de sa famille prisonniers, la venue du Maréchal était vécue comme un ultime assaut au peu de liberté qu'il nous restait.

Et puisque la population se préparait à l'acclamer, ce Maréchal, il fallait sonner notre tocsin, réveiller les gens de cette peur si dangereuse, celle qui gagne les foules et les conduit à baisser les bras, à accepter n'importe quoi ; à se taire avec pour seule excuse à la lâcheté que le voisin fait de même et que si le voisin fait de même, c'est donc ainsi qu'il faut faire.

Pour Caussat, un des meilleurs amis de mon petit frère, comme pour Bertrand, Clouet ou Delacourt, il n'est pas question de baisser les bras, pas question de se taire, et la sinistre parade qui va se dérouler dans les rues de Toulouse sera le terrain d'une déclaration magistrale.

Ce qui compte aujourd'hui, c'est que des mots de vérité, quelques mots de courage et de dignité pleuvent sur le cortège. Un texte gauchement écrit, mais qui dénonce quand même ce qui se doit d'être dénoncé ; et puis qu'importe ce que dit le texte ou ce qu'il ne dit pas. Reste à imaginer le moyen par lequel les tracts seront le plus largement balancés, sans se faire aussitôt arrêter par les forces de l'ordre.

Mais les copains ont bien pensé le coup. Quelques heures avant le défilé, ils traversent la place Esquirol. Ils ont les bras chargés de paquets. La police est déployée, mais qui se soucie de ces adolescents à l'allure innocente ? Les voici au bon endroit, un immeuble à l'angle de la rue de Metz. Alors, tous les quatre se glissent dans la cage d'escalier et grimpent jusqu'au toit en espérant qu'aucune vigie ne s'y trouvera. L'horizon est libre et la ville s'étend à leurs pieds.

Caussat assemble le mécanisme que ses copains et lui ont conçu. Au bord du toit, une planchette repose sur un petit tréteau, prête à basculer comme une balançoire. D'un côté ils posent la pile de tracts qu'ils ont tapés à la machine, de l'autre côté un bidon plein d'eau. Au bas du récipient, un petit trou et voilà l'eau qui file dans les gouttières tandis qu'eux filent déjà vers la rue.

La voiture du Maréchal approche, Caussat lève la tête et sourit. La limousine décapotable remonte lentement la rue. Sur le toit, le bidon est presque vide, il ne pèse plus rien ; alors la planche bascule et les tracts voltigent. Ce 10 novembre 1940 sera le premier automne du maréchal félon. Regarde le ciel, les feuilles virevoltent et, comble de bonheur pour ces gavroches au courage improvisé, quelques-unes viennent se poser sur la visière du maréchal Pétain. La foule se baisse et ramasse les tracts. La confusion est totale, la police court dans tous les sens et ceux qui croient voir ces gamins acclamer comme tous les autres le cortège ignorent que c'est leur première victoire qu'ils célèbrent.

Ils se sont dispersés et chacun maintenant s'éloigne. En rentrant chez lui ce soir-là, Caussat ne peut imaginer que trois jours plus tard, dénoncé, il sera arrêté et passera deux ans dans les geôles de la centrale de Nîmes. Delacourt ne sait pas que dans quelques mois il sera abattu par des policiers français, dans une église d'Agen où, pourchassé, il s'était réfugié ; Clouet ignore que, l'an prochain, il sera fusillé à Lyon ; quant à Bertrand, personne ne retrouvera le coin de champ sous lequel il repose. En sortant de prison, Caussat, les poumons bouffés par la tuberculose, rejoindra le maquis. Arrêté à nouveau, il sera cette fois déporté. Il avait vingt-deux ans quand il est mort à Buchenwald.

Tu vois, pour nos copains, tout a commencé

comme un jeu d'enfants, un jeu d'enfants qui n'auront jamais eu le temps de devenir adultes.

C'est d'eux dont il faut que je te parle, Marcel Langer, Jan Gerhard, Jacques Insel, Charles Michalak, José Linarez Diaz, Stefan Barsony, de tous ceux qui les rejoindront au fil des mois qui suivront. Ce sont eux les premiers enfants de la liberté, ceux qui ont fondé la 35e brigade. Pourquoi ? Pour résister ! C'est leur histoire qui compte, pas la mienne, et pardonne-moi si parfois ma mémoire s'égare, si je suis confus ou me trompe de nom.

Qu'importent les noms, a dit un jour mon copain Urman, nous étions peu nombreux et, au fond, nous n'étions qu'un. Nous vivions dans la peur, dans la clandestinité, nous ne savions pas de quoi chaque lendemain serait fait, et il est toujours difficile de rouvrir aujourd'hui la mémoire d'une seule de ces journées.

3.

Crois-moi sur parole, la guerre n'a jamais ressemblé à un film, aucun de mes copains n'avait la tête de Robert Mitchum, et si Odette avait eu ne serait-ce que les jambes de Lauren Bacall, j'aurais probablement essayé de l'embrasser au lieu d'hésiter comme un con devant le cinéma. D'autant que c'était la veille de l'après-midi où deux nazis l'ont abattue au coin de la rue des Acacias. Depuis, je n'aime pas les acacias.

Le plus dur, je sais que c'est difficile à croire, fut de trouver la Résistance.

Depuis la disparition de Caussat et de ses copains, mon petit frère et moi broyions du noir. Au lycée, entre les réflexions antisémites du prof d'histoire-géo et les sarcasmes des élèves de philo avec lesquels on se battait, la vie n'était pas très marrante. Je passais mes soirées devant le poste de radio, à guetter les nouvelles de Londres. À la rentrée, nous avions trouvé sur nos pupitres des petits feuillets titrés « Combat ». J'avais vu le garçon qui sortait en douce de la classe ; c'était un réfugié alsacien nommé Bergholtz. J'ai couru à toutes jambes pour le rejoindre dans la cour, pour lui dire que je voulais faire comme lui, distribuer des tracts pour la Résistance. Il a rigolé quand j'ai dit ça, mais je suis quand même devenu son second. Et les jours suivants, en sortant de cours, je l'attendais sur le trottoir. Dès qu'il arrivait au coin de la rue, je me mettais en marche, et lui accélérait le pas pour me rejoindre. Ensemble, nous glissions des journaux gaullistes dans les boîtes aux lettres, parfois nous les jetions des plates-formes de tramway avant de sauter en marche et de décamper.

Un soir, Bergholtz n'apparut pas à la sortie du lycée, et le lendemain non plus...

Désormais, à la fin de la classe, avec mon petit frère Claude, nous prenions le petit train qui longeait la route de Moissac. En cachette, nous nous rendions au « Manoir ». C'était une grande demeure où vivaient cachés une trentaine d'enfants dont les parents avaient été déportés ; des éclaireuses-scouts les avaient recueillis et prenaient soin d'eux. Claude et moi allions y biner le potager, parfois nous donnions des cours de maths et de français aux plus jeunes. Chaque jour passé au Manoir, j'en profitais pour supplier Josette, la directrice, de me filer un tuyau qui me permettrait de rejoindre la Résistance, et chaque fois, elle me regardait en levant les yeux au ciel, faisant mine de ne pas savoir de quoi je lui parlais.

Mais un jour, Josette m'a pris à part dans son bureau.

– Je crois que j'ai quelque chose pour toi. Rends-toi devant le 25 de la rue Bayard, à deux heures de l'après-midi. Un passant te demandera l'heure. Tu lui répondras que ta montre ne marche pas. S'il te dit « Vous ne seriez pas Jeannot ? » c'est que ce type est le bon.

Et c'est comme cela que ça s'est passé...

J'ai emmené mon petit frère et nous avons rencontré Jacques devant le 25 de la rue Bayard, à Toulouse.

Il est entré dans la rue, en manteau gris et chapeau de feutre, une pipe au coin des lèvres. Il a jeté son journal dans la corbeille fixée au lampadaire ; je ne l'ai pas récupéré parce que ce n'était pas la consigne. La consigne, c'était d'attendre qu'il me demande l'heure. Il s'est arrêté à notre hauteur, nous a toisés et quand je lui ai répondu que ma montre ne marchait pas, il a dit s'appeler Jacques et a demandé lequel de nous deux était Jeannot. J'ai fait aussitôt un pas en avant puisque Jeannot, c'était moi.

Jacques recrutait lui-même les partisans. Il ne faisait confiance à personne et il avait raison. Je sais que ce n'est pas très généreux de dire ça, mais il faut se remettre dans le contexte.

À ce moment-là, je ne savais pas que dans quelques jours, un résistant qui s'appelait Marcel Langer serait condamné à mort à cause d'un procureur français qui avait demandé sa tête et l'avait obtenue. Et personne en France, zone libre ou pas, ne se doutait qu'après que l'un des nôtres eut descendu ce procureur en bas de chez lui, un dimanche, alors qu'il allait à la messe, plus aucune Cour de justice n'oserait demander la tête d'un partisan arrêté.

Je ne savais pas non plus que j'irais abattre un salopard, haut responsable de la Milice, dénonciateur et assassin de tant de jeunes résistants. Le milicien en question n'a jamais su que sa mort n'avait tenu qu'à un fil. Que j'ai eu tellement peur de tirer que j'aurais pu me pisser dessus, que j'ai failli lâcher mon arme et que si cette ordure n'avait pas dit « Pitié », lui qui n'en avait eu pour personne, je n'aurais pas été assez en colère pour le descendre de cinq balles dans le ventre.

On a tué. J'ai mis des années à le dire, on n'oublie jamais le visage de quelqu'un sur qui on va tirer. Mais nous n'avons jamais abattu un innocent, pas même un imbécile. Je le sais, mes enfants le sauront aussi, c'est ça qui compte.

Pour l'instant, Jacques me regarde, me jauge, me renifle presque comme un animal, il se fie à son instinct et puis il se campe devant moi ; ce qu'il va dire dans deux minutes fera basculer ma vie :

– Qu'est-ce que tu veux exactement ?

– Rejoindre Londres.

– Alors je ne peux rien faire pour toi, dit Jacques. Londres c'est loin et je n'ai aucun contact.

Je m'attendais à ce qu'il me tourne le dos et s'en aille mais Jacques reste devant moi. Son regard ne me quitte pas, je tente une seconde chance.

– Pouvez-vous me mettre en contact avec les maquisards ? Je voudrais aller me battre avec eux.

– Ça aussi c'est impossible, reprend Jacques en rallumant sa pipe.

– Pourquoi ?

– Parce que tu dis que tu veux te battre. On ne se bat pas dans le maquis ; au mieux on récupère des colis, on passe des messages, mais la résistance y est encore passive. Si tu veux te battre, c'est avec nous.

– Nous ?

– Es-tu prêt à combattre dans les rues ?

– Ce que je veux, c'est tuer un nazi avant de mourir. Je veux un revolver.

J'avais dit ça d'un air fier. Jacques a éclaté de rire. Moi, je ne comprenais pas ce qu'il y avait de drôle, je trouvais même cela plutôt dramatique ! Justement, c'est ce qui avait fait rigoler Jacques.

– Tu as lu trop de livres, il va falloir qu'on t'apprenne à te servir de ta tête.

Sa remarque paternaliste m'avait un peu vexé, mais pas question qu'il s'en aperçoive. Voilà des mois que je tentais d'établir un contact avec la Résistance et j'étais en train de tout gâcher.

Je cherche des mots justes qui ne viennent pas, un propos qui témoigne que je suis quelqu'un sur qui les partisans pourront compter. Jacques me devine, il sourit, et dans ses yeux, je vois soudain comme une étincelle de tendresse.

– Nous ne nous battons pas pour mourir, mais pour la vie, tu comprends ?

Cela n'a l'air de rien, mais cette phrase, je l'ai reçue comme un coup de poing. C'étaient là les premières paroles d'espoir que j'entendais depuis le début de la guerre, depuis que je vivais sans droits, sans statut, dépourvu de toute identité dans ce pays qui était le mien, hier encore. Mon père me manque, ma famille aussi. Que s'est-il passé ? Autour de moi tout s'est évanoui, on a volé ma vie, simplement parce que je suis juif et que cela suffit à des tas de gens pour me vouloir mort.

Derrière moi, mon petit frère attend. Il se doute que quelque chose d'important se joue, alors il toussote pour rappeler qu'il est là lui aussi. Jacques pose sa main sur mon épaule.

– Viens, ne restons pas ici. Une des premières choses que tu dois apprendre, c'est à ne jamais rester immobile, c'est ainsi qu'on se fait repérer. Un gars qui attend dans la rue, par les temps qui courent, c'est toujours louche.

Et nous voilà marchant le long d'un trottoir dans une ruelle sombre, avec Claude qui nous emboîte le pas.

– J'ai peut-être du travail pour vous. Ce soir, vous irez dormir au 15 rue du Ruisseau, chez la mère Dublanc, elle sera votre logeuse. Vous lui direz que vous êtes tous les deux étudiants. Elle te demandera certainement ce qui est arrivé à Jérôme. Réponds que vous prenez sa place, qu'il est parti retrouver sa famille dans le Nord.

Je devinais là un sésame qui nous donnerait l'accès à un toit et, qui sait, peut-être même à une chambre chauffée. Alors, prenant mon rôle très au sérieux, j'ai demandé qui était ce Jérôme, histoire d'être au point si la mère Dublanc cherchait à en savoir plus sur ses nouveaux locataires. Jacques m'a aussitôt ramené à une réalité plus crue.

– Il est mort avant-hier, à deux rues d'ici. Et si la réponse à ma question « Veux-tu entrer au contact direct de la guerre ? » est toujours oui, alors disons que c'est celui que tu remplaces. Ce soir, quelqu'un frappera à ta porte. Il te dira qu'il vient de la part de Jacques.

Avec un tel accent, je savais bien que ce n'était pas son véritable prénom, mais je savais aussi que lorsqu'on entrait dans la Résistance, votre vie d'avant n'existait plus, et votre nom disparaissait avec. Jacques m'a glissé une enveloppe dans la main.

– Tant que tu paieras le loyer, la mère Dublanc ne posera pas de questions. Allez vous faire photographier, il y a une cabine à la gare. Barrez-vous, maintenant. Nous aurons l'occasion de nous revoir.

Jacques a continué son chemin. Au coin de la ruelle, sa longue silhouette s'est effacée dans la bruine.

– On y va ? a dit Claude.

J'ai emmené mon frère dans un café et nous avons pris juste de quoi nous réchauffer. Attablé contre la vitrine, je regardais le tramway remonter la grande rue.

– Tu es sûr ? a demandé Claude, en approchant ses lèvres de la tasse fumante.

– Et toi ?

– Moi je suis sûr que je vais mourir, à part ça, je ne sais pas.

– Si nous entrons dans la Résistance, c'est pour vivre, pas pour mourir. Tu comprends ?

– D'où sors-tu une chose pareille ?

– C'est Jacques qui me l'a dit tout à l'heure.

– Alors si Jacques le dit...

Et puis un long silence s'est installé. Deux miliciens sont entrés dans la salle, ils se sont assis sans nous prêter attention. Je redoutais que Claude ne fasse une connerie, mais il s'est contenté de hausser les épaules. Son estomac gargouillait.

– J'ai faim, a-t-il dit. Je n'en peux plus d'avoir faim.

J'avais honte d'avoir face à moi un gamin de dix-sept ans qui ne mangeait pas à sa faim, honte de mon impuissance ; mais ce soir nous entrerions peut-être enfin dans la Résistance et alors, j'en étais certain, les choses finiraient par changer. Le printemps reviendra, dirait un jour Jacques, alors, un jour, j'emmènerai mon petit frère dans une boulangerie, je lui offrirai toutes les pâtisseries du monde qu'il dévorera jusqu'à n'en plus pouvoir, et ce printemps-là sera le plus beau de ma vie.

Nous avons quitté le troquet et, après une courte halte dans le hall de la gare, nous sommes allés à l'adresse que Jacques nous avait indiquée.

La mère Dublanc n'a pas posé de questions. Elle a juste dit que Jérôme ne devait pas beaucoup tenir à ses affaires pour partir comme ça. Je lui ai remis l'argent et elle m'a confié la clé d'une chambre au rez-de-chaussée qui donnait sur la rue.

– C'est pour une seule personne ! a-t-elle ajouté.

J'ai expliqué que Claude était mon petit frère, qu'il était là en visite pour quelques jours. Je crois que la mère Dublanc se doutait un peu que nous n'étions pas étudiants, mais tant qu'on lui réglait son loyer, la vie de ses locataires ne la regardait pas. La chambre ne payait pas de mine, une vieille literie, un broc d'eau et une cuvette. Les besoins se faisaient dans un réduit au fond du jardin.

Nous avons attendu le reste de l'après-midi. À la tombée du jour, on a frappé à la porte. Pas de cette façon qui vous fait sursauter, pas ce cognement assuré de la Milice quand elle vient vous arrêter, juste deux petits coups contre le chambranle. Claude a ouvert. Émile est entré et j'ai tout de suite senti que nous allions nous lier d'amitié.

Émile n'est pas très grand et il déteste qu'on dise qu'il est petit. Voilà un an qu'il est entré dans la clandestinité et tout dans son attitude montre son accoutumance à la chose. Émile est calme, il arbore un drôle de sourire, comme si plus rien n'avait d'importance.

À dix ans, il a fui la Pologne parce qu'on y persécutait les siens. À quinze ans à peine, en regardant les armées d'Hitler défiler dans Paris, Émile a compris que ceux qui avaient déjà voulu lui confisquer sa vie dans son pays étaient venus jusqu'ici finir leur sale besogne. Ses yeux de gamin se sont écarquillés sans qu'il puisse jamais tout à fait les refermer. C'est peut-être ce qui lui donne ce drôle de sourire ; non, Émile n'est pas petit, il est trapu.

C'est sa concierge qui l'a sauvé, Émile. Il faut dire que dans cette France triste, il y avait des chouettes logeuses, de celles qui nous regardaient autrement, qui n'acceptaient pas que l'on tue de braves gens, juste parce que leur religion était différente. Des femmes qui n'avaient pas oublié que, métèque ou pas, un enfant c'est sacré.

Le père d'Émile avait reçu la lettre de la préfecture qui l'obligeait à aller acheter les étoiles jaunes à coudre sur les manteaux, à hauteur de la poitrine, de façon bien visible, disait l'avis. À l'époque, Émile et sa famille vivaient à Paris, rue Sainte-Marthe, dans le Xe arrondissement. Le père d'Émile était allé au commissariat de l'avenue Vellefaux ; il avait quatre enfants, on lui avait donc remis quatre étoiles, plus une pour lui et une autre pour sa femme. Le père d'Émile avait payé les étoiles et il était rentré chez lui, la tête basse, comme un animal qu'on aurait marqué au fer rouge. Émile a porté son étoile, et puis les rafles ont commencé. Il avait beau s'insurger, dire à son père d'arracher cette saloperie, rien n'y faisait. Le père d'Émile était un homme qui vivait dans la légalité, et puis il avait confiance dans ce pays qui l'avait accueilli ; ici, on ne pouvait rien faire de mal aux honnêtes gens.

Émile avait trouvé à se loger dans une petite chambre de bonne sous les toits. Un jour, comme il descendait, sa concierge s'était précipitée derrière lui.

– Remonte tout de suite, ils arrêtent tous les juifs dans les rues, la police est partout. Ils sont devenus fous. Émile, monte vite te cacher.

Elle lui a dit de fermer sa porte et de ne répondre à personne, elle lui apporterait de quoi manger. Quelques jours plus tard, Émile est sorti sans son étoile. Il est retourné rue Sainte-Marthe, mais dans l'appartement de ses parents, il n'y avait plus personne ; ni son père, ni sa mère, ni ses deux petites sœurs, celle de six ans, l'autre de quinze, pas même son frère qu'il avait pourtant supplié de rester avec lui, de ne pas retourner dans l'appartement de la rue Sainte-Marthe.

Émile n'avait plus personne ; tous ses amis avaient été arrêtés ; deux d'entre eux, qui avaient participé à une manif à la porte Saint-Martin, avaient réussi à cavaler par la rue de Lancry quand des soldats allemands à moto avaient mitraillé le cortège ; mais ils s'étaient fait rattraper. Ils avaient fini fusillés contre un mur. Un résistant connu sous le nom de Fabien avait, en représailles, abattu le lendemain un officier ennemi sur le quai de métro de la station Barbès, mais les deux copains d'Émile n'avaient pas ressuscité pour autant.

Non, Émile n'avait plus personne, à part André, un ultime camarade avec lequel il avait pris quelques cours de comptabilité. Alors il était allé le voir, pour chercher un peu d'aide. C'est la mère d'André qui lui avait ouvert la porte. Et quand Émile lui avait annoncé que sa famille avait été raflée, qu'il était tout seul, elle avait pris l'acte de naissance de son fils, l'avait donné à Émile en lui conseillant de quitter Paris au plus vite. « Vous en ferez ce que vous pourrez, peut-être même obtiendrez-vous une carte d'identité. » Le nom de famille d'André c'était Berté, il n'était pas juif, le certificat était un sauf-conduit en or.

Gare d'Austerlitz, Émile a attendu que soit formé sur le quai le train qui partait pour Toulouse. Là-bas, il avait un oncle. Puis il est monté dans un wagon et s'est caché sous une banquette, sans bouger. Dans le compartiment, les voyageurs ignoraient que derrière leurs pieds était tapi un môme qui avait peur pour sa vie.

Le convoi s'est ébranlé, Émile est resté planqué, immobile, pendant des heures. Quand le train a franchi la zone libre, Émile a quitté sa cachette. Les passagers ont fait une drôle de tête en voyant ce gamin qui sortait de nulle part ; il a avoué qu'il n'avait pas de papiers ; un homme lui a dit de retourner aussitôt dans sa planque, il avait l'habitude du trajet et les gendarmes ne tarderaient pas à faire un autre contrôle. Il le préviendrait quand il pourrait sortir.

Tu vois, dans cette France triste, il y avait non seulement des concierges et des logeuses formidables, mais aussi des mères généreuses, des voyageurs épatants, des gens anonymes qui résistaient à leur manière, des gens anonymes qui refusaient de faire comme le voisin, des gens anonymes qui dérogeaient aux règles puisqu'elles étaient indignes.

*

C'est dans cette chambre que me loue la mère Dublanc depuis quelques heures qu'Émile vient d'entrer, avec toute son histoire, avec tout son passé. Et même si je ne la connais pas encore, l'histoire d'Émile, je sais pourtant à son regard que nous allons bien nous entendre.

– Alors c'est toi le nouveau ? demande-t-il.

– C'est nous, reprend mon petit frère qui en a marre qu'on fasse comme s'il n'était pas là.

– Vous avez les photos ? questionne Émile.

Et il sort de sa poche deux cartes d'identité, des tickets de rationnement et un tampon. Les papiers établis, il se lève, retourne la chaise et se rassied à califourchon.

– Parlons de ta première mission. Enfin, puisque vous êtes deux, disons de votre première mission.

Mon frère a les yeux qui pétillent, je ne sais pas si c'est la faim qui taraude son estomac sans relâche ou l'appétit nouveau d'une promesse d'action, mais je le vois bien, ses yeux pétillent.

– Il va falloir aller voler des vélos, dit Émile.

Claude retourne vers le lit, la mine défaite.

– C'est ça faire de la résistance ? C'est piquer des bicyclettes ? J'ai fait tout ce trajet pour que l'on me demande d'être un voleur ?

– Parce que tu crois que les actions, tu vas les faire en voiture ? La bicyclette, c'est le meilleur ami du résistant. Réfléchis deux secondes, si ce n'est pas trop te demander. Personne ne prête attention à un homme à vélo ; tu es juste un type qui rentre de l'usine ou qui part au travail selon l'heure. Un cycliste se fond dans la foule, il est mobile, se faufile partout. Tu fais ton coup, tu te tires à vélo, et alors que les gens comprennent à peine ce qui vient de se passer, toi tu es déjà à l'autre bout de la ville. Donc si tu veux que l'on te confie des missions importantes, commence par aller piquer ta bicyclette !

Voilà, la leçon venait d'être dite. Restait à savoir où on irait piquer les vélos. Émile a dû devancer ma question. Il avait déjà fait un repérage et nous indiqua le couloir d'un immeuble où dormaient trois bicyclettes, jamais attachées. Il nous fallait agir tout de suite ; si tout se passait bien, nous devions le retrouver en début de soirée chez un copain dont il me demandait d'apprendre l'adresse par cœur. C'était à quelques kilomètres, dans la banlieue de Toulouse, une petite gare désaffectée du quartier de Loubers. « Dépêchez-vous, avait insisté Émile, il faudra que vous soyez là-bas avant le couvre-feu. » C'était le printemps, la nuit ne tomberait pas avant plusieurs heures et l'immeuble aux vélos n'était pas loin d'ici. Émile est parti et mon petit frère continuait à faire la tête.

J'ai réussi à convaincre Claude qu'Émile n'avait pas tort et puis que c'était probablement une mise à l'épreuve. Mon petit frère a râlé mais il a accepté de me suivre.

Nous nous sommes remarquablement acquittés de cette première mission. Claude était en planque dans la rue, on pouvait quand même prendre deux ans de prison pour un vol de bicyclette. Le couloir était désert et, comme l'avait promis Émile, il y avait bien trois vélos, posés les uns contre les autres, libres de toute attache.

Émile m'avait dit de piquer les deux premiers, mais le troisième, celui contre le mur, était un modèle sport avec un cadre rouge flamboyant et un guidon muni de poignées en cuir. J'ai déplacé celui de devant qui s'est effondré dans un tintamarre effrayant. Je me voyais déjà contraint de bâillonner la concierge, coup de chance, la loge était vide et personne ne vint troubler mon travail. La bécane qui me plaisait n'était pas facile à attraper. Quand on a peur, les mains sont moins habiles. Les pédales étaient emmêlées et rien n'y faisait, je n'arrivais pas à séparer les deux bicyclettes. Au prix de mille efforts, calmant du mieux que je le pouvais les battements de mon cœur, je parvins à mes fins. Mon petit frère avait pointé le bout de son nez, trouvant le temps long à poireauter tout seul sur le trottoir.

– Qu'est-ce que tu fous, bon sang ?

– Tiens, prends ton vélo au lieu de râler.

– Et pourquoi je n'aurais pas le rouge ?

– Parce qu'il est trop grand pour toi !

Claude a encore râlé, je lui ai fait remarquer que nous étions en mission commandée et que ce n'était pas le moment de se disputer. Il a haussé les épaules et enfourché sa bicyclette. Un quart d'heure plus tard, pédalant à toute berzingue, nous longions la voie ferrée désaffectée vers l'ancienne petite gare de Loubers.

Émile nous a ouvert la porte.

– Regarde ces bécanes, Émile !

Émile a fait une drôle de tête, comme s'il n'avait pas l'air content de nous voir, et puis il nous a laissé entrer. Jan, un grand type élancé nous regardait en souriant. Jacques aussi était dans la pièce ; il nous a félicités tous les deux et, en voyant le vélo rouge que j'avais choisi, il a de nouveau éclaté de rire.

– Charles va les maquiller pour qu'ils soient méconnaissables, a-t-il ajouté en rigolant de plus belle.

Je ne voyais toujours pas ce qu'il y avait de drôle et apparemment Émile non plus vu la tête qu'il faisait.

Un homme en maillot de corps descendait l'escalier, c'est lui qui habitait ici dans cette petite gare désaffectée et je rencontrais pour la première fois le bricoleur de la brigade. Celui qui démontait et remontait les vélos, celui qui fabriquait les bombes pour faire sauter les locos, celui qui expliquait comment saboter, sur des plates-formes de trains, les cockpits assemblés dans les usines de la région, ou comment cisailler les câbles des ailes de bombardiers pour qu'une fois montés en Allemagne, les avions d'Hitler ne décollent pas de sitôt. Il faudra que je te parle de Charles, ce copain qui avait perdu toutes ses dents de devant pendant la guerre d'Espagne, ce copain qui avait traversé tant de pays qu'il en avait mélangé les langues pour inventer son propre dialecte, au point que personne ne le comprenait vraiment. Il faudra que je te parle de Charles parce que, sans lui, nous n'aurions jamais pu accomplir tout ce que nous allions faire dans les mois suivants.

Ce soir, dans cette pièce au rez-de-chaussée d'une vieille gare désaffectée, nous avons tous dix-sept et vingt ans, nous allons bientôt faire la guerre et malgré son éclat de rire tout à l'heure quand il a vu mon vélo rouge, Jacques a l'air inquiet. Je vais bientôt comprendre pourquoi.

On frappe à la porte, et cette fois entre Catherine. Elle est belle, Catherine, d'ailleurs à voir le regard qu'elle échange avec Jan, je jurerais qu'ils sont ensemble, mais c'est impossible. Règle numéro un, pas d'histoire d'amour quand on est clandestin dans la Résistance, expliquera Jan à table en nous instruisant sur la conduite à tenir. C'est trop dangereux, si on est arrêté on risque de parler pour sauver celui ou celle qu'on aime. « La condition du résistant, c'est de ne pas s'attacher », a dit Jan. Pourtant, lui s'attache à chacun d'entre nous et cela je le devine déjà. Mon petit frère n'écoute rien, il dévore l'omelette de Charles ; par moments je me dis que si je ne l'arrête pas, il va finir par manger aussi la fourchette. Je le vois lorgner sur la poêle. Charles le voit aussi, il sourit, se lève et va lui en resservir une part. C'est vrai qu'elle est délicieuse l'omelette de Charles, plus encore pour nos ventres vides depuis si longtemps. Derrière la gare, Charles cultive un potager, il a trois poules et même des lapins. Il est jardinier, Charles, enfin, c'est sa couverture et les gens du coin l'aiment bien, même s'il a un terrible accent étranger. Il leur donne des salades. Et puis son potager, c'est une parcelle de couleur dans le quartier triste, alors les gens du coin l'aiment bien, ce coloriste improvisé, même s'il a un terrible accent étranger.

Jan parle d'une voix posée. Il est à peine plus vieux que moi mais il a déjà l'air d'un homme mûr, son calme impose le respect. Ce qu'il nous dit nous passionne, il y a comme une aura autour de lui. Les mots de Jan sont terribles, quand il nous raconte les missions accomplies par Marcel Langer et les premiers membres de la brigade. Déjà un an qu'ils opèrent dans la région de Toulouse, Marcel, Jan, Charles et José Linarez. Douze mois au cours desquels ils ont balancé des grenades sur un banquet d'officiers nazis, foutu le feu à une péniche bourrée d'essence, incendié un garage de camions allemands. Tant d'actions, que la liste seule ne pourrait être dite au cours d'une unique soirée ; ils sont terribles les mots de Jan et pourtant, il émane de lui une sorte de tendresse qui nous manque à tous ici, nous les enfants abandonnés.

Jan s'est tu, Catherine revient de la ville avec des nouvelles de Marcel, le chef de la brigade. Il est incarcéré à la prison Saint-Michel.

C'est si stupide, la façon dont il est tombé. Il

s'était rendu à la gare de Saint-Agne pour récupérer une valise convoyée par une jeune fille de la brigade. La valise contenait des explosifs, des bâtons de dynamite, de l'ablonite EG antigel de vingt-quatre millimètres de diamètre. Ces bâtons de soixante grammes étaient mis de côté par quelques mineurs espagnols sympathisants employés dans l'usine des carrières à Paulilles.

C'est José Linarez qui avait organisé la mission de récupération. Il avait refusé que Marcel monte à bord du petit train qui assurait la navette entre les villes des Pyrénées ; la jeune fille et un copain espagnol avaient fait seuls l'aller-retour jusqu'à Luchon et pris possession du colis ; la remise devait avoir lieu à Saint-Agne. L'arrêt de Saint-Agne relevait plus du passage à niveau que de la gare à proprement parler. Il n'y avait pas grand monde dans ce coin de campagne à peine urbanisé ; Marcel attendait derrière la barrière. Deux gendarmes faisaient leur ronde, guettant d'éventuels voyageurs transportant des victuailles destinées au marché noir de la région. Quand la jeune fille est descendue, son regard a croisé celui du gendarme. Se sentant observée, elle a reculé d'un pas, éveillant aussitôt l'intérêt de l'homme. Marcel a tout de suite compris qu'elle serait contrôlée, alors il est allé au-devant d'elle. Il lui a fait signe de s'approcher de la barrière qui séparait la halte du chemin, lui a pris la valise des mains et lui a intimé l'ordre de foutre le camp. Le gendarme n'avait rien perdu de la scène et il s'est précipité sur Marcel. Quand il lui demanda ce que contenait la valise, Marcel lui répondit qu'il n'en avait pas la clé. Le gendarme voulait qu'il le suive, alors Marcel dit que c'était un bagage pour la Résistance et qu'il fallait le laisser passer.

Le gendarme ne l'a pas cru, Marcel fut conduit

au commissariat central. Le rapport dactylographié stipulait qu'un terroriste en possession de soixante bâtons de dynamite avait été arrêté en gare de Saint-Agne.

L'affaire était d'importance. Un commissaire répondant au nom de Caussié prit la relève, et pendant des jours Marcel fut battu. Il ne lâcha aucun nom, aucune adresse. Consciencieux, le commissaire Caussié s'était rendu à Lyon, afin de consulter ses supérieurs. La police française et la Gestapo détenaient enfin un cas exemplaire : un étranger en possession d'explosifs, juif et communiste de surcroît ; autant dire un parfait terroriste et un exemple éloquent dont ils allaient se servir pour calmer toute envie de résistance dans la population.

Inculpé, Marcel avait été déféré devant la section spéciale du parquet de Toulouse. Le substitut Lespinasse, homme d'extrême droite, farouchement anti-communiste, voué au régime de Vichy, serait le procureur idéal, le gouvernement du Maréchal pourrait compter sur sa fidélité. Avec lui, la loi serait appliquée sans aucune retenue, sans aucune circonstance atténuante, sans souci du contexte. À peine confirmé dans sa tâche, Lespinasse, gonflé d'orgueil, se jura d'obtenir la tête de Marcel devant la Cour.

Entre-temps, la jeune fille qui avait échappé à l'arrestation était allée prévenir la brigade. Les copains prirent aussitôt contact avec le bâtonnier Arnal, l'un des meilleurs avocats du barreau. Pour lui l'ennemi était allemand, et le moment venu de prendre position en faveur de ces gens que l'on persécutait sans raison. La brigade avait perdu Marcel, mais elle venait de gagner à sa cause un homme d'influence, respecté en ville. Quand Catherine lui avait parlé de ses honoraires, Arnal avait refusé qu'on le paie.

Il sera terrible le matin du 11 juin 1943, terrible dans la mémoire des partisans. Chacun mène sa vie et bientôt les destins vont se croiser. Marcel est dans sa cellule, il regarde par la lucarne le jour qui se lève, c'est aujourd'hui qu'on le juge. Il sait qu'on va le condamner, il n'a guère d'espoir. Dans un appartement non loin de là, le vieil avocat qui va assurer sa défense regroupe ses notes. Sa femme de ménage entre dans son bureau et lui demande s'il veut qu'elle lui prépare un petit déjeuner. Mais maître Arnal n'a pas faim en ce matin du 11 juin 1943. Toute la nuit il a entendu la voix du substitut demander la tête de son client ; toute la nuit il s'est retourné dans son lit, cherchant des mots forts, des mots justes qui contreront le réquisitoire de son adversaire, l'avocat général Lespinasse.

Et pendant que maître Arnal révise encore et encore, le redoutable Lespinasse entre dans la salle à manger de sa maison cossue. Il s'assied à la table, ouvre son journal et prend son café du matin, que lui sert sa femme, dans la salle à manger de sa maison cossue.

Dans sa cellule, Marcel aussi boit le breuvage chaud que lui apporte le gardien. Un huissier vient de lui délivrer sa citation à comparaître devant la Cour spéciale du tribunal de Toulouse. Marcel regarde par la lucarne, le ciel est un peu plus haut que tout à l'heure. Il pense à sa petite fille, à sa femme, là-bas quelque part en Espagne, de l'autre côté des montagnes.

La femme de Lespinasse se lève et embrasse son mari sur la joue, elle part pour une réunion de bonnes œuvres. Le substitut enfile son pardessus, il se regarde dans la glace, fier de sa belle allure, convaincu de gagner. Il connaît son texte par cœur, étrange paradoxe pour un homme qui n'en a guère, de cœur. Une Citroën noire l'attend devant chez lui et le conduit déjà au Palais.

À l'autre bout de la ville, un gendarme choisit sa plus belle chemise dans sa penderie, elle est blanche, le col est amidonné. C'est lui qui a arrêté le prévenu et aujourd'hui il est appelé à comparaître. En nouant sa cravate, il a les mains moites, le jeune gendarme Cabannac. Il y a quelque chose qui cloche dans ce qui va se dérouler, quelque chose de moche, il le sait, Cabannac ; d'ailleurs, si c'était à refaire il le laisserait filer, ce type avec sa valise noire. Les ennemis, ce sont les Boches, pas les gars comme lui. Mais il pense à l'État français et à sa mécanique administrative. Lui, il n'est qu'un simple rouage et il ne peut pas faire défaut. Il connaît bien la mécanique, le gendarme Cabannac, son père lui a tout appris, et la morale qui va avec. Le week-end, il aime bien réparer sa motocyclette dans la remise de son père. Il sait bien que si une pièce vient à faire défaut, c'est toute la mécanique qui se grippe. Alors, les mains moites, Cabannac resserre le nœud de sa cravate sur le col amidonné de sa belle chemise blanche et se dirige vers l'arrêt du tramway.

Une Citroën noire file au loin et dépasse la rame du tram. À l'arrière du wagon, assis sur la banquette en bois, un vieil homme relit ses notes. Maître Arnal lève la tête et se replonge dans sa lecture. La partie s'annonce serrée mais rien n'est perdu. Impensable qu'une Cour française condamne à mort un patriote. Langer est un homme courageux, un de ceux qui agissent parce qu'ils sont valeureux. Il l'a su dès qu'il l'a rencontré dans sa cellule. Il avait le visage si déformé ; sous ses pommettes, on devinait les coups de poing qui s'y étaient abattus, les lèvres tailladées étaient bleues, tuméfiées. Il se demande à quoi ressemblait Marcel avant qu'on le tabasse ainsi, avant que son visage se déforme, prenant l'empreinte des violences subies. Merde, ils se battent pour notre liberté, rumine Arnal, ce n'est quand même pas compliqué de s'en rendre compte. Si la Cour ne le voit pas encore, il se fera fort de leur ouvrir les yeux. Qu'on lui inflige une peine de prison pour l'exemple, d'accord, on sauvera les apparences, mais la mort, non. Ce serait un jugement indigne de magistrats français. Alors que le tramway s'immobilise dans un grincement de métal à la station Palais de Justice, maître Arnal a recouvré la confiance nécessaire au bon déroulement de sa plaidoirie. Il va gagner ce procès, il croisera le fer avec son adversaire, le substitut Lespinasse, et il sauvera la tête de ce jeune homme. Marcel Langer, se répète-t-il à voix basse en gravissant les marches.

Pendant que maître Arnal avance dans le long couloir du Palais, Marcel, menotté à un gendarme, attend dans un petit bureau.

*

Le procès se tient à huis clos. Marcel est dans le box des accusés, Lespinasse se lève et ne lui adresse pas le moindre regard ; il se moque de l'homme qu'il veut condamner, il ne veut surtout pas le connaître. Devant lui, quelques notes à peine. Il rend hommage d'abord à la perspicacité de la gendarmerie, qui a su mettre hors d'état de nuire un dangereux terroriste, et puis il rappelle à la Cour son devoir, celui d'observer la loi, de la faire respecter. Montrant du doigt le prévenu sans jamais le regarder, le substitut Lespinasse accuse. Il énumère la longue liste d'attentats dont ont été victimes les Allemands, il rappelle aussi que la France a signé l'armistice dans l'honneur et que l'accusé, qui n'est même pas français, n'a aucun droit de remettre en cause l'autorité de l'État. Lui accorder des circonstances atténuantes reviendrait à bafouer la parole du Maréchal. « Si le Maréchal a signé l'armistice, c'est pour le bien de la Nation », reprend Lespinasse avec véhémence. « Et ce n'est pas un terroriste étranger qui pourra juger du contraire. »

Pour ajouter un peu d'humour, il rappelle enfin que ce n'étaient pas des pétards du 14 Juillet que transportait Marcel Langer, mais des explosifs destinés à détruire des installations allemandes, et donc à perturber la tranquillité des citoyens. Marcel sourit. Comme ils sont loin les feux d'artifice du 14 Juillet.

Au cas où la défense avancerait quelques arguments d'ordre patriotique aux fins d'accorder à Langer des circonstances atténuantes, Lespinasse rappelle encore à la Cour que le prévenu est apatride, qu'il a préféré abandonner sa femme et sa petite fille en Espagne, où déjà, bien que polonais et étranger au conflit, il était parti faire le coup de feu. Que la France, dans sa mansuétude, l'avait accueilli, mais pas pour venir ici, chez nous, porter désordre et chaos. « Comment un homme sans patrie pourrait-il prétendre avoir agi par idéal patriotique ? » Et Lespinasse ricane de son bon mot, de sa tournure de phrase. De peur que la Cour ne soit atteinte d'amnésie, le voilà qui rappelle l'acte d'accusation, énonce les lois qui condamnent de tels actes à la peine capitale, se félicite de la sévérité des textes en vigueur. Puis il marque un temps, se tourne vers celui qu'il accuse et enfin accepte de le regarder. «Vous êtes étranger, communiste et résistant, trois raisons dont chacune suffit à ce que je demande votre tête à la Cour.» Cette fois, il se détourne vers les magistrats et réclame d'une voix calme la condamnation à mort de Marcel Langer.

Maître Arnal est livide, il se lève au moment même où Lespinasse, satisfait, se rassied. Le vieil avocat a les yeux mi-clos, le menton penché en avant, mains serrées devant sa bouche. La Cour est immobile, silencieuse ; le greffier ose à peine reposer sa plume. Même les gendarmes retiennent leur souffle, attendant qu'il parle. Mais pour l'instant, maître Arnal ne peut rien dire, la nausée le gagne.

Il est donc le dernier ici à comprendre que les règles sont truquées, que la décision est déjà prise. Dans sa cellule, Langer le lui avait pourtant dit, il se savait condamné d'avance. Mais le vieil avocat croyait encore à la justice et n'avait cessé de lui assurer qu'il se trompait, qu'il le défendrait comme il se devait et qu'il aurait gain de cause. Dans son dos, maître Arnal sent la présence de Marcel, il croit entendre le murmure de sa voix : « Vous voyez, j'avais raison, mais je ne vous en veux pas, de toute façon, vous ne pouviez rien y faire. »

Alors il lève les bras, ses manches semblent flotter dans l'air, il inspire et se lance dans un ultime plaidoyer. Comment louer le travail de la gendarmerie, quand on voit sur le visage du prévenu les stigmates des violences qu'il a subies ? Comment oser plaisanter sur le 14 Juillet dans cette France qui n'a plus le droit de le célébrer ? Et que connaît réellement le procureur de ces étrangers qu'il accuse ?

En apprenant à connaître Langer au parloir, lui a pu découvrir combien ces apatrides, comme le dit Lespinasse, aiment ce pays qui les a accueillis ; au point, comme Marcel Langer, de sacrifier leur vie pour le défendre. L'accusé n'est pas celui que le procureur a dépeint. C'est un homme sincère et honnête, un père qui aime sa femme et sa fille. Il n'est pas parti en Espagne pour y faire le coup de feu, mais parce que, plus que tout, il aime l'humanité et la liberté des hommes. La France n'était-elle pas hier encore le pays des droits de l'homme ? Condamner Marcel Langer à mort, c'est condamner l'espoir d'un monde meilleur.

Arnal a plaidé pendant plus d'une heure, usant jusqu'à ses dernières forces ; mais sa voix résonne sans écho dans ce tribunal qui a déjà statué. Triste jour que ce 11 juin 1943. La sentence est tombée, Marcel sera envoyé à la guillotine. Quand Catherine apprend la nouvelle dans le bureau d'Arnal, ses lèvres se serrent, elle encaisse le coup. L'avocat jure qu'il n'en a pas fini, qu'il ira à Vichy plaider un recours en grâce.

*

Ce soir, dans la petite gare désaffectée qui sert de logis et d'atelier à Charles, la table s'est agrandie. Depuis l'arrestation de Marcel, Jan a pris le commandement de la brigade. Catherine s'est assise à côté de lui. Au regard qu'ils ont échangé, j'ai su cette fois qu'ils s'aimaient. Pourtant, elle a le regard triste Catherine, ses lèvres osent à peine articuler les mots qu'elle doit nous dire. C'est elle qui nous annonce que Marcel a été condamné à mort par un procureur français. Je ne connais pas Marcel, mais comme tous les copains qui sont autour de la table, j'ai le cœur lourd et mon petit frère, lui, a perdu tout appétit.

Jan fait les cent pas. Tout le monde se tait, attendant qu'il parle.

– S'ils vont jusqu'au bout, il faudra abattre Lespinasse, pour leur foutre la trouille ; sinon ces salauds enverront à la mort tous les partisans qui tomberont entre leurs mains.

– Pendant qu'Arnal demandera son recours en grâce, nous pourrons préparer l'action, reprend Jacques.

– Sa démanderoun beaucoup plus dil temps, murmure Charles dans sa langue étrange.

– Et en attendant, on ne fait rien ? intervient Catherine qui est la seule à avoir compris ce qu'il disait.

Jan réfléchit et continue d'arpenter la pièce.

– Il faut agir maintenant. Puisqu'ils ont condamné Marcel, condamnons aussi l'un des leurs. Demain, nous descendrons un officier allemand en pleine rue et nous diffuserons un tract pour expliquer notre action.

Je n'ai certes pas une grande expérience des actions politiques, mais une idée me trotte dans la tête et je me risque à parler.

– Si on veut vraiment leur foutre la trouille, le mieux serait encore de balancer les tracts d'abord, et de descendre l'officier allemand après.

– Et comme ça ils seront tous sur leurs gardes. Tu as d'autres idées de ce genre ? reprend Émile qui semble décidément en pétard contre moi.

– Elle n'est pas mauvaise, mon idée, pas si les actions sont séparées de quelques minutes et exécutées dans le bon ordre. Je m'explique. En dézinguant le Boche d'abord et en balançant le tract après, nous passerons pour des lâches. Aux yeux de la population, Marcel a d'abord été jugé et ensuite seulement condamné.

Je doute que *La Dépêche* fasse état de la condamnation arbitraire d'un partisan héroïque. Ils vont annoncer qu'un terroriste a été condamné par un tribunal. Alors jouons avec leurs règles, la ville doit être avec nous, pas contre nous.

Émile a voulu me couper la parole, mais Jan lui a fait signe de me laisser parler. Mon raisonnement était logique, ne me restait plus qu'à trouver les mots justes pour expliquer à mes copains ce que j'avais en tête.

– Imprimons dès demain matin un communiqué annonçant qu'en représailles de la condamnation de Marcel Langer, la Résistance a condamné à mort un officier allemand. Annonçons aussi que la sentence sera appliquée dès l'après-midi. Moi, je m'occupe de l'officier, et vous, au même moment, vous balancez le tract partout. Les gens en prendront connaissance tout de suite, tandis que la nouvelle de l'action mettra beaucoup plus de temps à se répandre en ville. Les journaux n'en parleront que dans l'édition du lendemain, la bonne chronologie des événements sera respectée, en apparence.

Jan consulte tour à tour les membres de la tablée, son regard finit par croiser le mien. Je sais qu'il adhère à mon raisonnement, à un détail près, peut-être : il a un peu tiqué au moment où j'ai lancé dans la foulée que j'abattrais moi-même l'Allemand.

De toute façon, s'il hésite trop, j'ai un argument irréfutable ; après tout, l'idée est de moi, et puis j'ai volé ma bicyclette, je suis en règle avec la brigade.

Jan regarde Émile, Alonso, Robert, puis Catherine qui acquiesce d'un signe de tête. Charles n'a rien perdu de la scène. Il se lève, se dirige sous l'appentis de l'escalier et revient avec une boîte à chaussures. Il me tend un revolver à barillet.

– Cé soir, il soura mieux que ta frèro et tu, dormé là.

Jan s'approche de moi.

– Toi, tu seras le tireur, toi l'Espagnol, dit-il en désignant Alonso, le guetteur, et toi le plus jeune, tu tiendras la bicyclette dans le sens de la fuite.

Voilà. Bien sûr, dit comme ça, c'est anodin, sauf que Jan et Catherine sont repartis vers la nuit, et moi j'avais maintenant un pistolet dans la main avec six balles et mon couillon de petit frère qui voulait voir comment ça marchait. Alonso s'est penché vers moi et m'a demandé comment Jan savait qu'il était espagnol, alors qu'il n'avait pas dit un mot de la soirée. « Et comment savait-il que le tireur ce serait moi ? » ai-je dit en haussant les épaules. Je n'avais pas répondu à sa question mais le silence de mon copain témoignait que ma question avait dû l'emporter sur la sienne.

Ce soir-là, nous avons dormi pour la première fois dans la salle à manger de Charles. Je me suis couché crevé, mais quand même avec un sacré poids sur la poitrine ; d'abord la tête de mon petit frère qui avait pris la sale habitude de s'endormir collé à moi depuis qu'on était séparés des parents, et pire encore, le pistolet à barillet dans la poche gauche de mon veston. Même si les balles n'étaient pas dedans, j'avais peur que dans mon sommeil, il troue la tête de mon petit frère.

Dès que tout le monde s'est endormi pour de vrai, je me suis levé sur la pointe des pieds et je suis sorti dans le jardin à l'arrière de la maison. Charles avait un chien aussi gentil qu'il était con.

Je pense à lui parce que cette nuit-là, j'avais

rudement besoin de son museau d'épagneul. Je me suis assis sur la chaise sous la corde à linge, j'ai regardé le ciel et j'ai sorti le pétard de ma poche. Le chien est venu renifler le canon, alors je lui ai caressé la tête en lui disant qu'il serait bien le seul qui pourrait de mon vivant renifler le canon de mon arme. J'ai dit ça parce qu'à ce moment j'avais vraiment besoin de me donner une contenance.

Une fin d'après-midi, en volant deux vélos, j'étais entré dans la Résistance, et c'est seulement en entendant le ronflement d'enfant au nez bouché de mon petit frère que je m'en étais rendu compte. Jeannot, brigade Marcel Langer ; pendant les mois à venir, j'allais faire sauter des trains, des pylônes électriques, saboter des moteurs et des ailes d'avions.

J'ai fait partie d'une bande de copains qui est la seule à avoir réussi à descendre des bombardiers allemands... à bicyclette.

4.

C'est Boris qui nous a réveillés. Le jour se lève à peine, les crampes tenaillent mon estomac mais je ne dois pas écouter sa complainte, nous n'aurons pas de petit déjeuner. Et puis j'ai une mission à remplir. C'est peut-être la peur, plus que la faim, qui me noue le ventre. Boris prend place à la table, Charles est déjà au travail ; la bicyclette rouge se transforme sous mes yeux, elle a perdu ses poignées en cuir, elles sont maintenant dépareillées, l'une est rouge, l'autre bleue. Tant pis pour l'élégance de mon vélo, je me rends à la raison, l'important est que l'on ne reconnaisse pas les bécanes volées. Pendant que Charles vérifie le mécanisme du dérailleur, Boris me fait signe de le rejoindre.

– Les plans ont changé, dit-il, Jan ne veut pas que vous partiez tous les trois. Vous êtes novices et, en cas de coup dur, il veut qu'un ancien soit là en renfort.

Je ne sais pas si cela signifie que la brigade ne me fait pas encore assez confiance. Alors je ne dis rien et je laisse parler Boris.

– Ton frère restera là. C'est moi qui t'accompagnerai, j'assurerai ta fuite. Maintenant écoute-moi bien, voilà comment les choses doivent se dérouler.

Pour descendre un ennemi, il y a une méthode et il est très important de la respecter à la lettre. Tu m'écoutes ?

Je fais oui de la tête, Boris a dû percevoir que l'espace d'un instant mon esprit est ailleurs. Je pense à mon petit frère ; il va faire une de ces têtes, quand il apprendra qu'il est écarté du coup. Et je ne pourrai même pas lui avouer que cela me rassure de savoir que, ce matin, sa vie ne sera pas en danger.

Ce qui me rassure doublement, c'est que Boris est étudiant en troisième année de médecine, alors si je suis blessé à l'action, il pourra peut-être me sauver, même si c'est complètement idiot, parce que, en action, le plus grand risque n'est pas d'être blessé mais de se faire arrêter ou tuer tout simplement, ce qui finalement revient au même dans la plupart des cas.

Tout ça étant dit, j'avoue que Boris n'avait pas tort, j'avais peut-être la tête un peu ailleurs pendant qu'il me parlait ; mais, à ma décharge, j'ai toujours eu un fâcheux penchant à la rêverie, déjà mes professeurs disaient que j'étais d'une nature distraite. C'était avant que le proviseur du lycée ne me renvoie chez moi le jour où je me suis présenté aux épreuves du baccalauréat. Parce que avec mon nom, le bac, ce n'était vraiment pas possible.

Bon, je retourne à l'action à venir sinon, au mieux je vais me faire houspiller par le camarade Boris qui se donne la peine de m'expliquer comment les choses vont se dérouler, et au pire, il va me sucrer la mission pour défaut d'attention.

– Tu m'écoutes ? dit-il.

– Oui, oui, bien sûr !

– Dès qu'on aura repéré notre cible, tu vérifieras que le cran de sûreté du revolver est bien enlevé. On a déjà vu des copains avoir de sérieuses déconvenues en pensant que leur arme s'était enrayée, alors qu'ils avaient bêtement oublié d'ôter la sécurité.

J'ai trouvé ça effectivement idiot, mais quand on a peur, vraiment peur, on est beaucoup moins habile, crois-moi sur parole. L'important était de ne pas interrompre Boris et de se concentrer sur ce qu'il disait.

– Il faut que ce soit un officier, nous ne tuons pas de simples soldats. Tu as bien compris ? On le filera à distance, ni trop près, ni trop loin. Moi je m'occupe du périmètre avoisinant. Tu t'approches du type, tu lui vides ton chargeur et tu comptes bien les coups de feu pour garder une balle. C'est très important pour la fuite, tu peux en avoir besoin, on ne sait jamais. La fuite, c'est moi qui la couvre. Toi, tu ne te soucies que de pédaler. Si des gens veulent s'interposer, j'interviens pour assurer ta protection. Quoi qu'il arrive, tu ne te retournes pas ! Tu pédales et tu fonces, tu m'entends bien ?

J'ai essayé de dire oui, mais j'avais la bouche tellement sèche que ma langue était collée. Boris en a conclu que j'étais d'accord et il a poursuivi.

– Quand tu seras assez loin, ralentis l'allure et circule comme n'importe quel gars à vélo. Sauf que toi, tu vas circuler longtemps. Si quelqu'un t'a suivi, tu dois t'en rendre compte et ne jamais risquer de le conduire jusqu'à ton adresse. Va te balader sur les quais, arrête-toi souvent, pour vérifier si tu ne reconnais pas un visage que tu aurais croisé plus d'une fois. Ne te fie pas aux coïncidences, dans nos vies, il n'y en a jamais. Si tu es certain de ta sécurité, alors et seulement alors, tu peux prendre le chemin du retour.

J'avais perdu toute envie de distraction et je savais ma leçon sur le bout des lèvres, à une chose près : ce que je ne savais pas du tout, c'était comment faire pour tirer sur un homme.

Charles est revenu de son atelier avec mon vélo qui avait subi de sérieuses transformations. L'important, a-t-il dit, c'est qu'il était sûr du pédalier et de la chaîne. Boris m'a fait signe, il était temps de partir. Claude dormait encore, je me suis demandé s'il fallait que je le réveille. Au cas où il m'arriverait quelque chose, il pourrait encore faire la tête parce que je ne lui aurais même pas dit au revoir avant de mourir. Mais j'ai préféré le laisser dormir ; en se réveillant, il aurait un appétit de loup et rien à se mettre sous la dent. Chaque heure de sommeil était autant de temps gagné sur les tenailles de la faim. J'ai demandé pourquoi Émile ne venait pas avec nous. « Laisse tomber ! » m'a murmuré Boris. Hier, Émile s'était fait voler son vélo. Ce con l'avait laissé dans le couloir de son immeuble sans l'attacher. C'était d'autant plus regrettable qu'il s'agissait d'un assez beau modèle avec des poignées en cuir, exactement comme celui que j'avais dégoté ! Pendant que nous serions à l'action, il fallait qu'il aille en piquer un autre. Boris a ajouté qu'Émile était d'ailleurs assez en pétard à ce sujet !

*

La mission s'est déroulée comme Boris l'avait décrite. Enfin presque. L'officier allemand que nous avions repéré descendait les dix marches d'un escalier de rue, qui conduisait à une placette où trônait une vespasienne. C'est le nom que portaient les pissotières vertes que l'on trouvait en ville. Nous, on appelait ça des tasses, à cause de leur forme. Mais comme elles avaient été inventées par un empereur romain qui répondait au nom de Vespasien, on les avait baptisées ainsi. Finalement, je l'aurais peut-être eu mon baccalauréat, si je n'avais pas eu le tort d'être juif aux épreuves de juin 1941.

Boris m'a fait signe, l'endroit était idéal. La petite place était en contrebas de la rue et il n'y avait personne aux alentours ; j'ai suivi l'Allemand, qui ne s'est douté de rien. Pour lui, j'étais un quidam avec lequel, à défaut de partager la même allure, lui dans son uniforme vert impeccable, moi plutôt mal fagoté, il partageait une même envie. La vespasienne étant équipée de deux compartiments, il ne devait voir aucune objection à ce que je descende le même escalier que lui.

Je me suis donc retrouvé dans une pissotière, en compagnie d'un officier allemand sur lequel j'allais vider le barillet de mon revolver (moins une balle comme l'avait précisé Boris). J'avais pris soin d'ôter la sécurité, quand un vrai problème de conscience m'a traversé l'esprit. Pouvait-on décemment appartenir à la Résistance, avec toute la noblesse que cela représentait, et abattre un type qui avait la braguette baissée et se trouvait dans une posture aussi peu glorieuse ?

Impossible de demander son avis au camarade Boris, qui m'attendait avec les deux vélos en haut des marches, pour assurer la fuite. J'étais seul et il fallait que je me décide.

Je n'ai pas tiré, c'était inconcevable. Je ne pouvais pas accepter l'idée que le premier ennemi que j'allais abattre soit en train de pisser au moment de mon action héroïque. Si j'avais pu en parler à Boris, il m'aurait probablement rappelé que l'ennemi en question appartenait à une armée qui ne se posait aucune question, quand elle tirait dans la nuque des enfants, quand elle mitraillait des gamins aux coins de nos rues, et encore moins quand elle exterminait sans compter dans les camps de la mort. Il n'aurait pas eu tort Boris, mais voilà, moi je rêvais d'être pilote dans une escadrille de la Royal Air Force, alors à défaut d'avion, mon honneur serait quand même sauf. J'ai attendu que mon officier se remette en condition d'être descendu. Je ne me suis pas laissé distraire par son petit sourire en coin quand il a quitté les lieux et lui ne m'a pas plus prêté attention quand je l'ai suivi à nouveau vers l'escalier. La pissotière était au bout d'une impasse, il n'y avait qu'un seul chemin pour en repartir.

En l'absence de déflagration, Boris devait se demander ce que je faisais depuis tout ce temps. Mais mon officier montait les marches devant moi et je n'allais quand même pas lui tirer dans le dos. Le seul moyen pour qu'il se retourne était de l'appeler, ce qui n'était pas évident si on considère que mon allemand courant se limitait à deux mots : *ja* et *nein*. Tant pis, dans quelques secondes il regagnerait la rue et tout serait foutu. Avoir pris tous ces risques pour faillir au dernier moment aurait été trop bête. J'ai bombé le torse et j'ai crié *Ja* de toutes mes forces. L'officier a dû comprendre que je m'adressais à lui, parce qu'il s'est aussitôt retourné et j'en ai profité pour lui tirer cinq balles dans la poitrine, c'est-à-dire de face. La suite fut relativement fidèle aux instructions données par Boris. J'ai rangé le revolver dans mon pantalon, me brûlant au passage, contre le canon où venaient de passer cinq balles à une vitesse que mon niveau en mathématiques ne me permettait pas d'estimer.

Arrivé en haut de l'escalier, j'ai enfourché mon vélo et j'ai perdu mon pistolet qui a glissé de ma ceinture. J'ai mis pied à terre pour ramasser mon arme, mais la voix de Boris qui m'a crié « Fous le camp bon sang » m'a ramené à la réalité de l'instant présent. J'ai pédalé à perdre haleine, me faufilant entre les passants qui couraient déjà vers l'endroit d'où les coups de feu étaient partis.

En chemin, je pensais sans cesse au pistolet perdu. Les armes étaient rares dans la brigade. À la différence des maquis, on ne bénéficiait pas des parachutages de Londres ; ce qui était vraiment injuste, car les maquisards ne faisaient pas grand-chose des caisses qu'on leur expédiait, à part les entreposer dans des caches en vue d'un futur débarquement allié, qui apparemment n'était pas pour demain. Pour nous, le seul moyen de se procurer des armes était de les récupérer sur l'ennemi ; dans de rares cas, en entreprenant des missions extrêmement dangereuses. Non seulement je n'avais pas eu la présence d'esprit de prendre le Mauser que portait l'officier à sa ceinture, mais en plus, j'avais égaré mon revolver. Je crois que je pensais surtout à ça pour tenter d'oublier que si finalement, tout s'était déroulé comme l'avait dit Boris, je venais quand même de tuer un homme.

*

On frappa à la porte. Les yeux rivés au plafond, Claude, allongé sur la couche, fit comme s'il n'avait rien entendu, on aurait cru qu'il écoutait de la musique ; la pièce étant silencieuse, j'en déduisis qu'il boudait.

Par sécurité, Boris avança jusqu'à la fenêtre et souleva légèrement le rideau pour jeter un coup d'œil au-dehors. La rue était tranquille. J'ouvris et laissai entrer Robert. Son vrai nom c'était Lorenzi, mais chez nous on se contentait de l'appeler Robert ; parfois on l'appelait aussi « Trompe-la-Mort » et ce sobriquet n'était en rien péjoratif. C'est simplement que Lorenzi cumulait un certain nombre de qualités. D'abord sa précision de tir ; elle était inégalable. Je n'aurais pas aimé me trouver dans la ligne de mire de Robert, le taux d'erreur de visée avoisinant le zéro chez notre camarade. Il avait obtenu de Jan l'autorisation de garder son revolver en permanence sur lui, alors que nous, en raison de la pénurie d'armes qui affectait la brigade, devions restituer le matériel quand l'action était finie, afin qu'un autre puisse ensuite en profiter. Aussi étrange que cela paraisse, chacun avait son agenda de la semaine, où figuraient, selon, une grue à faire exploser sur le canal, un camion militaire à incendier quelque part, un train à faire dérailler, un poste de garnison à attaquer, la liste est longue. J'en profite pour ajouter que les mois passant, la cadence que nous imposerait Jan ne cesserait de s'intensifier. Les jours de relâche se faisaient rares, au point que nous étions épuisés.

On dit généralement des types à la gâchette facile qu'ils sont d'une nature excitée, voire intempestive ; Robert, c'était tout le contraire, il était calme et posé. Très admiré des autres, d'un naturel chaleureux, il avait toujours un mot aimable et réconfortant, ce qui était rare par les temps qui couraient. Et puis Robert était quelqu'un qui ramenait toujours ses hommes de mission, alors l'avoir en couverture, ça, c'était vraiment rassurant.

Un jour, je le rencontrerais dans un troquet place Jeanne-d'Arc, où nous allions souvent manger des vesces, un légume qui ressemble à des lentilles et qu'on donne au bétail ; on se contentait de la ressemblance. C'est fou ce que l'on peut avoir comme imagination quand on a faim.

Robert dînait en face de Sophie et, à la façon dont ils se regardaient, j'aurais juré qu'ils s'aimaient eux aussi. Mais je devais me tromper puisque Jan avait dit qu'on n'avait pas le droit de s'aimer entre résistants, parce que c'était trop dangereux pour la sécurité. Quand je repense au nombre de copains qui la veille de leur exécution ont dû s'en vouloir d'avoir respecté le règlement, j'en ai mal au ventre.

Ce soir, Robert s'est assis au bout du lit et Claude n'a pas bougé. Il faudra que je lui parle un jour de son caractère, à mon petit frère. Robert n'en a pas tenu cas et m'a tendu la main, tout en me félicitant pour l'action accomplie. Je n'ai rien dit, tiraillé par des sentiments contradictoires, ce qui, en raison de mon naturel distrait comme le disaient mes professeurs, me plongeait aussitôt dans un mutisme total pour cause de réflexion profonde.

Et pendant que Robert restait là, planté devant moi, je pensais que j'étais entré dans la Résistance, avec trois rêves en tête : rejoindre le général de Gaulle à Londres, m'engager dans la Royal Air Force et tuer un ennemi avant de mourir.

Ayant bien compris que les deux premiers rêves resteraient hors de portée, avoir pu au moins accomplir le troisième aurait dû m'emplir de joie, d'autant que je n'étais toujours pas mort, alors que l'action remontait déjà à quelques heures. En fait, c'était tout le contraire. Imaginer mon officier allemand qui, à l'heure présente, était encore pour les besoins de l'enquête dans la position où je l'avais laissé, allongé par terre, bras en croix sur des marches d'escalier avec vue en contrebas sur une pissotière, ne me procurait aucune satisfaction.

Boris a toussoté, Robert ne me tendait pas la main pour que je la lui serre – bien que je sois certain qu'il n'aurait rien eu contre, étant d'un naturel chaleureux –, mais de toute évidence, il voulait récupérer son arme. Parce que le pistolet à barillet que j'avais égaré, c'était le sien !

Je ne savais pas que Jan l'avait envoyé en seconde protection, anticipant les risques liés à mon inexpérience au moment du coup de feu et de la fuite qui devait s'ensuivre. Comme je l'ai dit, Robert ramenait toujours ses hommes. Ce qui me touchait, c'était que Robert ait confié son arme à Charles hier soir pour qu'il me la remette, alors que je lui avais à peine porté attention au cours du dîner, bien trop absorbé par ma part d'omelette. Et si Robert, responsable de mes arrières et de ceux de Boris, avait eu un geste si généreux, c'est qu'il avait voulu que je dispose d'un revolver qui ne s'enraye jamais, contrairement aux armes automatiques.

Mais Robert n'avait pas dû voir la fin de l'action et probablement pas non plus que son pistolet brûlant avait glissé de ma ceinture pour atterrir sur le pavé, juste avant que Boris ne m'ordonne de déguerpir à toute vitesse.

Alors que le regard de Robert se faisait insistant, Boris se leva et ouvrit le tiroir du seul meuble de la pièce. Il sortit d'une armoire rustique le pistolet tant attendu et le rendit aussitôt à son propriétaire, sans faire le moindre commentaire.

Robert le rangea en bonne place et j'en profitai pour m'instruire sur la façon dont on devait passer le canon sous la boucle de la ceinture, pour éviter de se brûler l'intérieur de la cuisse et d'avoir à assumer les conséquences qui en découlent.

*

Jan était content de notre action, nous étions désormais acceptés dans la brigade. Une nouvelle mission nous attendait.

Un type du maquis avait pris un verre avec Jan. Au cours de la conversation, il avait commis une indiscrétion volontaire, dévoilant entre autres détails l'existence d'une ferme où étaient stockées quelques armes parachutées par les Anglais. Nous, ça nous rendait dingues qu'on stocke, en vue du débarquement allié, des armes qui nous faisaient défaut tous les jours. Alors pardon pour les collègues du maquis, mais Jan avait pris la décision d'aller se servir chez eux. Pour éviter de créer des brouilles inutiles, et prévenir toute bavure, nous partirions désarmés. Je ne dis pas qu'il n'y avait pas quelques rivalités entre les mouvements gaullistes et notre brigade mais pas question de risquer de blesser un « cousin » résistant, même si les relations familiales n'étaient pas toujours au beau fixe. Instructions étaient donc données de ne pas avoir recours à la force. Si ça dérapait, on fichait le camp, un point c'est tout.

La mission devait se dérouler avec l'art et la manière. D'ailleurs, si le plan que Jan avait conçu se réalisait sans accrochage, je mettais au défi les gaullistes de rapporter à Londres ce qui leur serait arrivé, au risque de passer vraiment pour des andouilles et de tarir leur source d'approvisionnement.

Pendant que Robert expliquait comment procéder, mon petit frère faisait comme s'il s'en fichait complètement, mais moi, je pouvais voir qu'il ne perdait pas une miette de la conversation. Nous devions nous présenter dans cette ferme à quelques kilomètres à l'ouest de la ville, expliquer aux gens sur place que l'on venait de la part d'un certain Louis, que les Allemands suspectaient la planque et n'allaient pas tarder à débarquer ; on était venus les aider à déménager la marchandise et les fermiers étaient censés nous remettre les quelques caisses de grenades et mitraillettes qu'ils avaient entreposées. Une fois celles-ci chargées sur les petites remorques accrochées à nos vélos, on se faisait la malle et l'affaire était dans le sac.

– Il faut six personnes pour opérer, a dit Robert.

Je savais bien que je ne m'étais pas trompé au sujet de Claude, parce qu'il s'est redressé sur son lit, comme si sa sieste venait subitement de s'achever, là, maintenant, juste par hasard.

– Tu veux participer ? a demandé Robert à mon frère.

– Avec l'expérience que j'ai maintenant dans le vol de vélos, je suppose que je suis aussi qualifié pour piquer des armes. Je dois avoir la tête d'un voleur pour que l'on pense systématiquement à moi dans ce genre de mission.

– C'est tout le contraire, tu as la tête d'un honnête garçon et c'est pour ça que tu es particulièrement qualifié, tu n'éveilles pas les soupçons.

Je ne sais pas si Claude a pris ça pour un compliment ou s'il était simplement content que Robert s'adresse à lui directement, lui offrant la considération dont il semblait manquer, mais ses traits se sont aussitôt détendus. Je crois même l'avoir vu sourire. C'est fou comme le fait de bénéficier d'une reconnaissance, aussi infime soit-elle, peut vous mettre du baume à l'âme. Finalement, se sentir anonyme auprès des gens qui vous côtoient est une souffrance bien plus importante qu'on ne le suppose, c'est comme si on était invisible.

C'est probablement aussi pour cela que nous souffrions tant de la clandestinité, et aussi pour cela que dans la brigade, nous retrouvions une sorte de famille, une société où tous, nous avions une existence. Et cela comptait beaucoup pour chacun d'entre nous.

Claude a dit « J'en suis ». Avec Robert, Boris et moi, il en manquait deux à l'appel. Alonso et Émile se joindraient à nous.

Les six membres de la mission devaient d'abord se rendre au plus tôt à Loubers, où une petite remorque serait attelée à leur vélo. Charles avait demandé que l'on passe à tour de rôle ; non pas en raison de la taille modeste de son atelier, mais pour éviter qu'un convoi n'attire l'attention du voisinage. Rendez-vous fut donné vers six heures à la sortie du village, direction la campagne au lieu dit la « Côte Pavée ».

5.

C'est Claude qui s'est présenté le premier au fermier. Il a suivi à la lettre les instructions que Jan avait obtenues de son contact chez les maquisards.

– Nous venons de la part de Louis. Il m'a dit de vous dire que cette nuit, *la marée sera basse*.

– Tant pis pour la pêche, a répondu l'homme.

Claude ne l'a pas contrarié sur ce point et a délivré aussitôt la suite de son message.

– La Gestapo est en route, il faut déménager les armes !

– Bon sang, c'est terrible, s'est exclamé le fermier.

Il a regardé nos vélos et a ajouté « Où est votre camion ? ». Claude n'a pas compris la question, pour être honnête moi non plus et je crois que pour les copains derrière, c'était pareil. Mais il n'a rien perdu de sa repartie, et a répondu aussitôt « Il nous suit, on est là pour commencer l'organisation du transfert ». Le fermier nous a conduits vers sa grange. Là, derrière des balles de foin amoncelées sur plusieurs mètres de hauteur, nous avons découvert ce qui donnerait plus tard son nom de code à cette mission, la « Caverne d'Ali Baba ». Alignées sur le sol, étaient empilées des caisses bourrées de grenades, de mortiers, de mitraillettes Sten, des sacs entiers de balles, des cordons, de la dynamite, des fusils-mitrailleurs et j'en oublie certainement.

À ce moment précis, je prenais conscience de deux choses d'égale importance. Tout d'abord, mon appréciation politique quant à l'intérêt de se préparer au débarquement allié se devait d'être révisée. Mon point de vue venait de changer, plus encore lorsque je compris que cette cache n'était probablement qu'un dépôt parmi d'autres en cours de constitution sur le territoire. La seconde, c'est que nous étions en train de piller des armes qui feraient probablement défaut au maquis un jour ou l'autre.

Je me gardai bien de faire part de ces considérations au camarade Robert, chef de notre mission ; non par peur d'être mal jugé par mon supérieur, mais plutôt parce que, après plus ample réflexion, je m'accordais avec ma conscience : avec nos six petites remorques de bicyclette, on n'allait pas priver le maquis de grand-chose.

Pour comprendre ce que je ressentais devant ces armes, connaissant mieux maintenant la valeur du moindre pistolet au sein de notre brigade et saisissant par la même occasion le sens de la question bienveillante du fermier « mais où est votre camion ? », il suffit d'imaginer mon petit frère se retrouvant par enchantement devant une table recouverte de frites craquantes et dorées, mais par un jour de nausée.

Robert a mis un terme à notre émoi général et a ordonné qu'en attendant le fameux camion, nous commencions à charger ce que nous pouvions dans les remorques. C'est à ce moment-là que le fermier a posé une seconde question qui allait tous nous laisser pantois.

– Qu'est-ce qu'on fait des Russes ?

– Quels Russes ? a demandé Robert.

– Louis ne vous a rien dit ?

– Ça dépend à quel sujet, est intervenu Claude, qui visiblement gagnait de l'assurance.

– Nous cachons deux prisonniers russes, évadés d'un bagne sur le mur de l'Atlantique. Il faut faire quelque chose. On ne peut pas prendre le risque que la Gestapo les trouve, ils les fusilleraient sur-le-champ.

Il y avait deux choses troublantes dans ce que venait de nous annoncer le fermier. La première, c'était que sans le vouloir, nous allions faire vivre un cauchemar à ces deux pauvres types qui avaient dû en avoir déjà suffisamment pour leur compte ; mais plus encore, pas un seul instant le fermier en question n'avait pensé à sa propre vie. À ma liste de personnes formidables pendant cette période peu glorieuse, il faudra que je pense à rajouter des fermiers.

Robert a proposé que les Russes aillent se cacher pour la nuit dans le sous-bois. Le paysan a demandé si l'un de nous était capable de leur expliquer cela, sa pratique de leur langue ne s'étant pas révélée fameuse depuis qu'il avait recueilli les deux pauvres bougres. Après nous avoir bien observés, il a conclu qu'il préférait s'en occuper. « C'est plus sûr », a-t-il ajouté. Et pendant qu'il les rejoignait, nous avons chargé les remorques à ras bord, Émile a même pris deux ballots de munitions qui ne nous serviraient à rien puisque nous n'avions pas de revolver au calibre correspondant, mais cela, c'est Charles qui nous l'apprendrait à notre retour.

Nous avions laissé notre fermier en compagnie de ses deux réfugiés russes, non sans un certain sentiment de culpabilité, et nous pédalions à perdre haleine, tractant nos petites remorques sur le chemin de l'atelier.

En entrant dans les faubourgs de la ville, Alonso ne put éviter un nid-de-poule, et un des sacs de balles qu'il transportait passa par-dessus bord. Les passants s'arrêtèrent, surpris par la nature du chargement qui venait de se déverser sur la chaussée. Deux ouvriers vinrent à la rencontre d'Alonso et l'aidèrent à ramasser les balles, les remettant dans le chariot sans poser de questions.

Charles inventoria nos prises et les rangea en bonne place. Il nous retrouva dans la salle à manger, nous offrant l'un de ses magnifiques sourires édentés, et il annonça dans son parler si particulier : « Sa del tris bon trabara. Nous avir à moins de quoi fire sount actions. » Ce que nous traduisîmes aussitôt par : « C'est du très bon travail. Nous avons là de quoi faire au moins cent actions. »

6.

Juin s'effaçait au fil de nos actions, le mois tirait presque à sa fin. Des grues déracinées par nos charges explosives s'étaient inclinées dans les canaux sans jamais pouvoir se redresser, des trains avaient déraillé en roulant sur les rails que nous avions déplacés, les routes que parcouraient les convois allemands étaient barrées de pylônes électriques abattus. Au milieu du mois, Jacques et Robert réussirent à placer trois bombes à la Feldgendarmerie, les dégâts y furent considérables. Le préfet de région avait une nouvelle fois lancé un appel à la population ; message pitoyable, invitant chacun à dénoncer toute personne susceptible d'appartenir à une organisation terroriste. Dans son communiqué, le chef de la police française de la région de Toulouse fustigeait ceux qui se réclamaient d'une soi-disant Résistance, ces fauteurs de troubles qui nuisaient à l'ordre public et au bon confort des Français. Les fauteurs de troubles en question, c'étaient nous, et on se foutait bien de ce que pensait le préfet.

Aujourd'hui avec Émile, nous avons récupéré des grenades chez Charles avec pour mission d'aller les balancer à l'intérieur d'un central téléphonique de la Wehrmacht.

Nous marchions dans la rue, Émile m'a montré les carreaux que nous devions viser, et à son signal nous avons catapulté nos projectiles. Je les ai vus s'élever, formant une courbe presque parfaite. Le temps semblait figé. Ensuite est venu le bruit du verre qui se brise et j'ai même cru entendre rouler les grenades sur le parquet et les pas des Allemands qui se ruaient probablement vers la première porte venue. Il vaut mieux être deux pour faire ce genre de chose ; seul, la réussite paraît improbable.

À l'heure qu'il est, je doute que les communications allemandes soient rétablies avant un bon moment. Mais rien de cela ne me réjouit, mon petit frère doit déménager.

Claude est maintenant intégré à l'équipe. Jan a décidé que notre cohabitation était trop dangereuse, non conforme aux règles de sécurité. Chaque copain doit vivre seul, pour éviter de compromettre un colocataire s'il venait à être arrêté. Comme elle me manque la présence de mon petit frère, et il m'est désormais impossible le soir de me coucher sans penser à lui. S'il est à l'action, je n'en suis plus informé. Alors, allongé sur mon lit, les mains derrière la tête, je cherche le sommeil sans jamais le trouver complètement. La solitude et la faim sont de sale compagnie. Le gargouillement de mon estomac vient parfois perturber le silence qui m'entoure. Pour me changer les idées, je fixe l'ampoule au plafond de ma chambre et bientôt, elle devient un éclat de lumière dans la verrière de mon chasseur anglais. Je pilote un Spitfire de la Royal Air Force. Je survole la Manche, il me suffit d'incliner l'appareil pour voir au bout des ailes les crêtes des vagues qui filent comme moi vers l'Angleterre.

À quelques mètres à peine, l'avion de mon frère ronronne, je jette un œil à son moteur pour m'assurer qu'aucune fumée ne viendra compromettre son retour, mais déjà devant nous se profilent les côtes et leurs falaises blanches. Je sens le vent qui entre dans l'habitacle et siffle entre mes jambes. Une fois posés, nous nous régalerons autour d'une bonne table au mess des officiers... Un convoi de camions allemands passe devant mes fenêtres et les craquements des embrayages me ramènent à ma chambre et à ma solitude.

En entendant s'effacer dans la nuit le convoi de camions allemands, en dépit de cette satanée faim qui me tenaille, je réussis enfin à trouver le courage d'éteindre l'ampoule au plafond de ma chambre. Dans la pénombre, je me dis que je n'ai pas renoncé. Je vais probablement mourir mais je n'aurai pas renoncé, de toute façon je pensais mourir bien plus tôt que cela et je suis encore en vie, alors qui sait ? Peut-être qu'en fin de compte, c'est Jacques qui a raison, le printemps reviendra un jour.

*

Au petit matin, je reçois la visite de Boris, une autre mission nous attend. Et pendant que nous pédalons vers la vieille gare de Loubers pour aller chercher nos armes, maître Arnal arrive à Vichy pour plaider la cause de Langer. C'est le directeur des affaires criminelles et des grâces qui le reçoit. Son pouvoir est immense et il le sait. Il écoute l'avocat d'une oreille distraite, il a la tête ailleurs, la fin de la semaine approche et il se soucie de savoir comment il l'occupera, si sa maîtresse l'accueillera dans la tiédeur de ses cuisses après le bon souper qu'il lui réserve dans un restaurant de la ville. Le directeur des affaires criminelles parcourt rapidement le dossier qu'Arnal le supplie de considérer. Les faits sont là, écrits noir sur blanc, et ils sont graves. La sentence n'est pas sévère, dit-il, elle est juste. Il n'y a rien à reprocher aux juges, ils ont fait leur devoir en appliquant la loi. Son opinion est faite, mais Arnal insiste encore, alors il accepte, puisque l'affaire est délicate, de réunir la Commission des grâces.

Plus tard, devant ses membres, il prononcera toujours le nom de Marcel de manière à faire entendre qu'il s'agit là d'un étranger. Et tandis que le vieil avocat Arnal quitte Vichy, la Commission rejette la grâce. Et tandis que le vieil avocat Arnal monte à bord du train qui le reconduit vers Toulouse, un document administratif suit aussi son petit train ; il chemine vers le garde des Sceaux, qui le fait porter aussitôt sur le bureau du maréchal Pétain. Le Maréchal signe le procès-verbal, le sort de Marcel est désormais scellé, il sera guillotiné.

*

Aujourd'hui, 15 juillet 1943, avec mon copain Boris, place des Carmes, nous avons attaqué le bureau du dirigeant du groupe « Collaboration ». Après-demain, Boris s'en prendra à un certain Rouget, collabo zélé et l'un des meilleurs indics de la Gestapo.

*

En quittant le palais de justice pour aller déjeuner, le substitut Lespinasse est de fort belle humeur. Le petit train-train administratif est arrivé ce matin à destination. Le rejet de la grâce de Marcel est sur son bureau, il porte la signature du Maréchal. L'ordre d'exécution l'accompagne. Lespinasse a passé la matinée à contempler ce petit bout de papier de quelques centimètres carrés. Cette feuille rectangulaire est pour lui comme une récompense, un prix d'excellence que lui accordent les plus hautes autorités de l'État. Ce n'est pas le premier que Lespinasse décroche. À l'école primaire déjà, chaque année il ramenait à son père un satisfecit, acquis grâce à son travail assidu, grâce à l'estime de ses maîtres... Grâce... c'est ce que Marcel n'aura pas obtenu. Lespinasse soupire, il soulève le petit bibelot en porcelaine qui trône sur son bureau, devant son sous-main en cuir. Il glisse la feuille et repose le bibelot dessus. Il ne faut pas qu'elle le distraie ; il doit terminer de rédiger le discours de sa prochaine conférence, mais son esprit vogue vers son petit carnet. Il l'ouvre, en tourne les pages, un jour, deux, trois, quatre, voilà, c'est ici. Il hésite à noter les mots « exécution Langer » au-dessus de « déjeuner Armande », la feuille est déjà chargée de rendez-vous. Alors il se contente de dessiner une croix. Il referme l'agenda et reprend la rédaction de son texte. Quelques lignes et le voilà qui se penche vers ce document qui dépasse de l'embase du bibelot. Il rouvre le carnet et, devant la croix, inscrit le chiffre 5. C'est l'heure à laquelle il devra se présenter à la porte de la prison Saint-Michel. Lespinasse range enfin le carnet dans sa poche, repousse le coupe-papier en or sur le bureau, l'aligne, parallèlement à son stylo. Il est midi et le substitut se sent maintenant en appétit. Lespinasse se lève, ajuste le pli de son pantalon et sort dans le couloir du Palais.

De l'autre côté de la ville, maître Arnal repose sur son bureau la même feuille de papier, qu'il a reçue ce matin. Sa femme de ménage entre dans la pièce. Arnal la regarde fixement, aucun son ne peut sortir de sa gorge.

– Vous pleurez, maître ? murmure la femme de ménage.

Arnal se courbe au-dessus de la corbeille à papier pour y vomir de la bile. Les spasmes le secouent. Elle hésite, la vieille Marthe, elle ne sait pas quoi faire. Et puis son bon sens prend le dessus, elle a trois enfants et deux petits-enfants la vieille Marthe, c'est dire qu'elle en a vu, des vomissures. Elle s'approche et pose sa main sur le front du vieil avocat. Et chaque fois qu'il se penche vers la corbeille, elle accompagne son mouvement. Elle lui tend un mouchoir de coton blanc, et pendant que son patron s'essuie la bouche, son regard se pose sur la feuille de papier et cette fois ce sont les yeux de la vieille Marthe qui se remplissent de larmes.

*

Ce soir, nous nous retrouverons dans la maison de Charles. Assis à même le sol, Jan, Catherine, Boris, Émile, Claude, Alonso, Stefan, Jacques, Robert, nous formons tous un cercle. Une lettre passe de main en main, chacun cherche des mots qu'il ne trouve pas. Qu'écrire à un ami qui va mourir ? « Nous ne t'oublierons pas », murmure Catherine. C'est ce que chacun pense ici. Si notre combat nous mène à recouvrer la liberté, si un seul d'entre nous y survit, il ne t'oubliera pas Marcel, et il dira un jour ton nom. Jan nous écoute, il prend la plume et griffonne en yiddish les quelques phrases que nous venons de te dire. De la sorte, les gardiens qui te mèneront à l'échafaud ne pourront pas comprendre. Jan replie la missive, Catherine la prend et la glisse dans son corsage. Demain, elle ira la remettre au rabbin.

Pas sûr que notre lettre parvienne jusqu'au condamné. Marcel ne croit pas en Dieu et il refusera probablement la présence de l'aumônier, comme celle du rabbin. Mais après tout, qui sait ? Un petit brin de chance dans toute cette misère ne serait pas de trop. Fasse-t-elle que tu lises ces quelques mots écrits pour te dire que, si un jour nous sommes à nouveau libres, ta vie y sera pour beaucoup.

7.

Il est cinq heures en ce triste matin du 23 juillet 1943. Dans un bureau de la prison Saint-Michel, Lespinasse se désaltère en compagnie des juges, du directeur et des deux bourreaux. Un café pour les hommes en noir, un verre de vin blanc sec pour étancher la soif de ceux qui ont eu chaud en montant la guillotine. Lespinasse consulte sans cesse sa montre. Il attend que l'aiguille achève son tour de cadran. « C'est l'heure, dit-il, allez prévenir Arnal. » Le vieil avocat n'a pas voulu se mêler à eux, il patiente seul dans la cour. On va le chercher, il se joint au cortège, fait un signe au gardien et marche loin devant.

L'heure du réveil n'a pas encore sonné mais tous les prisonniers sont déjà debout. Ils savent, quand l'un des leurs va être exécuté. Un murmure s'élève ; les voix des Espagnols se fondent à celles des Français que bientôt les Italiens rejoignent, c'est au tour des Hongrois, des Polonais, des Tchèques et des Roumains. Le murmure est devenu un chant qui s'élève haut et fort. Tous les accents se mêlent et clament les mêmes paroles. C'est la *Marseillaise* qui résonne dans les murs des cachots de la prison Saint-Michel.

Arnal entre dans la cellule ; Marcel s'éveille, il regarde le ciel rose à la lucarne, et comprend aussitôt. Arnal le prend dans ses bras. Par-dessus son épaule, Marcel regarde à nouveau le ciel et sourit. À l'oreille du vieil avocat, il murmure « J'aimais tant la vie ».

Le coiffeur entre à son tour, il faut dégager la nuque du condamné. Les ciseaux cliquettent et les mèches glissent vers le sol en terre battue. Le cortège avance, dans le couloir le *Chant des partisans* a remplacé la *Marseillaise*. Marcel s'arrête au haut des marches de l'escalier, il se retourne, lève lentement le poing et crie : « Adieu camarades. » La prison tout entière se tait un court instant. « Adieu camarade et vive la France », répondent les prisonniers à l'unisson. Et la *Marseillaise* envahit à nouveau l'espace, mais la silhouette de Marcel a déjà disparu.

Épaule contre épaule, Arnal en cape, Marcel en chemise blanche, marchent vers l'inévitable. En les regardant de dos, on ne sait pas bien lequel soutient l'autre. Le surveillant en chef sort un paquet de gauloises de sa poche. Marcel prend la cigarette qu'il lui tend, une allumette crépite et la flamme illumine le bas de son visage. Quelques volutes de fumée s'échappent de sa bouche, la marche reprend. Au pas de la porte qui donne sur la cour, le directeur de la prison lui demande s'il veut un verre de rhum. Marcel jette un regard à Lespinasse et hoche la tête.

– Donnez-le donc plutôt à cet homme, dit-il, il en a plus besoin que moi.

La cigarette roule au sol, Marcel fait signe qu'il est prêt.

Le rabbin s'approche, mais d'un sourire, Marcel lui indique qu'il n'a pas besoin de lui.

– Merci, rabbin, mais je ne crois qu'ici en un monde meilleur pour les hommes, et les hommes seuls décideront peut-être un jour d'inventer ce monde-là. Pour eux et pour leurs enfants.

Le rabbin sait bien que Marcel ne veut pas de son aide, mais il a une mission à remplir et le temps presse. Alors, sans plus attendre, l'homme de Dieu bouscule Lespinasse et tend à Marcel le livre qu'il tient entre ses mains. Il lui murmure en yiddish : « Il y a quelque chose pour vous dedans. »

Marcel hésite, il tâte l'ouvrage et le feuillette. Entre les pages, il trouve le mot griffonné de la main de Jan. Marcel en effleure les lignes, de droite à gauche ; il ferme les paupières et le rend au rabbin.

– Dites-leur que je les remercie et surtout, que j'ai confiance en leur victoire.

Il est cinq heures quinze, la porte s'ouvre sur l'une des courettes sombres de la prison Saint-Michel. La guillotine se dresse sur la droite. Par délicatesse, les bourreaux l'ont montée ici, pour que le condamné ne la découvre qu'à l'ultime moment. Du haut des miradors, les sentinelles allemandes s'amusent du spectacle insolite qui se joue sous leurs yeux. « Ce sont quand même des gens bizarres, ces Français, en principe c'est nous l'ennemi, non ? » ironise l'un. Son compatriote se contente de hausser les épaules et se penche pour mieux voir. Marcel gravit les marches de l'échafaud, il se retourne une dernière fois vers Lespinasse : « Mon sang retombera sur votre tête », il sourit, et ajoute : « Je meurs pour la France et pour une humanité meilleure. »

Sans qu'on l'assiste, Marcel s'allonge sur la

planche et le couperet glisse. Arnal a retenu son souffle, il a le regard fixé vers le ciel tissé de nuages légers, on dirait de la soie. À ses pieds, les pavés de la cour sont rougis de sang. Et pendant que l'on dépose la dépouille de Marcel dans un cercueil, les bourreaux s'affairent déjà à nettoyer leur machine. On jette un peu de sciure par terre.

Arnal accompagnera son ami jusqu'à sa dernière demeure. Il monte à l'avant du corbillard, les portes de la prison s'ouvrent et l'attelage se met en route. Au coin de la rue, il passe devant la silhouette de Catherine sans même la reconnaître.

Cachées dans l'embrasure d'une porte, Catherine et Marianne guettaient le cortège. L'écho des sabots du cheval se perd dans le lointain. Sur la porte de la maison d'arrêt, un gardien placarde l'avis d'exécution. Il n'y a plus rien à faire. Livides, elles quittent leur abri et remontent la rue à pied. Marianne tient un mouchoir devant sa bouche, piètre remède contre la nausée, contre la douleur. Il est à peine sept heures quand elles nous rejoignent chez Charles. Jacques ne dit rien, il serre les poings. Du bout du doigt, Boris dessine un rond sur la table en bois, Claude est assis contre un mur, il me regarde.

– Il faut abattre un ennemi aujourd'hui, dit Jan.
– Sans aucune préparation ? demande Catherine.
– Moi je suis d'accord, dit Boris.

*

À huit heures du soir, en été, il fait encore plein jour. Les gens se promènent, profitant de la douceur revenue. Les terrasses des cafés regorgent de monde, quelques amoureux s'embrassent aux coins des rues. Au milieu de cette foule, Boris semble être

82

un jeune homme comme les autres, inoffensif. Pourtant, il serre dans sa poche la crosse de son pistolet. Voilà une heure qu'il cherche une proie, pas n'importe laquelle, il veut de l'officier pour venger Marcel, du galon doré, de la vareuse étoilée. Mais pour l'instant il n'a croisé que deux moussaillons allemands en goguette et ces jeunes types ne sont pas assez malins pour mériter de mourir. Boris traverse le square Lafayette, remonte la rue d'Alsace, arpente les trottoirs de la place Esquirol. Au loin on entend les cuivres d'un orchestre. Alors Boris se laisse guider par la musique.

Sous un kiosque joue un orchestre allemand. Boris trouve une chaise et s'assied. Il ferme les yeux et cherche à calmer les battements de son cœur. Pas question de rentrer bredouille, pas question de décevoir les copains. Bien sûr, ce n'est pas ce genre de vengeance que Marcel mérite, mais la décision est prise. Il rouvre les yeux, la Providence lui sourit, un bel officier s'est installé au premier rang. Boris regarde la casquette que le militaire agite pour s'éventer. Sur la manche de la veste, il voit le ruban rouge de la campagne de Russie. Il a dû en tuer des hommes cet officier, pour avoir le droit de se reposer à Toulouse. Il a dû en conduire à la mort des soldats, pour profiter si paisiblement d'une douce soirée d'été dans le sud-ouest de la France.

Le concert s'achève, l'officier se lève, Boris le suit. À quelques pas de là, au beau milieu de la rue, cinq coups de feu claquent, les flammes ont jailli du canon de l'arme de notre copain. La foule se précipite, Boris s'en va.

Dans une rue de Toulouse, le sang d'un officier allemand coule vers le caniveau. À quelques kilomètres de là, sous la terre d'un cimetière de Toulouse, le sang de Marcel est déjà sec.

La Dépêche fait état de l'action de Boris ; dans la même édition, elle annonce l'exécution de Marcel. Les gens de la ville feront vite le lien entre les deux affaires. Ceux qui sont compromis apprendront que le sang d'un partisan ne coule pas impunément, les autres sauront que tout près d'eux certains se battent.

Le préfet de région s'est empressé de faire paraître un communiqué pour rassurer l'occupant de la bienveillance de ses services à son égard. « Dès que j'ai appris l'attentat, publie-t-il, je me suis fait l'interprète de l'indignation de la population auprès du général chef de l'état-major et du chef de la Sûreté allemande. » L'intendant de police de la région avait ajouté sa patte à la prose collaborationniste : « Une prime très importante en argent sera versée par les autorités à toute personne permettant d'identifier l'auteur ou les auteurs de l'odieux attentat commis par arme à feu dans la soirée du 23 juillet contre un militaire allemand rue Bayard à Toulouse. » Fin de citation ! Il faut dire qu'il venait d'être nommé à son poste, l'intendant de police Barthenet. Quelques années de zèle auprès des services de Vichy avaient taillé sa réputation d'homme aussi efficace que redoutable et offert cette promotion dont il rêvait tant. Le chroniqueur de *La Dépêche* avait accueilli sa nomination en lui souhaitant la bienvenue en première page du quotidien. Nous aussi, à notre façon, venions de lui souhaiter « notre » bienvenue. Et histoire de mieux l'accueillir encore, nous avons distribué un tract dans toute la ville. En quelques lignes, nous annoncions avoir abattu un officier allemand en représailles de la mort de Marcel.

Nous n'attendrons d'ordre de personne. Le rabbin avait raconté à Catherine ce que Marcel avait dit à Lespinasse avant de mourir sur l'échafaud. « Mon sang retombera sur votre tête. » Le message nous était arrivé en pleine figure, comme un testament laissé par notre camarade, et nous avions tous décodé sa dernière volonté. Nous aurions la peau du substitut. L'entreprise nécessiterait une longue préparation. On n'abattait pas un procureur comme cela en pleine rue. L'homme de loi était certainement protégé, il ne devait se déplacer que conduit par son chauffeur et il n'était pas question dans notre brigade qu'une action fasse courir le moindre risque à la population. Au contraire de ceux qui collaboraient ouvertement avec les nazis, de ceux qui dénonçaient, de ceux qui arrêtaient, ceux qui torturaient, déportaient, ceux qui condamnaient, qui fusillaient, ceux qui, libres de toute entrave, la conscience drapée dans la toge d'un prétendu devoir, assouvissaient leur haine raciste, au contraire de tous ceux-là, si nous étions prêts à nous salir les mains, elles resteraient propres.

*

À la demande de Jan, Catherine mettait en place depuis quelques semaines une cellule de renseignements. Entends par là qu'avec quelques-unes de ses amies, Damira, Marianne, Sophie, Rosine, Osna, toutes celles qu'il nous était interdit d'aimer mais que nous aimions quand même, elle allait glaner les informations nécessaires à la préparation de nos missions.

Au fil des mois à venir, les jeunes filles de la brigade se spécialiseraient dans les filatures, les photographies prises à la sauvette, les relevés d'itinéraires, les observations d'emplois du temps, les enquêtes de voisinage. Grâce à elles, nous saurions tout ou presque des faits et gestes de ceux que nous visions. Non, nous n'attendrions d'ordre de personne. En tête de leur liste figurait désormais le substitut Lespinasse.

8.

Jacques m'avait demandé de retrouver Damira en ville, je devais lui transmettre un ordre de mission. Le rendez-vous avait été fixé dans ce bistrot où les copains se retrouvaient un peu trop souvent, jusqu'à ce que Jan nous interdise d'y mettre les pieds, pour raison de sécurité comme toujours.

Quel choc, la première fois que je l'ai vue. Moi, j'avais les cheveux roux, la peau blanche constellée de taches de rousseur, au point qu'on me demandait si j'avais regardé le soleil à travers une passoire, et j'étais binoclard à souhait. Damira était italienne et, plus important que tout à mes yeux de myope, elle était rousse, elle aussi. J'en concluais que cela créerait inévitablement des liens privilégiés entre nous. Mais bon, je m'étais déjà trompé dans mon appréciation de l'intérêt des stocks d'armes que constituaient les maquis gaullistes, autant dire qu'en ce qui concernait Damira, je n'étais sûr de rien.

Attablés devant une assiette de vesces, nous devions ressembler à deux jeunes amoureux, sauf que Damira n'était pas amoureuse de moi, et moi quand même déjà un peu entiché d'elle. Je la regardais comme si, après dix-huit années de vie passée dans la peau d'un type né avec une botte de carottes sur la tête, je découvrais un être semblable, et du sexe opposé ; opposition qui pour une fois était une sacrée bonne nouvelle.

– Pourquoi tu me regardes comme ça ? a demandé Damira.

– Pour rien !

– On nous surveille ?

– Non, non, absolument pas !

– Tu es certain ? Parce qu'à la façon dont tu me dévisageais, j'ai cru que tu me signalais un danger.

– Damira, je te promets que nous sommes en sécurité !

– Alors pourquoi as-tu le front qui perle ?

– Il fait une chaleur de bœuf dans cette salle.

– Je ne trouve pas.

– Tu es italienne et moi je suis de Paris, alors tu dois avoir plus l'habitude que moi.

– Tu veux que nous allions marcher ?

Damira m'aurait proposé d'aller me baigner dans le canal, j'aurais dit oui tout de suite. Elle n'avait pas fini sa phrase que j'étais déjà debout, déplaçant sa chaise pour l'aider à se lever.

– C'est bien, un homme galant, a-t-elle dit en souriant.

La température à l'intérieur de mon corps venait de grimper encore et, pour la première fois depuis le début de la guerre, on aurait pu croire que j'avais bonne mine, tant mes joues devaient être rouges.

Nous marchions tous les deux vers le canal où je m'imaginais en train de m'ébattre avec ma splendide rousse italienne dans de tendres jeux d'eau amoureux. Ce qui était totalement ridicule puisque se baigner entre deux grues et trois péniches chargées d'hydrocarbures n'a jamais rien eu de vraiment romantique. Cela étant, à ce moment-là, rien au monde n'aurait pu m'empêcher de rêver. D'ailleurs, alors que nous traversions la place Esquirol, je posais mon Spitfire (dont le moteur m'avait lâché au cours d'un looping) dans un champ qui bordait le ravissant petit cottage que Damira et moi habitions en Angleterre depuis qu'elle était enceinte de notre second enfant (qui serait probablement aussi roux que notre fille aînée). Et, comble de bonheur, il était juste l'heure du thé. Damira venait à ma rencontre, cachant dans les poches de son tablier à carreaux verts et rouges quelques sablés chauds juste sortis du four. Tant pis, je m'occuperais de réparer mon avion après le goûter ; les gâteaux de Damira étaient exquis, elle avait dû se donner un mal fou à les préparer rien que pour moi. Pour une fois, je pouvais oublier un instant mon devoir d'officier et lui rendre hommage. Assise devant notre maison, Damira avait posé sa tête sur mon épaule et soupirait, comblée par ce moment de bonheur simple.

– Jeannot, je crois que tu t'es endormi.

– Comment ? ai-je dit en sursautant.

– Ta tête est sur mon épaule !

Rouge cramoisi, je me suis redressé. Spitfire, cottage, thé et gâteaux s'étaient évanouis et seuls restaient les reflets sombres du canal, et le banc où nous étions assis.

À la recherche désespérée d'un semblant de contenance, j'ai toussoté et, sans oser regarder ma voisine, j'ai tenté quand même de mieux la connaître.

– Comment es-tu entrée dans la brigade ?

– Tu ne devais pas me remettre un ordre de mission ? a répondu Damira aussi sec.

– Si, si, mais nous avons le temps, non ?

– Toi peut-être, mais pas moi.

– Réponds-moi et après, promis, nous parlons du boulot.

Damira a hésité un instant, elle a souri, et accepté de me répondre. Elle devait certainement savoir que j'avais un peu le béguin pour elle, les filles savent toujours ça, souvent même avant que nous le sachions nous-mêmes. Il n'y avait rien d'indélicat dans sa démarche, elle savait combien la solitude nous pesait à tous, peut-être à elle aussi, alors elle a juste accepté de me faire plaisir et de parler un peu. Le soir était déjà là, mais la nuit serait encore longue à venir, nous avions quelques heures devant nous avant le couvre-feu. Deux gamins assis sur un banc, le long d'un canal, en pleine Occupation, il n'y avait aucun mal à profiter du temps qui passait. Qui aurait pu dire combien il nous en restait, à l'un comme à l'autre ?

– Je ne croyais pas que la guerre arriverait jusqu'à nous, a dit Damira. Elle est venue un soir par l'allée devant la maison : un monsieur marchait, habillé comme mon père, comme un ouvrier. Papa est allé à sa rencontre et pendant un bon moment ils ont parlé. Et puis le type est reparti. Papa est rentré dans la cuisine, il s'est entretenu avec maman. Moi, j'ai bien vu qu'elle pleurait, elle lui a dit « On n'en a pas eu assez comme ça ? ». Elle a dit ça parce que son frère a été torturé en Italie par les Chemises noires. C'est le nom qu'on donne chez nous aux fascistes de Mussolini, comme la Milice ici.

Je n'avais pas pu passer mon bac pour les raisons que l'on connaît déjà, mais je savais très bien ce qu'étaient les Chemises noires. Néanmoins, j'ai préféré ne pas prendre le risque d'interrompre Damira.

– J'ai compris pourquoi ce type parlait avec mon père dans le jardin ; et papa, avec son sens de l'honneur, il n'attendait que cela. Je savais qu'il avait dit oui, pour lui, et pour mes frères aussi. Maman pleurait parce qu'on allait entrer dans la lutte. Moi j'étais fière et heureuse, mais on m'a envoyée dans ma chambre. Chez nous, les filles n'ont pas les mêmes droits que les garçons. Chez nous, il y a papa, mes crétins de frères et ensuite, et seulement ensuite, il y a maman et moi. Autant te dire que les garçons, je connais ça par cœur, j'en ai quatre à la maison.

Quand Damira a dit ça, j'ai repensé à mon comportement depuis que nous nous étions retrouvés attablés à L'Assiette aux Vesces et je me suis dit que la probabilité qu'elle n'ait pas détecté que j'avais bien plus qu'un sacré béguin pour elle devait se situer entre le zéro et le zéro pointé. Je n'ai pas imaginé l'interrompre, j'aurais été incapable d'articuler le moindre mot. Alors Damira a poursuivi.

– Moi, j'ai le caractère de mon père, pas celui de ma mère ; en plus je sais bien que mon père aime ça, que je lui ressemble. Je suis comme lui... une révoltée. Je n'accepte pas l'injustice. Maman a toujours voulu m'apprendre à me taire, papa c'est tout le contraire, il m'a toujours poussée à répondre, à ne pas me laisser faire, même s'il le fait surtout quand mes frères ne sont pas là, à cause de l'ordre établi dans la famille.

À quelques mètres de nous, une péniche larguait ses amarres ; Damira s'est tue, comme si les bateliers pouvaient nous entendre. C'était idiot à cause du vent qui soufflait dans les grues, mais je l'ai laissé reprendre son souffle. Nous avons attendu qu'elle s'éloigne vers l'écluse, et Damira a continué.

– Tu connais Rosine ?

Rosine, italienne, léger accent chantant, voix provoquant des frissons incontrôlables, 1,70 mètre environ, brune aux yeux bleus, chevelure longue, au-delà du fantasme.

Par prudence, j'ai répondu timidement :

– Oui, je crois que nous nous sommes croisés une ou deux fois.

– Elle ne m'a jamais parlé de toi.

Ça ne m'étonnait pas trop, j'ai haussé les épaules. C'est généralement ce que l'on fait bêtement lorsque l'on est confronté à une fatalité.

– Pourquoi tu me parles de Rosine ?

– Parce que c'est grâce à elle que j'ai pu rejoindre la brigade, a poursuivi Damira. Un soir, il y avait une réunion à la maison, elle était là. Quand j'ai voulu qu'on aille se coucher, elle m'a répondu qu'elle n'était pas ici pour dormir, mais pour assister à la réunion. Je t'ai dit que j'avais horreur de l'injustice ?

– Oui, oui, c'était il y a moins de cinq minutes, je m'en souviens très bien !

– Eh bien là, c'en était trop. J'ai demandé pourquoi moi je ne pouvais pas participer à la réunion, papa a dit que j'étais trop jeune. Or, Rosine et moi on a le même âge. Alors j'ai décidé de prendre mon destin en mains et j'ai obéi à mon père pour la dernière fois. Quand Rosine est venue me rejoindre dans ma chambre, je ne dormais pas. Je l'avais attendue. Nous avons papoté toute la nuit. Je lui ai avoué que je voulais être comme elle, comme mes frères, et je l'ai suppliée de me faire rencontrer le commandant de la brigade. Elle a éclaté de rire et elle m'a dit que le commandant était sous mon toit, il dormait même dans le salon. Le commandant, c'était le copain de mon père qui était venu le voir un jour dans le jardin, le jour où maman avait pleuré.

Damira a marqué un temps, comme si elle voulait

s'assurer que je la suivais bien dans son récit, or c'était parfaitement inutile, puisqu'à ce moment-là je l'aurais suivie n'importe où si elle me l'avait demandé, et probablement même si elle ne me l'avait pas demandé.

– Le lendemain je suis allée voir le commandant pendant que maman et papa étaient occupés. Il m'a écoutée et il m'a dit que dans la brigade, ils avaient besoin de tout le monde. Il a ajouté qu'au début on me confierait des tâches pas trop difficiles et qu'après on verrait. Voilà, tu sais tout. Bon, tu me donnes mon ordre de mission maintenant ?

– Et ton père, qu'est-ce qu'il a dit ?

– Les premiers temps il ne se doutait de rien, et puis il a fini par deviner. Je crois savoir qu'il est allé parler au commandant et qu'ils ont eu une sacrée engueulade, tous les deux. Papa a fait ça juste pour une question d'autorité paternelle, parce que je suis toujours dans la brigade. Depuis, on fait comme si de rien n'était, mais moi, je sens bien qu'on est encore plus proches, lui et moi. Bon, Jeannot, tu me files cet ordre de mission ? Il faut vraiment que je rentre.

– Damira ?

– Oui ?

– Je peux te confier un secret ?

– Je travaille dans le renseignement clandestin, Jeannot, alors s'il y a bien quelqu'un à qui on peut confier un secret, c'est moi !

– J'ai complètement oublié de quoi parlait l'ordre de mission...

Damira m'a regardé fixement et elle a esquissé un sourire étrange, comme si elle était à la fois amusée et terriblement en pétard contre moi.

– T'es vraiment trop con, Jeannot.

Ce n'était quand même pas ma faute si j'avais les

mains moites depuis une heure, plus une goutte de salive dans la bouche et les genoux qui se chicanaient. Je me suis excusé du mieux que je le pouvais.

– Je suis certain que c'est passager mais là, j'ai comme une absence terrible.

– Bon, je rentre, a dit Damira ; toi, tu passes la nuit à retrouver la mémoire et demain matin au plus tard, je veux savoir de quoi il s'agissait. Bon sang, on fait la guerre, Jeannot, c'est sérieux !

Au cours du mois qui s'était écoulé, j'avais fait exploser un certain nombre de bombes, détruit des grues, un central téléphonique allemand et quelques-uns de ses occupants ; mes nuits étaient encore hantées par le cadavre d'un officier ennemi qui fixait une pissotière en ricanant, s'il y avait bien quelqu'un qui savait que ce que nous faisions était sérieux, c'était moi ; mais les troubles de mémoire, disons les troubles tout court, ça ne se contrôle pas comme ça. J'ai proposé à Damira de faire encore quelques pas avec elle, peut-être qu'en marchant, ça me reviendrait.

En repassant place Esquirol, c'est là que nos chemins devaient se séparer, Damira s'est plantée face à moi, l'air résolu.

– Écoute, Jeannot, les histoires entre garçons et filles c'est interdit chez nous, tu te souviens ?

– Mais tu disais que tu étais rebelle !

– Je ne te parle pas de mon père, crétin, mais de la brigade, c'est interdit et dangereux, alors on se voit dans le cadre de nos missions et on oublie le reste, d'accord ?

Et en plus elle était franche ! J'ai bafouillé que je comprenais très bien et que de toute façon, je n'entendais pas les choses autrement. Elle m'a dit que maintenant que tout était clair, j'allais peut-être retrouver la mémoire.

– Il faut que tu ailles te promener du côté de la rue Pharaon, on s'intéresse à un certain Mas, chef de la Milice, ai-je dit ; et je jure que ça m'est revenu comme ça, d'un seul trait !

– Qui sera à l'action ? a demandé Damira.

– Puisque c'est un milicien, il y a de grandes chances que ce soit Boris qui s'en occupe, mais rien d'officiel pour l'instant.

– C'est prévu pour quand ?

– La mi-août, je crois.

– Ça ne me laisse que quelques jours, c'est très court, je vais demander à Rosine de me donner un coup de main.

– Damira ?

– Oui ?

– Si nous n'étions pas... enfin... s'il n'y avait pas les règles de sécurité ?

– Arrête, Jeannot, avec nos couleurs de cheveux identiques, on aurait l'air d'un frère et d'une sœur, et puis...

Damira n'a pas fini sa phrase, elle a hoché la tête et s'est éloignée. Je suis resté là, les bras ballants, quand elle s'est retournée et est revenue vers moi.

– Tu as de très beaux yeux bleus, Jeannot, et ton regard de myope derrière tes verres de lunettes, c'est craquant pour une fille. Alors essaie de les sauver de cette guerre et je n'ai aucun doute que tu seras un homme heureux en amour. Bonne nuit, Jeannot.

– Bonne nuit, Damira.

En la quittant ce soir-là, je ne savais pas que Damira était follement amoureuse d'un copain qui s'appelait Marc. Ils se voyaient en cachette, il paraît même qu'ils allaient faire les musées ensemble. Marc était cultivé, il emmenait Damira visiter des églises et lui parlait peinture. En la quittant ce soir-là, je ne savais pas non plus que dans quelques mois Marc et Damira seraient arrêtés ensemble et Damira déportée au camp de concentration de Ravensbrück.

9.

Damira allait se renseigner sur le milicien Mas. Jan avait demandé simultanément à Catherine et à Marianne de filer Lespinasse. Aussi étrange que cela paraisse, Jan avait trouvé l'adresse dans l'annuaire. Le substitut vivait dans une maison bourgeoise de la proche banlieue de Toulouse. Il y avait même une plaque en cuivre à son nom, apposée sur la porte du jardin. Nos deux copines en étaient stupéfaites, l'homme ne prenait aucune mesure de sécurité. Il entrait et sortait sans escorte, conduisait seul sa voiture, comme s'il ne se méfiait de rien. Pourtant, les quotidiens avaient relaté dans différents articles que c'était grâce à lui qu'un odieux terroriste avait été mis hors d'état de nuire. Même Radio Londres avait rapporté la responsabilité de Lespinasse dans l'exécution de Marcel. Pas un client dans les cafés, pas un ouvrier dans les usines, qui ne connaisse désormais son nom. Il fallait être sacrément abruti pour ne pas se douter un instant que la Résistance en avait après lui. À moins, comme le pensaient les deux filles après quelques jours de filature, que sa vanité, son arrogance, ne fussent telles qu'il lui semblait inconcevable que quelqu'un ose attenter à sa vie.

La planque n'était pas facile pour nos deux camarades. La rue était le plus souvent déserte, ce qui serait un avantage certain au moment de passer à l'action, mais une femme seule y était plus que repérable. Parfois cachées derrière un arbre, passant la plupart du temps leurs journées, comme toutes les filles du renseignement, à marcher, Catherine et Marianne espionnèrent une semaine durant.

L'affaire se compliquait d'autant que leur proie semblait n'avoir aucune régularité dans son emploi du temps. Il ne se déplaçait qu'à bord de sa Peugeot 202 noire, ce qui ne permettait pas de le suivre au-delà de la rue. Pas d'habitudes, sauf une, remarquée par les deux filles : tous les jours il quittait son domicile vers trois heures et demie de l'après-midi. Ce serait donc le moment de la journée où il faudrait agir, avaient-elles conclu dans leur rapport. Il n'était pas utile de poursuivre l'enquête plus avant. Impossible de le filer à cause de la voiture ; au Palais on ne retrouvait jamais sa trace et puis à trop insister, elles risquaient de se faire repérer.

Après que Marius était venu un vendredi matin effectuer un ultime repérage et décider des itinéraires de retraite, l'action fut programmée au lundi suivant. Il fallait faire vite. Jan supposait que si Lespinasse vivait aussi tranquillement, c'est qu'il bénéficiait probablement d'une discrète protection policière. Catherine jura qu'elle n'avait rien noté de tel, Marianne partageait son point de vue, mais Jan se méfiait de tout, à juste titre. Une autre raison de se hâter était qu'en cette période estivale, notre homme pouvait partir en vacances à tout moment.

*

Fatigué des missions opérées au cours de la semaine, le ventre plus vide que jamais, j'imaginais mon dimanche allongé sur mon lit, à rêver. Avec un peu de chance, je verrais mon petit frère. Nous irions nous promener tous les deux le long du canal ; comme deux mômes en balade qui profitent de l'été ; comme deux mômes qui n'ont ni faim ni peur, deux adolescents en goguette fleurant le parfum des jeunes femmes parmi ceux de l'été. Et si le vent du soir était complice, peut-être nous ferait-il la grâce de relever les jupes légères que portent les filles, à peine de quoi entrevoir un genou, mais suffisamment pour être ému et rêver un peu plus en retrouvant le soir la moiteur de nos sinistres chambres.

Tout cela était sans compter sur la ferveur de Jan. Jacques venait de mettre mes espoirs à mal en frappant à ma porte. Moi qui m'étais juré de roupiller le lendemain matin, c'était fichu et pour cause... Jacques déplia un plan de la ville et me pointa du doigt un carrefour. À cinq heures précises demain après-midi, je devais faire jonction avec Émile et lui remettre un colis que je serais allé chercher auparavant chez Charles. Je n'avais pas besoin d'en savoir plus. Demain soir, ils partaient en opération avec une nouvelle recrue qui assurerait le repli, un certain Guy, dix-sept ans au compteur, mais un sacré coup de pied au pédalier. Demain soir, aucun d'entre nous ne connaîtrait le répit tant que les copains ne seraient pas rentrés sains et saufs.

*

Samedi matin, le ciel est dégagé, à peine quelques nuages cotonneux. Tu vois, si la vie était bien faite, je sentirais l'odeur d'un gazon anglais, je vérifierais la gomme des pneus de mon zinc, le mécanicien me ferait signe que tout est en ordre. Alors je grimperais dans l'habitacle, fermerais le canopy et m'envolerais en patrouille. Mais j'entends la mère Dublanc qui entre dans sa cuisine, et le bruit de ses pas me sort de ma rêverie. J'enfile ma veste, regarde ma montre, il est sept heures. Il faut me rendre chez Charles et récupérer ce colis que je dois remettre à Émile. Direction la banlieue. Arrivé à Saint-Jean, je remonte la voie de chemin de fer comme à l'accoutumée. Il y a longtemps que les trains ne circulent plus sur les vieux rails qui mènent au quartier de Loubers. Une fine brise souffle sur ma nuque, je relève mon col et siffle l'air de la *Butte Rouge*. Au loin, je vois la petite gare désaffectée. Je frappe à sa porte et Charles me fait signe d'entrer.

– Tou quieres oune cafeille ? me demande-t-il de son plus bel accent sabir.

Je le comprends de mieux en mieux l'ami Charles, il suffit de mélanger un mot de polonais, un de yiddish, un autre d'espagnol, de mettre un brin de mélodie française et l'affaire est dans le sac. Sa drôle de langue, Charles l'a apprise le long de ses chemins d'exode.

– Toun colis est rangir sous l'escabar, oune ne sait jamère qui golpé à la puerta. Tes dieras à Jacques qué j'ai miste la paquette. Oune entendera l'actioune à desse kilomètras. Dis-louisse biène de faitre gaffe, après l'atincelle, il y a zwei minoutes, pas plous, pétatre oune peu moins.

Une fois la traduction accomplie, impossible d'empêcher ma tête de faire le calcul. Deux minutes, soit vingt millimètres de mèche qui sépareront la vie de la mort pour mes compagnons. Deux centimètres pour allumer les engins, les poser

100

et trouver le chemin de retraite. Charles me regarde et sent mon inquiétude.

– Yé prendar toujours oune pétite margé de sécuritas, per les copains, ajoute-t-il en souriant, comme pour m'apaiser.

Drôle de sourire, que celui du copain Charles. Il a perdu presque toutes ses dents de devant au cours d'un bombardement d'avion, ce qui, je dois le dire à sa décharge, n'arrange rien à sa diction. Toujours mal fagoté, incompréhensible pour la plupart, il est pourtant de tous, celui qui me rassure le plus. Est-ce cette sagesse qui semble l'habiter ? Sa détermination ? Son énergie ? Sa joie de vivre ? Comment fait-il, si jeune, pour être adulte ? Il a déjà drôlement vécu, l'ami Charles. En Pologne ils l'ont arrêté, parce que son père était ouvrier, et lui communiste. Il a passé plusieurs années en taule. Libéré, il est parti comme quelques copains faire la guerre en Espagne avec Marcel Langer. De Łódź aux Pyrénées, la route n'était pas simple, surtout quand on n'a ni papiers ni argent. J'aime l'écouter quand il évoque sa traversée de l'Allemagne nazie. Ce n'était pas la première fois que je lui demandais de me raconter son histoire. Charles le savait bien, mais parler un peu de sa vie, c'est pour lui une façon de pratiquer son français et de me faire plaisir, alors Charles s'assied sur une chaise et des mots de toutes les couleurs se délient sous sa langue.

Il était monté dans un train, sans billet et avec le culot qui le caractérise, il avait poussé la chance jusqu'à s'installer en première classe, dans un compartiment bourré d'uniformes et d'officiers. Son voyage, il l'avait passé à bavarder avec eux. Les militaires l'avaient trouvé plutôt sympathique et le contrôleur s'était bien gardé de demander quoi que ce soit à quiconque dans ce compartiment. En arrivant à Berlín, ils lui avaient même indiqué comment traverser la ville et rejoindre la gare d'où partaient les trains pour Aix-la-Chapelle. Paris ensuite, puis en car jusqu'à Perpignan, enfin il avait traversé la montagne à pied. De l'autre côté de la frontière, d'autres autocars conduisaient les combattants jusqu'à Albacete, direction la bataille de Madrid dans la brigade des Polonais.

Après la défaite, avec des milliers de réfugiés, il a franchi les Pyrénées dans l'autre sens et regagné la frontière où il fut accueilli par les gendarmes. Direction le camp d'internement du Vernet.

– Là-bas je faisère la couisine pour tous les prisonniers et chacoune avait sa ration quostidienne ! disait-il non sans une certaine fierté.

Trois ans de détention en tout, jusqu'au signal de l'évasion. Il a marché deux cents bornes jusqu'à Toulouse.

Ce n'est pas la voix de Charles qui me rassure, c'est ce qu'il me raconte. Il y a dans son histoire une parcelle d'espoir qui donne un sens à ma vie. Moi aussi je veux apprivoiser cette chance à laquelle il veut croire. Combien d'autres auront renoncé ? Mais même au pied d'un mur, Charles ne s'avouerait pas prisonnier. Il prendrait juste le temps de réfléchir à la façon de le contourner.

– Tou devére y aller, dit Charles, à l'heure de la déjeunir les rues sont plous calmes.

Charles se dirige vers la soupente de l'escalier, il prend le colis et le pose sur la table. C'est drôle, il a emballé les bombes dans des feuilles de journal. On peut y lire le récit d'une action menée par Boris, le journaliste le traite de terroriste, il nous accuse tous d'être des fauteurs de troubles à l'ordre public. Le milicien est la victime, nous ses bourreaux ;

étrange façon de considérer l'Histoire qui s'écrit chaque jour dans les rues de nos villes occupées.

On gratte à la porte, Charles ne bronche pas, moi je retiens mon souffle. Une petite fille entre dans la pièce et le visage de mon copain s'illumine.

– C'est ma professour de français, dit-il l'air enjoué.

La gamine lui saute dans les bras et l'embrasse. Elle se prénomme Camille. Michèle, sa maman, héberge Charles dans cette gare abandonnée. Le papa de Camille est prisonnier en Allemagne depuis le début de la guerre et Camille ne pose jamais de questions. Michèle feint d'ignorer que Charles est un résistant. Pour elle comme pour tous les gens du coin, il est un jardinier qui cultive le plus beau potager des environs. Parfois, le samedi, Charles sacrifie un de ses lapins pour leur préparer un bon repas. J'en voudrais tant de ce civet, mais je dois partir. Charles me fait signe, alors je salue la petite Camille et sa maman et je m'en vais, mon colis sous le bras. Il n'y a pas que des miliciens et des collaborateurs, il y a aussi des gens comme Michèle, des gens qui savent que ce que nous faisons est bien, et qui prennent des risques pour nous venir en aide, chacun à sa façon. Derrière la porte en bois, j'entends encore Charles qui articule les mots qu'une petite fille de cinq ans lui fait répéter consciencieusement, « vache, poulet, tomate », et mon ventre gargouille alors que je m'éloigne.

*

Il est cinq heures pile. Je retrouve Émile, au lieu désigné par Jacques sur le plan de la ville, et je lui remets le colis. Charles a joint deux grenades aux bombes. Émile ne bronche pas, j'ai envie de lui dire

« À ce soir » mais, par superstition peut-être, je me tais.

– Tu as une cigarette ? demande-t-il.

– Tu fumes ?

– C'est pour allumer les mèches.

Je fouille la poche de mon pantalon et lui remets un paquet de gauloises froissé. Il en reste deux. Mon copain me salue et disparaît au coin de la rue.

La nuit est tombée et la pluie fine avec. Le pavé est luisant et gras. Émile est tranquille, jamais une bombe de Charles n'a fait défaut. L'appareil est simple, trente centimètres de tuyau de fonte, un tronçon de gouttière volé à la sauvette. Un bouchon boulonné à chaque côté, un trou et une mèche qui plonge dans l'ablonite. Ils poseront les bombes devant la porte de la brasserie, puis ils balanceront les grenades par la fenêtre, et ceux qui réussiront à sortir connaîtront le feu d'artifice de Charles.

Ils sont trois à l'action ce soir, Jacques, Émile et le petit nouveau qui assure la retraite avec un revolver chargé dans la poche, prêt à faire feu en l'air si des passants approchent, à l'horizontale si les nazis les prennent en chasse. Les voilà dans la rue où l'opération aura lieu. Les fenêtres du restaurant où se tient un banquet d'officiers ennemis brillent de lumières. Le coup est sérieux, ils sont bien une trentaine là-dedans.

Trente officiers, cela fait un sacré nombre de barrettes sur les vareuses vertes de la Wehrmacht qui pendent au vestiaire. Émile remonte la rue et passe une première fois devant la porte vitrée. Il tourne à peine la tête, pas question de se faire repérer. C'est là qu'il remarque la serveuse. Il faudra trouver un moyen de la protéger, mais avant cela, neutraliser les deux policiers postés en sentinelle. Jacques en saisit un brusquement et le serre à la gorge ; il le conduit vers la ruelle avoisinante et lui donne l'ordre de foutre le camp, le flic tremblotant décampe. Celui dont Émile s'est occupé ne se laisse pas faire. D'un mouvement du coude, Émile fait tomber son képi et lui assène un coup de crosse. Le policier inanimé est traîné à son tour vers l'impasse. Il se réveillera avec du sang sur le front et un mauvais mal de tête. Reste la serveuse qui officie dans la salle. Jacques est perplexe. Émile propose de lui faire un signe depuis la fenêtre, mais ce n'est pas sans risque. Elle peut donner l'alerte. Bien sûr, les conséquences seraient désastreuses, mais te l'ai-je dit ? nous n'avons jamais tué un innocent, pas même un imbécile, alors il faut l'épargner, même si elle sert à des officiers nazis la nourriture qui nous manque tant.

Jacques s'approche de la vitre ; depuis la salle, il doit ressembler à un pauvre type affamé qui se repaît d'un simple regard. Un capitaine le voit, lui sourit et lève son verre. Jacques lui rend son sourire et fixe la serveuse. La jeune femme est rondelette, nul doute que les victuailles du restaurant lui profitent, à sa famille aussi peut-être. Après tout, comment juger ? Il faut bien survivre en ces temps difficiles ; chacun a sa façon de faire.

Émile s'impatiente ; au bout de la rue noire, le jeunot tient les bicyclettes entre ses mains moites. Enfin, le regard de la serveuse croise celui de Jacques, il lui fait un signe, elle incline la tête, hésite et fait demi-tour. Elle a compris le message, la serveuse rondelette. Pour preuve, quand le patron entre dans la salle, elle le retient par le bras et l'entraîne, autoritaire, vers les cuisines. Maintenant, tout se passe très vite. Jacques donne le signal à

Émile ; les mèches rougeoient, les goupilles dégringolent dans le caniveau, les carreaux sont brisés et les grenades roulent déjà sur le sol du restaurant. Émile ne peut résister à l'envie de se lever, juste pour voir un peu de la débandade.

– Grenades ! Barre-toi ! hurle Jacques.

Le souffle projette Émile à terre. Il est un peu sonné mais ce n'est pas le moment de se laisser aller à un étourdissement. L'odeur de fumée âcre le fait toussoter. Il crache ; du sang épais coule dans sa main. Tant que ses jambes ne se dérobent pas, il y a encore une chance. Jacques le prend par le bras et les voilà qui courent tous les deux vers le jeunot avec ses trois vélos. Émile pédale, Jacques roule à ses côtés, il faut faire gaffe, le pavé est glissant. Il y a un sacré ramdam derrière eux. Jacques se retourne, est-ce que le gamin les suit toujours ? S'il a bien compté il reste à peine dix secondes avant le big-bang. Voilà, le ciel s'illumine, les deux bombes viennent d'exploser. Le gosse à vélo est tombé, fauché par le coup de tonnerre, Jacques fait demi-tour, mais des soldats sortent de partout et deux d'entre eux ont déjà attrapé le môme qui se débat.

– Jacques, putain, regarde devant ! crie Émile.

Au bout de la rue, des policiers font barrage, celui qu'ils ont laissé filer tout à l'heure a dû aller chercher des renforts. Jacques dégaine son revolver, il appuie sur la détente mais il n'entend qu'un petit clic. Un bref coup d'œil à son arme, sans perdre l'équilibre, sans quitter la cible, le chargeur pendouille, un miracle qu'il ne soit pas tombé. Jacques cogne le pistolet sur le guidon et remboîte le chargeur dans la crosse ; il tire par trois fois, les flics détalent et cèdent le passage. Son vélo revient à la hauteur de celui d'Émile.

– Tu pisses le sang, mon vieux.

– J'ai la tête qui va exploser, bafouille Émile.

– Le petit est tombé, confie Jacques.

– On y retourne ? demande Émile en voulant mettre pied à terre.

– Pédale ! lui ordonne Jacques, ils l'ont déjà pris et je n'ai plus que deux balles.

Des cars de police arrivent de partout. Émile baisse la tête et avance aussi vite qu'il peut. Si la nuit n'était là pour le protéger de son obscurité, le sang qui coule sur son visage le trahirait aussitôt. Il a mal Émile, la douleur qui envahit sa gueule est terrible, mais il veut ignorer sa peine. Le copain qui est resté à terre va souffrir bien plus que lui ; ils vont le torturer. Quand ils le roueront de coups, ses tempes seront bien plus meurtries que les siennes.

Au bout de sa langue, Émile sent le morceau de métal qui traverse sa joue. Un éclat de sa propre grenade, quelle connerie ! Il fallait être au plus près, c'était le seul moyen de faire mouche.

La mission est accomplie, alors tant pis s'il doit crever, pense Émile. Sa tête tourne, un voile rouge envahit son champ de vision. Jacques voit la bicyclette vaciller, il s'approche, se met à portée et saisit son ami par l'épaule.

– Tiens le coup, on y est presque !

Ils croisent des policiers qui courent vers le nuage de fumée. On ne leur prête aucune attention. Une ruelle de traverse, le chemin du salut n'est plus très loin, dans quelques minutes ils pourront ralentir l'allure.

Quelques coups, on tambourine à ma porte, j'ouvre. Émile a le visage en sang. Jacques le soutient par le bras.

– Tu as une chaise ? demande-t-il. Émile est un peu fatigué.

Et quand Jacques referme la porte derrière eux, je comprends qu'il manque un copain à l'appel.

– Il faut lui enlever le morceau de grenade qu'il a dans la figure, dit Jacques.

Jacques fait chauffer la lame de son couteau à la flamme de son briquet et il incise dans la joue d'Émile. Parfois, quand la douleur est trop forte, elle remonte au cœur jusqu'à l'en soulever, alors moi je le maintiens quand sa tête roule. Émile lutte, il refuse de s'évanouir, il pense à tous ces jours à venir, toutes ces nuits où le copain tombé en action se fera tabasser ; non, Émile ne veut pas perdre conscience. Et pendant que Jacques arrache le bout de métal, Émile repense aussi à ce soldat allemand, allongé au milieu de la rue, le corps déchiré par sa bombe.

10.

Dimanche est passé. J'ai vu mon frère, il a encore maigri mais il ne parle pas de sa faim. Je ne peux plus l'appeler mon petit frère comme avant. En quelques jours, il a tant vieilli. Nous n'avons pas le droit de nous raconter nos actions à cause des règles de sécurité, mais je lis dans ses yeux la dureté de sa vie. Nous sommes assis au bord du canal ; pour passer le temps, nous parlons de la maison, de la vie comme elle était avant, mais cela n'arrange pas son regard. Alors nous partageons de longs silences. Non loin de nous, une grue aux jambes pliées se balance au-dessus de l'eau, on dirait qu'elle agonise. C'est peut-être Claude qui a fait le coup, mais je n'ai pas le droit de lui poser la question. Il me devine et rigole.

– C'est toi qui as fait la grue ?

– Non, je pensais que c'était peut-être toi...

– Je me suis occupé de l'écluse un peu plus en amont, et je peux te dire qu'elle n'est pas près de fonctionner, mais la grue, je te jure que je n'y suis pour rien.

Il avait suffi de quelques minutes assis là, l'un à côté de l'autre, quelques minutes où nous nous retrouvions enfin, et il redevenait déjà mon petit frère. Au ton de sa voix, c'était presque comme s'il s'excusait d'avoir fait une bêtise en faisant sauter la machinerie de son écluse. Pourtant, combien de jours de retard s'accumuleraient dans l'acheminement de lourdes pièces de marine que l'armée allemande faisait transiter par le canal, de l'Atlantique à la Méditerranée ? Claude riait, j'ai passé ma main dans sa chevelure ébouriffée et moi aussi je me suis mis à rigoler. Parfois, entre deux frères, la complicité est bien plus forte que tous les interdits du monde. Il faisait beau et la faim était toujours là. Alors, interdit pour interdit, tant pis.

– Ça te dirait une balade du côté de la place Jeanne-d'Arc ?

– Pour quoi faire ? a demandé Claude d'un air espiègle.

– Manger un plat de lentilles, par exemple.

– Place Jeanne-d'Arc ? a insisté Claude en articulant bien chacun de ses mots.

– Tu connais un autre endroit ?

– Non, mais si on se fait piquer par Jan, tu sais à quoi on s'expose ?

J'aurais bien voulu faire l'innocent mais Claude a bougonné aussitôt :

– Eh ben je vais te le dire, on risque de passer un très très mauvais dimanche !

Il faut savoir que toute la brigade s'était fait sévèrement remonter les bretelles par Jan à cause du troquet de la place Jeanne-d'Arc. C'est Émile, je crois, qui avait déniché l'adresse. Le restaurant avait deux avantages, on y mangeait pour presque rien, quelques pièces à peine, mais plus encore, on en ressortait repu et cette sensation valait bien à elle seule toutes les nourritures du monde. Émile n'avait pas tardé à refiler le tuyau aux copains et, petit à petit, le troquet avait commencé à faire le plein.

Un jour, passant devant la vitrine, Jan avait découvert avec effroi que la quasi-totalité des membres de sa brigade y déjeunait. Une rafle de police et nous étions tous pris. Le soir même, nous étions convoqués *manu militari* chez Charles, et nous en avions pris chacun pour notre grade. Le lieu dit de L'Assiette aux Vesces nous était désormais formellement interdit, sous peine de sanctions graves.

– Je pense à quelque chose, a murmuré Claude. Si plus personne n'a le droit d'y aller, ça veut donc dire que personne de chez nous ne s'y trouvera ?

Jusque-là, le raisonnement de mon petit frère se tenait. Je l'ai laissé poursuivre.

– Or, si personne de chez nous ne s'y trouve, en y allant toi et moi, nous ne faisons courir aucun risque à la brigade, non ?

Rien à redire, ça se tenait toujours.

– Et, si nous y allons ensemble, personne ne l'apprendra et Jan ne pourra pas nous en faire le reproche.

Tu vois, c'est fou ce que l'on a comme imagination quand on a le ventre vide et cette saloperie de faim qui le tenaille. J'ai pris mon petit frère par le bras et, aussitôt le canal oublié, nous piquions un sprint vers la place Jeanne-d'Arc.

En entrant dans le restaurant nous avons eu un drôle de choc tous les deux. Apparemment, tous les copains de la brigade avaient tenu le même raisonnement que nous ; et c'était bien plus qu'une apparence, puisque chacun y déjeunait, au point d'ailleurs qu'il ne restait que deux chaises vides dans la salle. Ajoute à cela que les places libres se trouvaient juste à côté de celles qu'occupaient Jan et

Catherine, dont le tête-à-tête amoureux était franchement compromis, et pour cause ! Jan tirait une tête de cent pieds de long et tous essayaient tant bien que mal de refréner le fou rire qui les gagnait. Ce dimanche-là, le patron a dû se demander pourquoi d'un coup d'un seul, sa salle de restaurant tout entière s'était mise à se tordre de rire, alors que visiblement aucun des clients ne semblait se connaître.

Je fus le premier à avoir repris le contrôle de mon fou rire ; non parce que je trouvais la situation moins cocasse que les autres, mais c'est qu'au fond du bistrot, je venais de voir Damira et Marc qui déjeunaient aussi en tête à tête. Et comme Jan s'était fait surprendre dans le bistrot interdit en compagnie de Catherine, Marc n'avait aucune raison de se priver ; je l'ai vu prendre la main de Damira et elle l'a laissé faire.

Pendant que mes espoirs amoureux s'évanouissaient devant un plat de fausses lentilles, les copains, têtes baissées sur leurs assiettes, séchaient leurs larmes. Catherine cachait son visage derrière son foulard, mais c'était plus fort qu'elle et à son tour elle fut prise d'un fou rire qui raviva l'humeur joyeuse de la salle ; même Jan et le patron ont fini par s'y mettre.

En fin d'après-midi, j'ai raccompagné Claude. Nous avons remonté ensemble la petite rue où il logeait. Avant d'aller prendre mon tramway, je me suis retourné, juste une fois, pour voir sa frimousse avant de repartir vers la solitude. Lui ne s'est pas retourné, et finalement c'était mieux comme ça. Parce que ce n'était plus mon petit frère qui rentrait chez lui, mais l'homme qu'il était devenu. Et ce dimanche soir-là, j'avais un sacré coup de cafard.

11.

Le week-end a enterré juillet. Ce lundi matin, nous sommes le 2 août 1943. C'est aujourd'hui que Marcel sera vengé, cet après-midi Lespinasse sera abattu quand il sortira de chez lui, à trois heures et demie comme d'habitude, puisque c'est là son unique habitude.

En se levant ce matin, Catherine a comme une étrange intuition, elle est inquiète pour ceux qui feront l'opération. Un détail lui a peut-être échappé. Y avait-il, dans une voiture garée le long du trottoir des policiers en planque qu'elle n'aurait pas vus ? Elle repasse sans cesse dans sa tête sa semaine de surveillance. Combien de fois a-t-elle arpenté la rue bourgeoise où vit le substitut, cent fois, plus peut-être ? Marianne non plus n'a rien vu, alors pourquoi cette angoisse soudaine ? Pour chasser ses mauvaises pensées, elle décide de filer au palais de justice. Elle se dit que c'est là qu'elle entendra les premiers échos de l'opération.

Il est trois heures moins le quart à la grande horloge qui tictaque sur le frontispice du palais de justice. Dans quarante-cinq minutes, les copains feront feu. Pour ne pas être repérée, elle flâne dans le grand couloir, consulte les avis placardés sur les murs. Mais elle a beau y faire, elle relit toujours la même ligne, incapable d'en retenir un seul mot. Un homme s'avance, son pas résonne sur le sol, il sourit, drôle de sourire. Deux autres viennent à sa rencontre et le saluent.

– Permettez-moi, monsieur l'avocat général, dit le premier, de vous présenter à l'un de mes amis.

Intriguée, Catherine se retourne et épie la scène. L'homme tend la main à celui qui sourit, le troisième continue de faire les présentations.

– Monsieur le substitut Lespinasse, voici mon bon ami, M. Dupuis.

Le visage de Catherine se fige, l'homme au sourire étrange n'est en rien celui qu'elle a traqué pendant toute la semaine. Pourtant, c'est Jan qui lui avait communiqué l'adresse, et son nom figurait sur la plaque en cuivre apposée sur la porte de son jardin. La tête de Catherine bourdonne, son cœur s'accélère dans sa poitrine et peu à peu, les choses s'éclaircissent. Le Lespinasse qui vit dans la maison bourgeoise de la banlieue de Toulouse est un homonyme ! Même nom, pire encore, même prénom ! Comment Jan a-t-il pu être assez stupide pour imaginer que l'adresse d'un avocat général aussi important puisse se trouver dans l'annuaire ? Et pendant que Catherine réfléchit, l'horloge au mur du grand couloir continue son inlassable course. Il est trois heures, dans trente minutes les copains vont abattre un innocent, un pauvre type dont le seul tort aura été de porter le nom d'un autre. Elle doit se calmer, reprendre ses esprits. D'abord, il faut partir d'ici sans que quiconque remarque la confusion qui la submerge. Ensuite, une fois la rue gagnée, courir, voler un vélo s'il le faut, mais arriver à tout prix à temps, pour éviter le pire. Il reste vingt-neuf minutes, à condition toutefois que l'homme qu'elle voulait mort et qu'elle veut maintenant sauver ne soit pas en avance sur son horaire... pour une fois.

Catherine court, devant elle une bicyclette qu'un homme a posée contre un mur, le temps d'acheter son journal au kiosque ; du temps elle n'en a pas, ni pour évaluer les risques, encore moins pour hésiter, tant pis, elle l'enfourche et pédale de toutes ses forces. Dans son dos, personne ne crie « Au voleur », le type n'a pas dû déjà se rendre compte qu'on lui avait fauché son vélo. Elle grille un feu, son foulard se défait quand une voiture surgit, un klaxon rugit. L'aile avant gauche frôle la cuisse de Catherine, la poignée de la portière la griffe à la hanche, elle chancelle mais réussit à retrouver son équilibre. Pas le temps d'avoir mal, à peine celui d'une grimace, pas le temps d'avoir peur, il faut pédaler plus vite. Ses jambes accélèrent, les rayons des roues disparaissent dans la lumière, la cadence est infernale. Au passage clouté, les piétons l'insultent, pas le temps de s'excuser, pas même celui de freiner au prochain carrefour. Nouvel obstacle, un tramway, le dépasser, faire attention aux rails, si la roue s'y glisse c'est la chute assurée et à cette vitesse aucune chance cette fois de se relever. Les façades défilent, les trottoirs ne sont plus qu'un long trait gris. Ses poumons vont éclater, sa poitrine lui fait mal à crever, mais sa brûlure n'est rien à côté de celle que ressentira le pauvre type, quand il prendra ses cinq balles dans le thorax. Quelle heure est-il ? Trois heures et quart ? vingt ? Elle reconnaît la côte qui se dessine au loin. Elle l'a empruntée tous les jours de la semaine pour venir faire sa ronde.

Et dire qu'elle en voulait à Jan, mais comment

avait-elle été assez stupide pour imaginer que le substitut Lespinasse prenne aussi peu de précautions que cet homme qu'elle filait ? Chaque jour elle se moquait de lui, murmurait pendant ses longues heures d'attente que la proie était vraiment trop facile. L'ignorance qu'elle moquait, c'était la sienne. Logique que ce pauvre bougre n'eût aucune raison de se méfier, qu'il ne se soit senti visé ni par la Résistance ni par quiconque d'ailleurs, logique aussi qu'il ne se soucie de rien, puisqu'il était innocent de tout. Ses jambes lui font un mal de chien, mais Catherine continue sa course, sans relâche. Voilà, la côte est dépassée, encore un ultime carrefour et elle arrivera peut-être à temps. Si l'action avait eu lieu, elle aurait entendu les coups de feu, et pour l'instant seul un long sifflement bourdonne à ses oreilles. C'est le sang qui bat trop fort dans ses tempes, pas le son de la mort, pas encore.

La rue est là, l'innocent referme la porte de sa maison et traverse son jardin. Robert avance sur le trottoir, la main dans sa poche, les doigts serrés sur la crosse du revolver, prêt à faire feu. Ce n'est plus qu'une question de secondes maintenant. Un coup de frein, le vélo glisse, Catherine le laisse filer sur la chaussée et se précipite dans les bras du partisan.

– Tu es folle ! Qu'est-ce que tu fais ?

Elle n'a plus de souffle pour parler, le visage blême, elle retient la main de son camarade. Elle-même ignore où elle trouve encore autant de force. Et comme il ne comprend pas, Catherine réussit enfin à hoqueter :

– Ce n'est pas lui !

L'innocent Lespinasse est monté dans sa voiture, le moteur toussote et la Peugeot 202 noire s'en va tranquillement. En passant devant ce couple qui

116

semble enlacé, le conducteur leur fait un petit signe de la main. « C'est beau les amoureux », pense-t-il en jetant un coup d'œil à son rétroviseur.

*

Aujourd'hui, c'est une sale journée. Les Allemands ont fait une descente à l'université. Ils ont interpellé dix jeunes dans le hall, les ont traînés vers les marches en les faisant avancer à coups de crosse de fusil, et puis ils les ont embarqués. Tu vois, nous ne renoncerons pas ; même si nous crevons de faim, même si la peur hante nos nuits, même si nos copains tombent, nous continuerons de résister.

*

Nous avions évité le pire de justesse, mais tu vois, je te l'ai déjà dit, nous n'avons jamais tué un innocent, pas même un imbécile. En attendant, le substitut était toujours en vie, et il fallait reprendre l'enquête à zéro. Puisque nous ne savions pas où il habitait, la filature commencerait depuis le palais de justice. L'entreprise était difficile. Le vrai Lespinasse ne se déplaçait qu'à bord d'une grosse Hotchkiss noire, parfois dans une Renault Primaquatre, mais dans tous les cas, conduite par son chauffeur. Pour ne pas se faire repérer, Catherine avait mis une méthode au point. Le premier jour, un copain suivait à vélo le substitut depuis sa sortie du Palais et abandonnait la partie au bout de quelques minutes. Dès le lendemain, un autre copain, sur une bicyclette différente, reprenait la piste là où elle avait été abandonnée la veille. Par tronçons successifs, nous avons ainsi réussi à remonter la route jusqu'au domicile du substitut. Désormais, Catherine pourrait reprendre ses longues marches sur un autre trottoir. Encore quelques jours de planque et nous connaîtrions tout des habitudes de l'avocat général.

12.

Pour nous, il y avait un ennemi encore plus haïssable que les nazis. Les Allemands, nous étions en guerre contre eux, mais la Milice était la pire engeance que le fascisme et l'arrivisme peuvent produire, de la haine ambulante.

Les miliciens violaient, torturaient, dérobaient les biens des gens qu'ils déportaient, monnayaient leur pouvoir sur la population. Combien de femmes ont écarté leurs jambes, yeux fermés, mâchoires serrées à en crever, contre la promesse fictive que leurs enfants ne seraient pas arrêtés ? Combien de ces vieillards dans les longues files d'attente au-devant des épiceries vides devaient payer les miliciens pour qu'on les laisse en paix, et combien de ceux qui ne purent s'acquitter furent envoyés dans les camps afin que les chiens de rue viennent tranquillement vider leurs logis ? Sans ces salauds, jamais les nazis n'auraient pu déporter tant de monde, pas plus d'un sur dix de ceux qui ne reviendraient pas.

J'avais vingt ans, j'avais peur, j'avais faim, faim tout le temps, et ces types en chemise noire dînaient dans les restaurants qui leur étaient réservés. Combien d'entre eux ai-je observés derrière les vitrines embuées d'hiver, se léchant les doigts, gavés d'un repas dont le seul rêve faisait gargouiller mon estomac ? Peur et faim, un cocktail terrible dans le ventre.

Mais nous aurons notre vengeance, tu vois, rien qu'en disant ce mot, je sens battre mon cœur à nouveau. Quelle horrible idée que celle de la vengeance, je n'aurais pas dû dire cela ; les actions que nous entreprenions étaient tout autres que de la vengeance, elles étaient un devoir de cœur, pour sauver ceux qui n'auraient pas à connaître ce sort, pour participer à la guerre de libération.

Faim et peur, un cocktail explosif au ventre ! Il est terrible le petit bruit de l'œuf que l'on casse sur un comptoir, dirait un jour Prévert, libre de l'écrire ; moi, prisonnier de vivre, je le savais déjà ce jour-là.

Le 14 août dernier, rentrant de chez Charles un peu tard dans la nuit et bravant le couvre-feu avec quelques copains, Boris s'était retrouvé nez à nez avec un groupe de miliciens.

Boris, qui s'était déjà occupé personnellement de plusieurs membres de leur troupeau, connaissait leur organigramme mieux que personne. Il avait suffi de la bienveillante lumière d'un réverbère pour qu'il reconnaisse aussitôt le sinistre visage du dénommé Costes. Pourquoi lui ? Parce que le bonhomme en question n'était autre que le secrétaire général des « francs-gardes », une armée de chiens sauvages et sanguinaires.

Alors que les miliciens marchaient vers eux, arrogants à croire que la rue leur appartenait, Boris avait dégainé. Les copains avaient fait de même et Costes s'était effondré dans un bain de sang, le sien pour être précis.

Mais ce soir, Boris avait monté la barre d'un cran ; il allait s'attaquer à Mas, le chef de la Milice.

L'action était presque suicidaire. Mas était à son domicile, en compagnie de bon nombre de ses gardes. Boris avait commencé par assommer le cerbère qui gardait la porte d'entrée de la villa, rue Pharaon. Au palier du premier étage, un autre avait reçu un coup de crosse fatal. Boris n'avait pas fait dans la dentelle, il était entré dans le salon, l'arme à la main, et il avait tiré. Les types étaient tous tombés, la plupart seulement blessés, mais Mas avait pris sa balle au bon endroit. Recroquevillé sous son bureau, la tête entre les pieds du fauteuil, la position du corps laissait entendre que le chef Mas ne pourrait plus jamais violer, plus jamais tuer, plus jamais terroriser quiconque.

La presse nous traitait régulièrement de terroristes, un mot apporté par les Allemands et qui désignait sur leurs affiches les résistants qu'ils avaient fusillés. Mais nous ne terrorisions qu'eux et les collabos fascistes et actifs. Pour revenir à Boris, c'est après l'action que les choses se sont compliquées. Pendant qu'il faisait son affaire à l'étage, les deux copains qui assuraient sa retraite en bas avaient dû affronter des miliciens venus en renfort. Une fusillade enfumait l'escalier. Boris avait rechargé son revolver et s'était engagé sur le palier. Hélas, les copains en sous-effectif étaient contraints au repli. Boris se trouvait pris entre deux feux. Ceux qui tiraient sur ses amis et ceux qui tiraient sur lui.

Alors qu'il tentait de sortir de l'immeuble, une nouvelle escouade de chemises noires, venue cette fois des étages supérieurs, avait eu raison de sa résistance. Tabassé et ceinturé, Boris était tombé. Après qu'il eut perforé copieusement le thorax de leur chef et grièvement blessé plusieurs de leurs collègues, il y avait fort à parier que les types allaient en découdre avec lui. Les deux autres copains avaient réussi à s'en sortir, l'un avait pris une balle dans la hanche, mais Boris ne pourrait plus le soigner.

C'était une autre de ces tristes journées d'août 1943 qui s'achevait. Un ami était pris, un jeune étudiant en troisième année de médecine qui, toute son enfance, avait rêvé de sauver des vies était envoyé dans un cachot de la prison Saint-Michel. Et aucun de nous ne doutait que le substitut Lespinasse, pour se faire mieux voir encore du gouvernement, pour mieux asseoir son autorité, voudrait venger lui-même son ami Mas, défunt chef de la Milice.

13.

Septembre filait, les feuilles rousses des marronniers annonçaient la venue de l'automne.

Nous étions épuisés, plus affamés que jamais, mais les actions se multipliaient et la Résistance s'étendait chaque jour un peu plus. Au cours du mois, nous avions détruit un garage allemand boulevard de Strasbourg, puis nous nous en étions pris à la caserne Caffarelli occupée par un régiment de la Wehrmacht ; un peu plus tard, nous avions attaqué un convoi militaire qui filait sur la voie reliant Toulouse à Carcassonne. La chance avait été des nôtres ce jour-là ; nous avions placé nos charges sous le wagon qui transportait un canon, mais les obus disposés à côté s'étaient joints à notre feu, et c'était tout le train qui était parti en l'air. À la mi-temps du mois, on avait fêté la bataille de Valmy avec un peu d'avance en attaquant la cartoucherie, y rendant impossible la fabrication de douilles pour longtemps ; Émile était même allé à la bibliothèque municipale pour trouver d'autres dates de batailles à célébrer de la même façon.

Mais ce soir, il n'y aurait pas d'action. On aurait eu à descendre le général Schmoutz en personne, on y aurait réfléchi à deux fois ; la raison en était simple, les poules que Charles élevait dans son jardin avaient dû passer une semaine « espatante », comme il disait : nous étions invités chez lui à manger une omelette.

Nous nous sommes retrouvés à la tombée de la nuit dans la petite gare désaffectée de Loubers.

Le couvert était dressé et tout le monde déjà assis autour de la table. Vu le nombre de convives, Charles, jugeant qu'il manquerait d'œufs, décida d'allonger son omelette avec de la graisse d'oie. Il en avait toujours un pot qui traînait dans l'atelier, s'en servant parfois pour améliorer l'étanchéité de ses bombes ou pour lubrifier les ressorts de nos revolvers.

On était à la fête, les filles du renseignement étaient là et nous étions heureux d'être ensemble. Bien sûr, ce repas dérogeait aux règles de sécurité les plus élémentaires, mais Jan savait combien ces rares moments nous guérissaient de l'isolement qui touchait chacun d'entre nous. Si les balles allemandes ou miliciennes ne nous avaient pas encore atteints, la solitude, elle, nous tuait à petit feu. Nous n'avions pas tous la vingtaine, à peine davantage pour les plus âgés d'entre nous, alors à défaut de remplir nos ventres, la présence des copains nous remplissait le cœur.

À voir les regards amourachés que Damira et Marc échangeaient, ils étaient incontestablement épris l'un de l'autre. Quant à moi, je ne lâchais plus Sophie des yeux. Alors que Charles revenait de l'atelier avec son pot de graisse d'oie sous le bras, Sophie m'a offert un de ces sourires dont elle avait le secret, un des plus beaux que j'avais vus de ma vie. Emporté par l'euphorie du moment, je me promettais de trouver le courage de l'inviter à sortir avec moi ; peut-être même à déjeuner dès le lendemain. Après tout, pourquoi attendre ? Alors pendant que Charles battait ses œufs, moi je me persuadais de lui faire ma demande avant la fin de la soirée. Il faudrait, bien sûr, que je guette le moment discret, où Jan n'entendrait pas ; même si, depuis qu'il s'était fait piquer à L'Assiette aux Vesces en compagnie de Catherine, les consignes portant sur la sécurité amoureuse s'étaient un peu relâchées dans la brigade. Si Sophie ne pouvait pas demain, ce ne serait pas grave, je proposerais le jour suivant. Ma résolution prise, j'allais passer à l'acte quand Jan a annoncé qu'il affectait Sophie à l'équipe de surveillance du substitut Lespinasse.

Courageuse comme elle l'était, Sophie a accepté aussitôt. Jan a précisé qu'elle s'occuperait de la tranche comprise entre onze et quinze heures. Ce con de substitut m'aura vraiment fait chier jusqu'au bout.

La soirée n'était pas tout à fait foutue, restait encore l'omelette, mais quand même, qu'est-ce qu'elle était belle Sophie, avec ce sourire qui ne la quittait jamais. De toutes les façons, Catherine et Marianne qui veillaient comme deux mères sur les filles du renseignement ne nous auraient jamais laissé faire. Alors finalement, c'était mieux de la regarder sourire en silence.

Charles a vidé le pot de graisse d'oie dans la poêle à frire, il a touillé un peu et il est venu s'asseoir avec nous en disant « Mainténant faut qués sa couise ».

C'est pendant que nous cherchions à traduire sa phrase que l'incident s'est produit. Des coups de feu ont claqué de tous les côtés. Nous nous sommes jetés à terre. Jan, l'arme au poing, fulminait. Nous avions dû être suivis et les Allemands nous attaquaient. Deux copains qui avaient un pistolet à la ceinture ont trouvé le courage de se faufiler entre les balles jusqu'aux fenêtres. J'ai fait comme eux, ce qui était idiot vu que je n'avais pas d'arme, mais si l'un d'eux tombait, je prendrais son revolver et assurerais le relais. Une chose nous paraissait assez étrange, les balles continuaient à fuser dans la pièce, des éclats de bois sautaient sur le plancher, les murs étaient criblés de trous et pourtant face à nous, la campagne restait déserte. Et puis la pétarade s'est arrêtée. Plus un seul bruit, rien que du silence. On se regardait les uns les autres, tous très intrigués, et puis j'ai vu Charles se relever en premier, il était rouge écarlate et bafouillait plus que jamais. Les larmes aux yeux, il ne cessait de répéter « Pardoun, pardoun ».

En fait, il n'y avait aucun ennemi au-dehors ; Charles avait juste oublié avoir versé des balles de 7,65 millimètres dans son pot de graisse d'oie... pour les empêcher de s'oxyder ! Les munitions avaient eu un petit coup de chaud au contact de la poêle à frire !

Aucun de nous n'étant blessé, à part peut-être dans son amour-propre, nous avons ramassé ce qui restait de l'omelette, fait le tri pour vérifier qu'elle ne contenait plus rien d'anormal, et on s'est remis à table, comme si de rien n'était.

Bon, les talents d'artificier de l'ami Charles étaient plus fiables que sa cuisine, mais après tout, par les temps qui couraient c'était mieux comme ça.

Demain, octobre commençait et la guerre continuait, la nôtre aussi.

14.

Les salauds ont la peau dure. La seconde filature des filles arrivée à son terme, Jan avait aussitôt confié à Robert la mission d'abattre Lespinasse. Boris, qui était en prison, ne tarderait pas à passer en jugement et il ne fallait pas perdre de temps si on voulait lui éviter le pire. En envoyant un signal fort aux magistrats, on finirait par leur faire comprendre que s'en prendre à la vie d'un partisan revenait à signer sa propre condamnation à mort. Depuis quelques mois, dès que les Allemands affichaient un avis d'exécution sur les murs toulousains, on abattait aussitôt leurs officiers, et chaque fois, nous balancions des tracts expliquant notre action à la population. Depuis quelques semaines, ils fusillaient moins et leurs soldats n'osaient plus rentrer seuls la nuit. Tu vois, nous ne renoncions pas et la Résistance progressait un peu plus chaque jour.

La mission devait se dérouler lundi matin, nous avions rendez-vous au point de récupération, c'est-à-dire au terminus de la ligne 12 du tramway. Quand Robert est arrivé, nous avons tout de suite compris que le coup ne s'était pas fait. Quelque chose avait cloché et Jan était furibard.

Ce lundi était le jour de la rentrée judiciaire et tous les magistrats seraient présents au Palais. L'annonce de la mort du substitut aurait eu plus que jamais l'effet tant escompté. On ne tuait pas un homme comme ça, pas n'importe quand, même si dans le cas de Lespinasse chaque jour aurait fait l'affaire. Robert a attendu que Jan se calme, que son pas ralentisse.

Jan n'était pas seulement furieux que nous ayons raté la rentrée judiciaire. Cela faisait plus de deux mois que Marcel avait été guillotiné, Radio Londres avait annoncé plusieurs fois que le responsable de sa condamnation paierait pour son crime odieux, et nous allions finir par passer pour des incapables ! Mais Robert avait eu une sale impression au moment de passer à l'action, et c'était la première fois que ça lui arrivait.

Sa détermination d'en finir avec le procureur n'avait en rien changé, mais voilà, impossible d'agir aujourd'hui ! Il promit sur l'honneur qu'il ignorait tout de l'importance de cette date que Jan avait choisie ; jamais Robert n'avait renoncé ; avec ce sang-froid qui le caractérisait, il devait avoir eu de bonnes raisons de le faire.

Il était arrivé vers neuf heures dans la rue où vivait Lespinasse. Selon les renseignements recueillis par les filles de la brigade, le substitut sortait de chez lui tous les jours à dix heures pile. Marius, qui avait participé à la première opération, et manqué de peu d'abattre l'autre Lespinasse, se contentait cette fois d'assurer la protection.

Robert portait un grand manteau, deux grenades dans la poche gauche, une offensive et une défensive, et son revolver armé dans la droite. À dix heures, personne. Un quart d'heure plus tard, toujours pas de Lespinasse. Elles sont longues les quinze minutes qui s'écoulent quand on a deux grenades qui s'entrechoquent dans la poche à chaque pas que l'on fait.

Un policier à vélo remonte la rue et ralentit à sa hauteur. Une coïncidence probablement, mais avec sa cible qui n'apparaît toujours pas, il y a de quoi se poser des questions.

Le temps s'étire lentement, la rue est calme ; même en allant et venant, difficile de ne pas se faire repérer tôt ou tard.

En amont, les deux copains ne doivent pas non plus passer complètement inaperçus avec leurs trois vélos prêts pour la fuite.

Un camion bourré d'Allemands tourne au coin de la rue ; deux « coïncidences » en si peu de temps, ça commence à faire beaucoup ! Robert se sent mal à l'aise. Au loin, Marius l'interroge d'un signe et Robert lui répond de la même façon, que pour l'instant tout va bien, on continue l'action. Seul problème, toujours pas de substitut en vue. Le camion allemand passe sans s'arrêter, mais son allure est molle et cette fois Robert se pose de plus en plus de questions. Les trottoirs sont de nouveau déserts, la porte de la maison s'ouvre enfin, un homme sort et traverse le jardin. Dans la poche de son manteau, la main de Robert serre la crosse du revolver. Robert ne peut toujours pas voir le visage de celui qui referme la grille du pavillon. Le voilà qui avance vers sa voiture. Robert a un doute terrible. Si ce n'était pas lui ? Si c'était juste un toubib venu rendre visite au procureur alité à cause d'une mauvaise grippe ? Difficile de se présenter ainsi : « Bonjour, êtes-vous bien le type sur qui je dois vider mon chargeur ? »

Robert va à sa rencontre et la seule chose qui lui

vienne à l'esprit, c'est de lui demander l'heure. Il voudrait que cet homme, qui ne peut ignorer être menacé, affiche un quelconque signe qui trahisse sa peur, que sa main tremble, que la sueur perle à son front !

L'homme se contente de retrousser sa manche et répond poliment « Dix heures trente ». Les doigts de Robert se détachent de la crosse, incapables de tirer. Lespinasse le salue et monte dans sa voiture.

Jan ne dit plus rien, il n'y a plus rien à dire. Robert avait de bonnes raisons et personne ne peut lui faire le reproche d'avoir renoncé. C'est seulement que les vrais salauds ont la peau dure. Au moment où nous nous quittons, Jan murmure qu'il faudra recommencer très vite.

*

L'amertume ne l'a pas quitté de la semaine. D'ailleurs, il n'a voulu voir personne. Le dimanche venu, Robert a mis son réveil aux premières heures du jour. L'arôme du café que prépare sa logeuse monte jusqu'à sa chambre. D'ordinaire, l'odeur du pain grillé titillerait son ventre, mais depuis lundi dernier, Robert a mal au cœur. Il s'habille calmement, récupère son revolver sous le matelas et le passe à la ceinture de son pantalon. Il enfile une veste, met un chapeau et sort de chez lui sans prévenir personne. Ce n'est pas le souvenir de l'échec, qui donne la nausée à Robert. Faire sauter des locomotives, déboulonner des rails, détruire des pylônes, dynamiter des grues, saboter du matériel ennemi, on le fait de bon cœur, mais tuer, personne n'aime ça. Nous, nous rêvions d'un monde où les hommes seraient libres d'exister. Nous voulions être médecins, ouvriers, artisans, enseignants. Ce n'est pas quand ils nous ont enlevé ces droits-là que nous avons pris les armes, c'est plus tard ; quand ils ont déporté des enfants, fusillé les copains. Mais tuer reste pour nous une sale besogne. Je te l'ai dit, on n'oublie jamais le visage de quelqu'un sur qui on va tirer, même pour un salaud comme Lespinasse, la chose est difficile.

Catherine a confirmé à Robert que tous les dimanches matin, le substitut se rend à la messe à dix heures précises, alors, décidé, Robert lutte contre l'écœurement qui le gagne et grimpe sur son vélo. Et puis il faut sauver Boris.

Il est dix heures quand Robert s'engage dans la rue. Le procureur vient de refermer la grille de son jardin. Entouré de sa femme et de sa fille, le voilà qui marche sur le trottoir. Robert relève le chien de son revolver, avance vers lui ; le groupe arrive à sa hauteur et le dépasse. Robert sort son arme, fait demi-tour et vise. Pas dans le dos, alors il crie « Lespinasse ! ». Surprise, la famille se retourne, découvre l'arme pointée, mais déjà deux coups de feu claquent et le substitut tombe à genoux, mains sur le ventre. Les yeux écarquillés, Lespinasse fixe Robert, il se relève, titube, se retient à un arbre. Les salauds ont vraiment la peau dure !

Robert s'approche, le substitut supplie, il murmure « Grâce ». Robert, lui, pense au corps de Marcel, la tête entre les mains dans son cercueil, il voit le visage des copains abattus. Pour tous ces gamins-là, il n'y a eu ni grâce ni pitié ; Robert vide son chargeur. Les deux femmes hurlent, un passant tente de leur venir en aide, mais Robert relève son arme et l'homme détale.

Et pendant que Robert s'éloigne sur son vélo, les appels au secours s'élèvent dans son dos.

131

À midi, il est de retour dans sa chambre. La nouvelle s'est déjà répandue dans toute la ville. Les policiers ont bouclé le quartier, ils interrogent la veuve du procureur, lui demandent si elle pourrait reconnaître l'homme qui a fait le coup. Mme Lespinasse hoche la tête et répond que c'est possible, mais qu'elle ne le souhaiterait pas, il y a déjà eu bien trop de morts comme ça.

15.

Émile avait réussi à se faire embaucher dans les chemins de fer. Chacun d'entre nous essayait de dénicher un travail. Nous avions tous besoin d'un salaire ; il fallait payer son loyer, se nourrir tant bien que mal, et la Résistance peinait à nous verser une solde chaque mois. Un emploi avait aussi pour avantage de donner le change quant à nos activités clandestines. On attirait moins l'attention de la police ou de ses voisins, quand on partait travailler chaque matin. Ceux qui chômaient n'avaient d'autre choix que de se faire passer pour des étudiants, mais ils étaient beaucoup plus repérables. Évidemment, si le travail déniché pouvait aussi servir à la cause, c'était l'idéal ! Les postes qu'Émile et Alonso occupaient à la gare de triage de Toulouse étaient précieux à la brigade. Ils avaient constitué avec quelques cheminots une petite équipe spécialisée dans les sabotages en tout genre. L'une de leurs spécialités consistait à décoller, au nez et à la barbe des soldats allemands, les étiquettes figurant sur les flancs des wagons et à les recoller aussitôt sur d'autres. Ainsi au moment des assemblages de convois, les pièces détachées tant attendues à Calais

par les nazis filaient vers Bordeaux, les transformateurs espérés à Nantes arrivaient à Metz, les moteurs
partant en Allemagne étaient livrés à Lyon.

Les Allemands accusaient la SNCF de cette
pagaille, raillant l'inefficacité française. Grâce à
Émile, à François et à quelques-uns de leurs collègues cheminots, le ravitaillement nécessaire à l'occupant se dispersait dans toutes les directions, sauf
la bonne, et se perdait dans la nature. Avant que les
marchandises destinées à l'ennemi soient retrouvées
et arrivent à bon port, un à deux mois s'écoulaient,
et c'était toujours ça de pris.

Souvent, à la nuit tombée, nous les rejoignions
pour nous faufiler entre les convois à l'arrêt. Nous
guettions chaque bruit autour de nous, profitant du
grincement d'un aiguillage ou du passage d'une
motrice pour avancer vers notre cible sans nous
faire surprendre par les patrouilles allemandes.

La semaine précédente, nous nous étions glissés
sous un train, remontant sous ses essieux jusqu'à
atteindre un wagon très particulier dont nous raffo-
lions : le *Tankwagen*, traduisez « wagon-citerne ».
Bien que particulièrement difficile à mettre en
œuvre sans se faire repérer, la manœuvre de
sabotage passerait totalement inaperçue une fois
accomplie.

Pendant que l'un de nous faisait le guet, les autres
se hissaient en haut de la citerne, ouvraient le couvercle et versaient des kilos de sable et de mélasse
dans le carburant. Quelques jours plus tard, arrivé
à destination, le précieux liquide trafiqué par nos
soins était pompé pour alimenter les réservoirs des
bombardiers ou chasseurs allemands. Nos connaissances en mécanique étaient suffisantes pour savoir
que juste après le décollage, le pilote de l'appareil
n'aurait qu'une alternative : chercher à comprendre

pourquoi ses moteurs venaient de s'éteindre ou sauter tout de suite en parachute avant que son zinc ne s'écrase ; dans le pire des cas, les avions seraient hors d'usage en bout de piste, ce qui n'était déjà pas mal.

Avec un peu de sable et tout autant de culot, mes copains avaient réussi à mettre au point un système de destruction à distance de l'aviation ennemie des plus simples, mais des plus efficaces. Et quand j'y pensais en rentrant avec eux au petit matin, je me disais que ce faisant, ils m'offraient une petite part de mon second rêve : rejoindre la Royal Air Force.

Il nous arrivait aussi de nous glisser le long des voies de chemin de fer de la gare de Toulouse-Raynal, pour soulever les bâches des plates-formes de trains et opérer en fonction de ce que nous y trouvions. Quand nous découvrions des ailes de Messerschmitt, des fuselages de Junkers ou des empennages de Stuka fabriqués dans les usines Latécoère de la région, nous coupions les câbles des commandes. Lorsque nous avions affaire à des moteurs d'avions, nous arrachions les câbles électriques ou les tuyaux d'essence. Je ne peux pas compter le nombre d'appareils que nous avons ainsi cloués au sol. Quant à moi, chaque fois que je détruisais un zinc ennemi de la sorte, il valait toujours mieux que je le fasse avec un copain, à cause de ma nature distraite. Dès que je m'attaquais à trouer au poinçon la voilure d'une aile, je m'imaginais aussitôt dans le cockpit de mon Spitfire, appuyant sur la gâchette du manche, avec le vent qui sifflait dans le fuselage. Heureusement pour moi, les mains bienveillantes d'Émile ou d'Alonso me tapotaient toujours sur l'épaule, et je voyais alors leurs mines désolées de me ramener à la

135

réalité, quand ils me disaient « Allez viens, Jeannot, faut rentrer maintenant ».

Nous avions passé les quinze premiers jours d'octobre à opérer ainsi. Mais cette nuit, le coup serait bien plus important que d'habitude. Émile l'avait appris, douze locomotives allaient être conduites demain en Allemagne.

La mission était d'envergure, et pour l'accomplir nous serions six. Il était rare que nous agissions en aussi grand nombre ; si nous étions pris, la brigade perdrait près du tiers de ses effectifs. Mais l'enjeu justifiait que l'on prenne un tel risque. Qui dit douze locomotives dit également douze bombes. Pas question cependant de nous rendre en cortège chez l'ami Charles. Pour une fois, c'est lui qui livrerait à domicile.

Aux premières heures du jour, notre ami avait disposé ses précieux colis au fond d'une petite charrette attelée à son vélo, les avait recouverts de salades fraîchement cueillies dans son jardin et d'une bâche. Il avait quitté la petite gare de Loubers, pédalant en chantant dans la campagne toulousaine. La bicyclette de Charles constituée de pièces récupérées sur nos vélos volés était unique en son genre. Avec un guidon de presque un mètre d'envergure, une selle rehaussée, un cadre mi-bleu, mi-orange, des pédales disparates et deux sacoches de femme accrochées sur les flancs de la roue arrière, elle avait vraiment une drôle d'allure, la bicyclette de Charles.

Charles aussi avait une drôle d'allure. Il n'était pas inquiet en se rendant en ville, les policiers ne lui prêtaient généralement aucune attention, convaincus qu'il était un clochard errant dans le coin. Un désagrément pour la population, certes, mais pas un danger à proprement parler. C'est vrai, qu'avec sa drôle d'allure, la police se foutait bien de lui, sauf aujourd'hui, hélas.

Charles traverse la place du Capitole tractant son chargement plus que particulier, quand deux gendarmes l'arrêtent pour un contrôle de routine. Charles tend sa carte d'identité sur laquelle est inscrit qu'il est né à Lens. Comme si le brigadier ne savait pas lire ce qui était pourtant écrit noir sur blanc, le voici qui demande à Charles son lieu de naissance. Charles, qui n'a pas l'esprit de contradiction, répond sans hésiter.

– Lountz !

– Lountz ? demande le brigadier perplexe.

– Lountz ! insiste Charles, bras croisés.

– Vous dites que vous êtes né à Lountz et moi, là sur vos papiers, je lis que c'est à Lens que votre mère vous a mis au monde, alors ou vous mentez, ou c'est une fausse carte ?

– Ma noun, s'évertue à dire Charles avec son accent un peu particulier. Lountz, sa exactoument ce qué je dise ! Lountz dans la Pas-dé-Calais !

Le policier le regarde, en se demandant si le type qu'il interroge ne serait pas en train de se payer sa tête.

– Vous prétendez aussi être français, peut-être ? rétorque-t-il.

– Si, ti ta fou ! affirme Charles... (Traduisez par là : « Oui, tout à fait ! »)

Cette fois le policier se dit qu'il se fout vraiment de sa gueule.

– Où vivez-vous ? questionne-t-il d'un ton autoritaire.

Charles, connaissant sa leçon sur le bout des lèvres, répond aussitôt « À Brist ! ».

– À Brist ? Et où ça se trouve ça, Brist ? Connais pas, moi, Brist, dit le policier en se retournant vers son collègue.

– Brist, dans la Finistire ! répond Charles avec une pointe d'agacement.

– Je crois qu'il veut dire Brest dans le Finistère, chef ! intervient le collègue, impassible.

Et Charles, ravi, hoche la tête en signe d'acquiescement. Le brigadier, vexé, le toise de haut en bas. Il faut dire qu'entre sa bicyclette multicolore, sa vareuse de clochard et son chargement de salades, Charles n'a pas tout à fait l'allure d'un marin-pêcheur brestois. Le gendarme, qui n'en peut plus, lui ordonne alors de le suivre pour vérification d'identité.

Cette fois, c'est Charles qui le regarde fixement. Et il faut croire que les leçons de vocabulaire de la petite Camille ont porté leurs fruits, parce que l'ami Charles se penche à l'oreille de l'agent et lui murmure :

– Je transporte des bombes dans ma carriole ; si tu m'emmènes à ton commissariat, on me fusillera. Et demain c'est toi qu'on fusillera, parce que les copains de la Résistance sauront qui m'a arrêté.

Comme quoi, quand Charles y mettait du sien, il parlait rudement bien le français !

Le policier avait la main posée sur son arme de service. Il hésita, puis sa main délaissa la crosse du revolver ; un bref échange de regards avec son collègue et il dit à Charles :

– Allez, fous-moi le camp d'ici, le Brestois !

À midi, nous prenions livraison des douze bombes, Charles nous raconta son aventure et le pire c'est que ça le faisait marrer.

Jan, lui, ne trouva pas cela drôle du tout. Il sermonna Charles, lui dit qu'il avait pris trop de risques, mais Charles rigolait toujours et rétorqua que bientôt, douze locomotives ne pourraient plus jamais tracter de trains de déportés. Il nous souhaita bonne chance pour ce soir et remonta sur son vélo. Parfois, la nuit, avant de m'endormir, il m'arrive encore de l'entendre pédaler vers la gare de Loubers, juché sur sa grande bicyclette multicolore, avec ses immenses éclats de rire tout aussi colorés.

*

Dix heures, la nuit est maintenant assez noire pour que nous puissions agir. Émile donne le signal et nous sautons par-dessus le mur qui borde la voie. Il faut faire attention au moment de la réception, chacun de nous porte deux bombes dans sa besace. Il fait froid, l'humidité nous glace les os. François ouvre la marche, Alonso, Émile, mon frère Claude, Jacques et moi formons la colonne qui se faufile le long d'un train immobile. La brigade semble presque au complet.

Devant nous, un soldat fait le guet et bloque notre progression. Le temps presse, nous devons avancer jusqu'aux locos parquées plus loin. Cet après-midi, nous avons répété la mission. Grâce à Émile, nous savons que les machines sont toutes alignées sur les voies de triage. Chacun devra s'occuper de deux locomotives. D'abord, grimper sur la motrice, emprunter la passerelle qui court le long du flanc, prendre l'échelle de coupe et se hisser au sommet de la chaudière. Allumer sa cigarette, puis la mèche, et faire descendre lentement la bombe dans la cheminée à l'aide du fil de fer qui la retient à un crochet. Arrimer le crochet au bord de la cheminée, de façon que la bombe reste suspendue à quelques centimètres du fond de la chaudière.

Ensuite, redescendre, traverser la voie et recommencer sur la locomotive suivante. Une fois les deux bombes en place, filer vers un muret qui se trouve cent mètres devant et, en fait, filer tout court avant que cela n'explose. Dans la mesure du possible, essayer d'être synchrone avec les copains, pour éviter que l'un soit encore à la tâche quand les locos de l'autre sauteront. Au moment où trente tonnes de métal s'éventrent, mieux vaut être le plus loin possible.

Alonso regarde Émile, il faut se débarrasser de ce type qui nous barre la route. Émile sort son pistolet. Le soldat accroche une cigarette à ses lèvres. Il craque une allumette et la flamme éclaire son visage. Malgré son uniforme impeccable, l'ennemi a plutôt l'air d'un pauvre gamin déguisé en soldat que d'un nazi féroce.

Émile range son pétard et nous fait signe que nous nous contenterons de l'assommer. Tout le monde se réjouit de la nouvelle, moi un peu moins que les autres parce qu'il faut que je me charge de la besogne. C'est terrible d'assommer quelqu'un, terrible de lui frapper le crâne, avec la peur de le tuer.

Le soldat inanimé est porté dans un wagon dont Alonso referme la porte, le plus doucement possible. La marche reprend. Nous voilà arrivés. Émile lève le bras pour donner le signal, chacun retient son souffle, prêt à agir. Moi je lève la tête et regarde le ciel en me disant que se battre dans les airs, ça doit quand même avoir plus d'allure que de ramper sur du gravier et des morceaux de charbon, mais un détail attire mon attention. À moins que ma myopie ne se soit brutalement aggravée, il me semble voir de la fumée sortir de la cheminée de toutes nos locomotives. Or, qui dit fumée dans la cheminée d'une locomotive présume que sa chaudière est allumée. Grâce à l'expérience acquise dans la salle à manger de Charles au cours d'une omelette-party (comme diraient les Anglais de la Royal Air Force au mess des officiers), je sais désormais que tout ce qui contient de la poudre est extrêmement sensible à proximité d'une source de chaleur. Sauf un miracle ou une particularité de nos bombes qui aurait échappé au champ des connaissances que j'avais acquises en chimie jusqu'aux portes du baccalauréat, Charles aurait pensé tout comme moi que « Nous avère oune sérieux problème ».

Chaque chose ayant une raison d'être, ainsi que le répétait sans cesse mon professeur de mathématiques au lycée, je comprends que les cheminots, que nous avons oublié de prévenir de notre action, ont laissé les machines en chauffe, les alimentant en charbon, afin de maintenir un niveau constant de vapeur et d'assurer la ponctualité matinale de leurs convois.

Sans vouloir pour autant briser l'élan patriotique de mes camarades juste avant de passer à l'action, je juge utile d'informer Émile et Alonso de ma découverte. Je le fais en chuchotant bien sûr, pour ne pas attirer inutilement l'attention d'autres gardes, ayant particulièrement détesté, tout à l'heure, devoir assommer un soldat. Chuchotements ou pas, Alonso a l'air consterné et regarde comme moi les cheminées fumantes. Et comme moi, il analyse parfaitement le dilemme auquel nous sommes confrontés. Le plan prévu est de faire descendre nos explosifs par les cheminées, pour les laisser en suspension dans les chaudières des locomotives ; or, si les chaudières sont incandescentes, il est difficile, voire quasi impossible, de calculer au bout de combien de temps les bombes, soumises à la température ambiante, exploseront ; leur mèche étant devenues, dès lors, un accessoire relativement superfétatoire.

Après consultation générale, il s'avère que la carrière d'Émile comme cheminot n'est pas assez longue pour nous permettre d'affiner nos estimations, et personne ne peut vraiment lui en faire le reproche.

Alonso pense que les bombes vont nous péter à la figure à mi-hauteur de la cheminée, Émile est plus confiant, il pense que la dynamite étant dans des cylindres de fonte, la conduction de la chaleur devrait prendre un certain temps. À la question d'Alonso « Oui, mais combien ? », Émile répond qu'il n'en a pas la moindre idée. Mon petit frère conclut en ajoutant que quitte à être là, autant tenter le coup !

Je te l'ai dit, nous ne renoncerons pas. Demain matin, les locomotives, fumantes ou pas, seront hors service. Décision est prise à la majorité absolue, sans abstention de vote, d'y aller quand même. Émile lève à nouveau le bras pour donner le signal du départ, mais cette fois c'est moi qui ose une question, que finalement tout le monde se pose.

– Est-ce qu'on allume quand même les mèches ?

La réponse, agacée, d'Émile est affirmative.

La suite se passe très vite. Chacun court maintenant vers son objectif. Nous grimpons tous sur notre première locomotive, les uns priant pour le meilleur, les autres, moins croyants, espérant que le pire ne se produise pas. L'amadou grésille, j'ai quatre minutes, sans compter le paramètre calorique dont j'ai déjà largement parlé, pour poser ma première charge, filer vers la loco suivante, réitérer l'action et rejoindre le muret salvateur. Ma bombe se balance au bout de son fil de fer et descend vers l'objectif. Je devine combien l'arrimage est important ; avec la braise dans le foyer, autant éviter tout contact.

Si ma mémoire est claire, en dépit du chaud et froid qui me fait frissonner, il s'était écoulé trois bonnes minutes entre le moment où Charles avait jeté sa graisse d'oie dans la poêle et celui où nous avions dû nous jeter par terre. Alors, si la chance me sourit, je ne finirai peut-être pas ma vie déchiqueté au-dessus d'une chaudière de locomotive, ou en tout cas pas avant d'avoir au moins posé ma seconde charge.

D'ailleurs, je cours déjà entre les rails et grimpe vers mon deuxième objectif. À quelques mètres Alonso me fait signe que tout va bien. Ça me rassure un peu de voir qu'il n'en mène pas plus large que moi. J'en connais qui se tiennent à distance quand ils craquent une allumette devant leur gazinière, de peur d'un retour de flamme ; j'aimerais bien les voir en train de laisser glisser une bombe de trois kilos dans la chaudière brûlante d'une locomotive. Mais la seule chose qui me rassurerait vraiment serait de savoir que mon petit frère a fini son travail et qu'il est déjà au point de fuite.

Alonso est à la traîne, en redescendant il a trébuché et s'est pris le pied entre le rail et la roue de sa locomotive. À trois, nous le tirons comme nous pouvons pour le libérer et moi j'entends le pendule de la mort et son tic-tac à mon oreille.

Le pied d'Alonso meurtri mais enfin dégagé, nous courons vers notre salut et le souffle de la première explosion qui s'élève dans un fracas terrible nous aide un peu, puisqu'il nous projette tous les trois jusqu'au muret.

Mon frère vient m'aider à me relever, et en

143

voyant sa frimousse grise, même si je suis un peu sonné, je respire à nouveau et l'entraîne vers les bicyclettes.

– T'as vu, on y est arrivés ! dit-il en se marrant presque.

– Tiens, tu souris toi maintenant ?

– Des soirs comme celui-là, oui ! répond-il en pédalant.

Au loin, les explosions se succèdent, c'est une pluie de fer qui retombe du ciel. Nous sentons la chaleur jusqu'ici. À vélo dans la nuit, nous mettons pied à terre et nous nous retournons.

Mon frère a raison de sourire. Ce n'est pas la nuit du 14 Juillet, ni celle de la Saint-Jean. Nous sommes le 10 octobre 1943, mais demain, il manquera douze locos aux Allemands, c'est le plus beau des feux d'artifice auquel nous pouvions assister.

16.

Le jour était levé, je devais rejoindre mon frère et j'étais en retard. Hier soir, en nous quittant après l'explosion des locomotives, nous nous étions promis de prendre un café ensemble. Nous nous manquions, les occasions de se voir se faisant de plus en plus rares. Habillé à la hâte, je filai le retrouver dans un café à quelques pas de la place Esquirol.

– Dites-moi, qu'est-ce que vous faites comme genre d'études, exactement ?

La voix de ma logeuse a résonné dans le couloir alors que je m'apprêtais à sortir. À son intonation, j'ai bien compris que la question n'était pas liée à un intérêt soudain de la mère Dublanc pour mon cursus universitaire. Je me suis retourné, lui faisant face en m'efforçant d'être le plus convaincant possible. Si ma logeuse doutait de mon identité, il me faudrait déménager au plus vite et probablement quitter la ville aujourd'hui.

– Pourquoi cette question, madame Dublanc ?

– Parce que si vous étiez en faculté de médecine, ou mieux encore à l'école vétérinaire, ça m'arrangerait bien. Mon chat est malade, il ne veut pas se lever.

– Hélas, madame Dublanc, j'aurais bien voulu vous aider, enfin, aider votre chat, mais j'étudie la comptabilité.

Je pensais être tiré d'affaire, mais la mère Dublanc a ajouté aussitôt que c'était bien dommage ; elle avait l'air songeur en me disant cela et son comportement m'inquiétait.

– Je peux faire autre chose pour vous, madame Dublanc ?

– Ça ne vous embêterait pas de venir quand même jeter un petit coup d'œil à mon Gribouille ?

La mère Dublanc me prend aussitôt par le bras et m'entraîne chez elle ; comme si elle voulait me rassurer, elle me chuchote à l'oreille que ce serait mieux qu'on se parle à l'intérieur ; les murs de sa maison ne sont pas très épais. Mais en disant ça, elle fait tout sauf me rassurer.

Le logement de la mère Dublanc ressemble à ma chambre, avec des meubles et une salle d'eau en plus, ce qui finalement fait quand même pas mal de différence. Sur le fauteuil, dort un gros chat gris qui n'a pas l'air d'avoir meilleure mine que moi, mais je m'abstiens de tout commentaire.

– Écoutez, mon grand, dit-elle en refermant la porte. Je me fiche que vous appreniez la comptabilité ou l'algèbre ; des étudiants comme vous, j'en ai vu défiler quelques-uns, et certains ont disparu sans même revenir chercher leurs affaires. Vous, je vous aime bien, mais je ne veux pas d'ennuis avec la police et encore moins avec la Milice.

Mon estomac venait de se tordre, j'avais l'impression qu'on jouait au mikado dans mon ventre.

– Pourquoi dites-vous ça, madame Dublanc ? ai-je bafouillé.

– Parce qu'à moins que vous ne soyez un cancre résolu, je ne vous vois pas beaucoup étudier. Et puis votre petit frère qui vient de temps en temps avec quelques autres de vos copains, ils ont des têtes de terroristes ; alors je vous le dis, je ne veux pas d'ennuis.

Je mourais d'envie d'entreprendre la mère Dublanc sur sa définition du terrorisme. La prudence aurait voulu que je me taise, c'était bien plus que des soupçons qu'elle entretenait à mon égard ; et néanmoins, je n'ai pas pu renoncer.

– Je crois que les vrais terroristes sont les nazis et les gars de la Milice. Parce que entre nous, madame Dublanc, les copains et moi ne sommes que des étudiants qui rêvons d'un monde en paix.

– Mais moi aussi je veux la paix, et dans ma maison pour commencer ! Alors si cela ne te pose pas de problème, mon garçon, évite de tenir de tels propos sous mon toit. Les miliciens ne m'ont rien fait, à moi. Et quand je les croise dans la rue, ils sont toujours bien habillés, très polis et parfaitement civilisés ; ce qui n'est pas le cas de tous les gens que l'on rencontre en ville, loin s'en faut, si tu vois ce que je veux dire. Je ne veux pas d'histoires ici, c'est compris ?

– Oui, madame Dublanc, ai-je répondu, consterné.

– Ne me faites pas non plus dire ce que je n'ai pas dit. Je suis d'accord que, par les temps qui courent, étudier comme vous et vos amis le faites demande une certaine foi en l'avenir, voire même un certain courage ; mais je préférerais néanmoins que vos études se fassent à l'extérieur de mes murs... vous me suivez dans mon raisonnement ?

– Vous voulez que je m'en aille, madame Dublanc ?

– Tant que vous payez votre loyer, je n'ai aucune raison de vous congédier, mais soyez gentil de ne

147

plus ramener vos amis réviser leurs devoirs à la maison. Arrangez-vous pour avoir l'air d'un gars sans histoire. Ce sera mieux pour moi et pour vous aussi. Voilà, c'est tout !

La mère Dublanc m'a fait un clin d'œil et par la même occasion m'a invité à emprunter la porte de son studio pour ressortir. Je l'ai saluée et suis parti en courant rejoindre mon petit frère qui probablement râlait déjà, certain que je lui avais posé un lapin.

Je l'ai retrouvé attablé près de la vitrine, buvant un café en compagnie de Sophie. Ce n'était pas vraiment du café, mais en face de lui, c'était vraiment Sophie. Elle n'a pas vu comme j'ai rougi en l'approchant, enfin je ne crois pas, mais j'ai jugé utile de préciser que je venais de piquer un sprint à cause de mon retard. Mon petit frère avait l'air de s'en foutre complètement. Sophie s'est levée pour nous laisser tous les deux, mais Claude l'a invitée à partager ce moment avec nous. Son initiative fichait en l'air notre tête-à-tête, mais j'avoue que je ne lui en voulais pas du tout.

Sophie était contente de partager ce moment. Sa vie d'agent de liaison n'était pas des plus faciles. Comme moi, elle se faisait passer pour une étudiante auprès de sa logeuse. Tôt le matin, elle quittait la chambre qu'elle occupait dans une maison de la Côte Pavée et n'y retournait que tard le soir, évitant ainsi de compromettre sa couverture. Quand elle n'était pas en filature, quand elle ne transportait pas d'armes, elle arpentait les rues en attendant que vienne la nuit et de pouvoir enfin rentrer chez elle. En hiver ses journées étaient encore plus pénibles. Les seuls moments de répit venaient quand elle s'octroyait une pause au comptoir d'un bar, pour se réchauffer. Mais elle ne pouvait jamais y rester très longtemps, au risque de se mettre en danger. Une jeune femme, belle et seule, attirait facilement l'attention.

Le mercredi, elle s'offrait une place de cinéma, et le dimanche, elle nous racontait le film. Enfin, les trente premières minutes, parce que le plus souvent elle s'endormait avant l'entracte, à cause de la chaleur qui la berçait.

Je n'ai jamais su s'il y avait une limite au courage de Sophie ; elle était belle, elle avait un sourire à se damner, et en toutes circonstances un à-propos incroyable. Si avec tout cela on ne m'accorde pas quelques circonstances atténuantes au fait que je rougisse en sa présence, c'est que le monde est vraiment trop injuste.

– Il m'est arrivé un truc incroyable la semaine dernière, dit-elle en passant la main dans sa longue chevelure.

Inutile de préciser que ni mon frère ni moi n'étions en mesure de l'interrompre.

– Qu'est-ce que vous avez les garçons ? Vous êtes muets ?

– Non, non, vas-y, continue, répond mon frère avec un sourire béat.

Sophie, perplexe, nous regarde à tour de rôle et poursuit son récit.

– J'allais à Carmaux, porter trois mitraillettes qu'Émile attendait. Charles les avait cachées dans une valise, assez lourde quand même. Me voilà prenant mon train à la gare de Toulouse ; j'ouvre la porte de mon compartiment et je tombe sur huit gendarmes ! Je repars illico sur la pointe des pieds, priant pour ne pas avoir éveillé leur attention, mais voilà que l'un d'eux se lève et me propose de se serrer pour me faire une petite place. Un autre m'offre même de m'aider avec ma valise. Qu'est-ce que vous auriez fait à ma place ?

– Ben, moi j'aurais prié pour qu'ils me fusillent tout de suite ! répond mon petit frère.

Et il ajoute :

– À quoi bon attendre ? Quand c'est foutu, c'est foutu, non ?

– Eh bien, foutu pour foutu comme tu dis, j'ai laissé faire. Ils ont pris la valise et l'ont rangée à mes pieds, sous la banquette. Le train est parti et on a papoté jusqu'à Carmaux. Mais attendez, c'est pas tout !

Je crois qu'à ce moment-là, Sophie m'aurait dit : « Jeannot, je veux bien t'embrasser si tu changes cette horrible couleur de cheveux », non seulement je l'aurais bien pris, mais je me serais fait teindre dans la seconde. Mais bon, la question ne s'est pas posée, je suis toujours rouquin et Sophie continue son récit de plus belle.

– Le train arrive donc en gare de Carmaux et patatras, un contrôle ! Par la fenêtre, je vois les Allemands ouvrir tous les bagages sur le quai ; cette fois, je me dis que je suis vraiment fichue !

– Mais tu es là ! se hasarde Claude en trempant son doigt, à défaut de morceau de sucre, dans ce qui reste de café au fond de sa tasse.

– Les gendarmes se marrent en voyant ma tête, ils me tapotent sur l'épaule et disent qu'ils vont m'accompagner jusqu'au-dehors. Et devant mon étonnement, leur brigadier ajoute qu'il préfère que ça soit une fille comme moi qui profite des jambons et des saucissons que j'ai planqués dans ma valise, plutôt que quelques soldats de la Wehrmacht. Elle n'est pas géniale, cette histoire ? conclut Sophie en éclatant de rire.

Nous, son histoire nous glace le dos, mais notre

copine est hilare, alors nous sommes heureux, heureux d'être simplement là auprès d'elle. Comme si tout cela finalement n'était qu'un jeu d'enfants, un jeu d'enfants où elle aurait pu être fusillée dix fois... pour de vrai.

Sophie a eu dix-sept ans cette année. Au début, son père qui est mineur à Carmaux n'était pas très chaud pour qu'elle rejoigne la brigade. Quand Jan l'a prise dans nos rangs, il est même allé lui passer un savon. Mais le père de Sophie est un résistant de la première heure, alors difficile pour lui de trouver un argument valable pour interdire à sa fille de faire comme lui. Son coup de gueule avec Jan, c'était plus pour la forme.

– Attendez, le meilleur est à venir, enchaîne Sophie, encore plus enjouée.

Claude et moi écoutons la fin de son récit de bonne grâce.

– À la gare, Émile m'attend au bout du quai, il me voit venir vers lui, encadrée de huit gendarmes, dont l'un porte la valoche qui contient les mitraillettes. Vous auriez vu la tête d'Émile !

– Comment il a réagi ? demande Claude.

– Je lui ai fait de grands signes, je l'ai appelé « chéri » de loin, et je me suis littéralement jetée à son cou pour qu'il ne fiche pas le camp. Les gendarmes lui ont remis mon bagage et ils sont partis en nous souhaitant une bonne journée. À l'heure qu'il est, je crois qu'Émile en tremble encore.

– Je vais peut-être arrêter de manger kascher si le jambon porte bonheur à ce point-là, râle mon petit frère.

– C'étaient des mitraillettes, imbécile, rétorque Sophie, et puis les gendarmes étaient juste de bonne humeur, voilà tout.

Claude ne pensait pas à la chance que Sophie avait eue avec les gendarmes, mais à celle d'Émile...

Notre copine a regardé sa montre, elle s'est levée d'un bond en disant « Il faut que j'y aille », puis elle nous a embrassés tous les deux et elle est repartie. Mon frère et moi sommes restés assis l'un à côté de l'autre, sans rien dire, pendant une bonne heure. On s'est quittés au début de l'après-midi, et chacun savait à quoi l'autre pensait.

Je lui ai proposé que l'on remette notre tête-à-tête au lendemain soir, pour qu'on puisse se parler un peu.

– Demain soir ? Je peux pas, a dit Claude.

Je ne lui ai pas posé de questions, mais à son silence, je savais qu'il partait en opération, et lui, à ma tête, voyait bien que l'inquiétude commençait de me ronger depuis qu'il s'était tu.

– Je passerai chez toi après, a-t-il ajouté. Mais pas avant dix heures.

C'était très généreux de sa part, parce que sa mission accomplie, il lui faudrait encore pédaler un long moment pour me retrouver. Mais Claude savait que sans cela, je ne fermerais pas l'œil de la nuit.

– Alors à demain, frérot.

– À demain.

*

Ma petite conversation avec la mère Dublanc me tracassait toujours. Si j'en parlais à Jan, il m'obligerait à quitter la ville. Pas question pour moi de m'éloigner de mon frère... ni de Sophie. D'un autre côté, si je n'en parlais à personne et que j'étais pris, j'aurais commis une erreur impardonnable. J'enfourchai mon vélo et filai vers la petite gare de Loubers. Charles était toujours de bon conseil.

Il m'accueillit avec sa bonne humeur habituelle et m'invita à venir lui donner un coup de main dans le jardin. J'avais passé quelques mois à travailler le potager du Manoir avant de rejoindre la Résistance et j'avais acquis un certain savoir-faire en matière de binage et de sarclage. Charles appréciait mon coup de main. Très vite, nous avons engagé la conversation. Je lui ai répété les mots que la mère Dublanc m'avait tenus et Charles m'a rassuré aussitôt.

D'après lui, si ma logeuse ne voulait pas de problèmes, elle n'irait pas me dénoncer, par peur d'être inquiétée d'une façon ou d'une autre ; et puis sa petite phrase sur le mérite qu'elle accordait aux « étudiants » laissait croire qu'elle n'était pas si mauvaise que ça. Charles a même ajouté qu'il ne fallait pas méjuger les gens trop vite. Beaucoup ne font rien, simplement parce qu'ils ont peur, cela ne fait pas d'eux des balances pour autant. La mère Dublanc est comme ça. L'Occupation ne change pas sa vie au point de lui faire courir le risque de la perdre, voilà tout.

Il faut une véritable prise de conscience pour se rendre compte que l'on est en vie, a-t-il expliqué en arrachant une botte de radis.

Charles a raison, la plupart des hommes se contentent d'un boulot, d'un toit, de quelques heures de repos le dimanche et ils s'estiment heureux comme ça ; heureux d'être tranquilles, pas d'être en vie ! Que leurs voisins souffrent, tant que la peine ne pénètre pas chez eux, ils préfèrent ne rien voir ; faire comme si les mauvaises choses n'existaient pas. Ce n'est pas toujours de la lâcheté. Pour certains, vivre demande déjà beaucoup de courage.

– Évite de ramener des amis chez toi pendant quelques jours. On ne sait jamais, a ajouté Charles.

Nous avons continué à biner la terre en silence. Lui s'occupait des radis, moi des salades.

– Il n'y a pas que ta logeuse qui te tracasse, n'est-ce pas ? a demandé Charles en me tendant un sarcloir.

J'ai attendu un peu pour lui répondre, alors il a enchaîné.

– Une fois, une femme est venue ici. C'est Robert qui m'avait demandé de l'héberger. Elle avait dix ans de plus que moi, elle était malade et venait se reposer. J'ai dit que je n'étais pas médecin, mais j'ai accepté. Il n'y a qu'une chambre là-haut, alors qu'est-ce que tu voulais que je fasse ? Nous avons partagé le lit ; elle d'un côté, moi de l'autre, l'oreiller au milieu. Elle a passé deux semaines dans ma maison, nous rigolions tout le temps, on se racontait des tas de choses et je m'étais habitué à sa présence. Un jour, elle était guérie, alors elle est repartie. Je n'ai rien demandé, mais j'ai dû me réhabituer à vivre avec le silence. La nuit, quand le vent soufflait, on l'écoutait à deux. Seul, il ne fait plus la même musique.

– Tu ne l'as jamais revue ?

– Elle a frappé à ma porte deux semaines plus tard et m'a dit qu'elle voulait rester avec moi.

– Et alors ?

– J'ai dit que c'était mieux pour nous qu'elle retourne auprès de son mari.

– Pourquoi me racontes-tu ça, Charles ?

– De quelle fille de la brigade es-tu tombé amoureux ?

Je n'ai pas répondu.

– Jeannot, je sais combien la solitude nous pèse,

154

mais c'est le prix à payer quand on est dans la clandestinité.

Et comme je restais silencieux, Charles a arrêté de biner.

Nous sommes repartis vers la maison, Charles m'a offert un bouquet de radis pour me remercier de l'avoir aidé.

– Tu sais, Jeannot, cette amie dont je t'ai parlé tout à l'heure, elle m'a donné une chance formidable ; elle m'a laissé l'aimer. Ce n'était que quelques jours, mais avec la tête que j'ai, c'était déjà un beau cadeau. Maintenant, il me suffit de penser à elle pour trouver un peu de bonheur. Tu devrais rentrer, la nuit tombe tôt en ce moment.

Et Charles m'a raccompagné au pas de la porte.

En enfourchant mon vélo, je me suis retourné et je lui ai demandé s'il pensait que j'avais quand même une chance avec Sophie, au cas où je la reverrais un jour, après la guerre, quand nous ne serions plus dans la clandestinité. Charles avait l'air désolé, je l'ai vu hésiter et il m'a répondu, le sourire triste :

– Si Sophie et Robert ne sont plus ensemble à la fin de la guerre, qui sait ? Bonne route, mon vieux, fais attention aux patrouilles à la sortie du village.

*

Le soir, en m'endormant, je repensais à ma conversation avec Charles. Je me rendais à sa raison, Sophie serait une formidable amie et ce serait mieux comme ça. De toutes les façons, j'aurais détesté me teindre les cheveux.

*

Nous avions décidé de poursuivre l'action de Boris contre la Milice. Désormais, les chiens de rue dans leurs habits noirs, ceux qui nous espionnaient pour mieux nous arrêter, ceux qui torturaient, ceux qui vendaient la misère humaine au plus offrant seraient combattus sans pitié. Ce soir, nous irions rue Alexandre faire exploser leur tanière.

En attendant, allongé sur son lit, mains sous la tête, Claude regarde le plafond de sa chambre en pensant à ce qui l'attend.

– Ce soir, je ne reviendrai pas, dit-il.

Jacques est entré. Il s'assied à côté de lui, mais Claude ne dit rien ; du doigt, il mesure la mèche qui entre dans la bombe – quinze millimètres seulement –, et mon petit frère murmure :

– Tant pis, j'y vais quand même.

Alors Jacques sourit tristement, il n'a rien ordonné, c'est Claude qui a proposé.

– Tu es sûr ? demande-t-il.

Claude n'est sûr de rien, mais il entend encore la question de mon père au café des Tourneurs... Pourquoi lui ai-je raconté cela ? Alors il dit « Oui ».

– Ce soir, je ne reviendrai pas, murmure mon petit frère âgé de dix-sept ans à peine.

Quinze millimètres d'amadou, c'est court ; une minute et demie de vie quand il entendra le grésillement de la mèche ; quatre-vingt-dix secondes pour fuir.

– Ce soir, je ne reviendrai pas, ne cesse-t-il de répéter, mais ce soir, les miliciens non plus ne rentreront pas chez eux. Alors, des tas de gens que nous ne connaissons pas auront gagné quelques mois de vie, quelques mois d'espoir, le temps que d'autres chiens viennent repeupler les terriers de la haine.

Une minute et demie pour nous et quelques mois pour eux, cela valait bien la peine, n'est-ce pas ?

Boris avait commencé notre guerre contre la Milice le jour même où Marcel Langer avait été condamné à mort. Alors, rien que pour lui qui croupissait dans une geôle de la prison Saint-Michel, il fallait y aller. C'était aussi pour le sauver qu'on avait descendu le substitut Lespinasse. Notre tactique avait fonctionné : au procès de Boris, les juges s'étaient récusés les uns après les autres, les commis d'office avaient eu tellement peur qu'ils s'étaient contentés de vingt ans de prison. Ce soir, Claude pense à Boris, et à Ernest aussi. C'est lui qui lui donnera du courage. Ernest avait seize ans quand il est mort, te rends-tu compte ? Il paraît que quand les miliciens l'ont arrêté, il s'est mis à pisser sur lui au milieu de la rue ; les salauds l'ont autorisé à ouvrir sa braguette, le temps de se soulager de sa peur, là, devant eux, pour l'humilier ; en vérité, le temps de dégoupiller la grenade qu'il cachait dans son pantalon et d'entraîner ces salopards en enfer. Et Claude revoit les yeux gris d'un gamin disparu au milieu de la rue ; d'un gamin qui n'avait que seize ans.

Nous sommes le 5 novembre, presque un mois est passé depuis qu'on a tué Lespinasse. « Je ne reviendrai pas, dit mon petit frère, mais ce n'est pas grave, d'autres vivront à ma place. »

La nuit s'en est venue, la pluie en cortège. « C'est le moment », murmure Jacques, et Claude soulève la tête et desserre les bras. Compte les minutes, petit frère, mémorise chaque instant et laisse le courage te gagner ; laisse cette force remplir ton ventre si vide de tout. Tu n'oublieras jamais le regard de maman, sa tendresse quand elle venait t'endormir il y a quelques mois encore. Regarde comme le temps fut long depuis ; alors, même si tu

157

ne reviens pas ce soir, il te reste un peu à vivre. Remplis ta poitrine de l'odeur de la pluie, laisse faire les gestes tant de fois répétés. Je voudrais être à tes côtés, mais je suis ailleurs, et toi tu es là, Jacques est avec toi.

Claude serre son colis sous le bras, quelques morceaux de bravoure, dont dépassent les mèches d'amadou. Il essaie d'oublier la moiteur sur sa peau, comme la bruine sur la nuit. Il n'est pas seul, même ailleurs, je suis là.

Place Saint-Paul il sent son cœur battre à ses tempes et cherche à caler son rythme sur celui des pas qui le mènent au courage. Il continue sa marche. Si la chance lui sourit, tout à l'heure il s'enfuira par la rue des Créneaux. Mais il ne faut pas penser maintenant au chemin de retraite... si la chance lui sourit seulement.

Mon petit frère entre dans la rue Alexandre, le courage est au rendez-vous. Le milicien qui garde la tanière se dit que pour avancer d'un pas si décidé, Jacques et toi faites partie de sa meute. La porte cochère se referme sur vous. Tu craques l'allumette, les bouts incandescents grésillent, et le tic-tac de la mort qui rôde cliquette dans vos têtes. Au fond de la cour, une bicyclette est rangée contre une fenêtre ; une bicyclette avec un panier où déposer la première bombe que Charles a fabriquée. Une porte. Tu prends le couloir, le tic-tac continue, combien reste-t-il de secondes ? Deux pas pour chacune d'entre elles, trente pas en tout, ne calcule pas, petit frère, trace ton sillage, le salut est derrière, mais toi, il te faut encore avancer.

Dans le couloir, deux miliciens parlent sans lui prêter attention, Claude entre dans la salle, pose son paquet près d'un radiateur, fait mine de fouiller dans sa poche, comme s'il avait oublié quelque chose. Il hausse les épaules, comment peut-on être si étourdi, le milicien se plaque contre le mur pour le laisser ressortir.

Tic tac, il faut garder la marche régulière, ne rien laisser paraître de la moiteur cachée sous les habits. Tic tac, le voilà dans la cour, Jacques lui montre le vélo et Claude voit la mèche incandescente disparaître sous le papier journal. Tic tac, combien de temps encore ? Jacques a deviné la question et ses lèvres murmurent « Trente secondes, peut-être moins ? » Tic tac, les vigiles les laissent passer, on leur a dit de surveiller ceux qui entrent, pas ceux qui sortent.

La rue est là et Claude grelotte quand la sueur vient se mêler au froid. Il ne sourit pas encore de son audace, comme l'autre jour après les locomotives. Si son calcul est bon, il faut dépasser l'intendance de police avant que l'explosion ne troue la nuit. À cet instant, il fera clair comme en plein jour pour les enfants de la guerre et il sera visible à l'ennemi.

« Maintenant ! » dit Jacques en lui serrant le bras. Et l'étreinte de Jacques se resserre tel un étau à l'instant de la première explosion. Le souffle brûlant des bombes écharne les murs des maisons, les vitres volent en éclats, une femme crie sa peur, les policiers sifflent la leur, courant dans tous les sens. Au carrefour, Jacques et Claude se séparent ; la tête enfoncée dans le col de son veston, mon frère redevient celui qui rentre de l'usine, un parmi les milliers qui reviennent du travail.

Jacques est déjà loin, boulevard Carnot, sa silhouette s'est fondue dans l'invisible, et Claude, sans comprendre pourquoi, l'imagine mort, la peur le reprend. Il pense au jour où l'un des deux dira « Ce soir-là, j'avais un ami », et il s'en veut de penser qu'il serait le survivant.

Rejoins-moi chez la mère Dublanc, petit frère. Jacques sera demain au terminus du tramway 12 et quand tu le verras, tu seras enfin rassuré. Cette nuit, blotti sous ton drap, la tête enfouie dans l'oreiller, ta mémoire t'offrira en cadeau le parfum de maman, un petit bout d'enfance qu'elle garde encore au fond de toi. Dors, mon petit frère, Jacques est rentré du boulot. Et ni toi ni moi ne savons qu'un soir d'août 1944, dans un train qui nous déportera vers l'Allemagne, nous le verrons, allongé, le dos troué d'une balle.

*

J'avais invité ma logeuse à l'Opéra, non pour la remercier de sa relative bienveillance, pas même pour avoir un alibi, mais parce que d'après les recommandations de Charles, il était préférable qu'elle ne croise pas mon frère quand il arriverait chez moi en rentrant de mission. Dieu sait dans quel état il serait.

Le rideau se levait et moi, dans cette obscurité, assis au balcon du grand théâtre, je pensais sans cesse à lui. J'avais caché la clé sous le paillasson, il savait où la trouver. Pourtant, si l'inquiétude me rongeait, et je ne suivais rien du spectacle, je me sentais étrangement bien d'être simplement quelque part. Ça n'a l'air de rien, mais quand on est fugitif, être à l'abri est une guérison. Savoir que deux heures durant, je n'aurais ni à me cacher, ni à fuir, me plongeait dans une béatitude inouïe. Bien sûr, je pressentais que l'entracte passé, la peur du retour

160

grignoterait cet espace de liberté qui m'était offert ; à peine une heure que le spectacle se jouait, il suffisait d'un silence pour me ramener à cette réalité, à la solitude qui était mienne au milieu de cette salle emportée dans le monde merveilleux de la scène. Ce que je ne pouvais imaginer, c'est que l'irruption d'une poignée de gendarmes allemands et de miliciens ferait soudainement basculer ma logeuse du côté de la Résistance. Les portes s'étaient ouvertes avec fracas et les aboiements des Feldgendarmes avaient mis un terme à l'opéra. Et l'opéra, justement, c'était pour la mère Dublanc quelque chose de sacré. Trois ans de brimades, de privations de liberté, d'assassinats sommaires, toute la cruauté et la violence de l'Occupation nazie n'avaient pas réussi à provoquer l'indignation de ma logeuse. Mais interrompre la première de *Pelléas et Mélisande*, c'en était trop ! Alors, la mère Dublanc avait murmuré « Quels sauvages ! ».

En repensant à ma conversation de la veille avec Charles, j'ai compris ce soir-là que le moment où une personne prend conscience de sa propre vie resterait, pour moi, à jamais un mystère.

Du balcon, nous regardions les bouledogues évacuer la salle dans une hâte que seule leur violence dépassait. C'est vrai qu'ils avaient l'air de bouledogues, ces soldats aboyant avec leur plaque qui pendait à une grosse chaîne autour du cou. Et les miliciens vêtus de noir qui les accompagnaient ressemblaient à des chiens de misère, de ceux que l'on croise dans les rues de villes abandonnées, la salive ruisselant aux babines, l'œil torve et l'envie de mordre, par haine plus que par faim. Si Debussy était bafoué, si les miliciens étaient en fureur, c'est que Claude avait réussi son coup.

– Allons-nous-en, avait dit la mère Dublanc

161

drapée dans son manteau vermillon qui lui servait de dignité.

Pour me lever, encore fallait-il que je calme mon cœur qui tambourinait dans ma poitrine, si fort qu'il dérobait mes jambes. Et si Claude s'était fait prendre ? S'il était enfermé dans une cave humide, face à ses tortionnaires ?

– On y va, oui ? avait repris la mère Dublanc, on ne va quand même pas attendre que ces animaux viennent nous déloger.

– Alors ça y est, enfin ? ai-je dit, un sourire au coin des lèvres.

– Ça y est quoi ? a demandé ma logeuse plus en colère que jamais.

– Vous aussi, vous allez vous mettre aux « études » ? lui ai-je répondu en réussissant enfin à me lever.

17.

La file s'étire devant le magasin d'alimentation. Chacun attend, ses tickets de rationnement dans la poche, violets pour la margarine, rouges pour le sucre, bruns pour la viande – mais depuis le début de l'année la viande a déserté les étals, on ne la trouve qu'une fois par semaine –, verts pour le thé ou le café, et depuis longtemps le café a été remplacé par de la chicorée ou de l'orge grillée. Trois heures d'attente avant d'arriver au comptoir, pour obtenir juste de quoi vivre, mais les gens ne comptent plus le temps qui passe, ils regardent la porte cochère en face de l'épicerie. Dans la queue, une habituée n'est pas là. « Une dame si brave », disent les uns, « Une femme courageuse », se lamentent d'autres. En ce matin pâle, deux voitures noires sont garées devant l'immeuble où vit la famille Lormond.

– Ils ont emmené son mari tout à l'heure, j'étais déjà là, chuchote une ménagère.

– Ils retiennent Mme Lormond là-haut. Ils veulent attraper la petite, elle était absente à leur arrivée, précise la concierge de l'immeuble qui fait la queue, elle aussi.

La petite dont ils parlent s'appelle Gisèle. Gisèle

n'est pas son vrai prénom, son vrai nom n'est pas non plus Lormond. Ici dans le quartier, tout le monde sait qu'ils sont juifs, mais la seule chose importante, c'était que la police et la Gestapo l'ignorent. Ils ont fini par le découvrir.

– C'est affreux ce qu'ils font aux juifs, dit une dame en pleurant.

– Elle était si gentille Mme Lormond, répond une autre en lui tendant son mouchoir.

Là-haut, à l'étage, les miliciens ne sont pourtant que deux, même nombre pour la Gestapo qui les accompagne. En tout, quatre hommes avec des chemises noires, des uniformes, des revolvers et plus de force que cent autres, immobiles dans la file qui s'étire au-devant de l'épicerie. Mais les gens sont terrorisés, ils osent à peine parler, alors agir...

C'est Mme Pilguez, la locataire du cinquième étage, qui a sauvé la petite fille. Elle était à sa fenêtre, quand elle a vu arriver les voitures au bout de la rue. Elle s'est précipitée chez les Lormond pour les prévenir de leur arrestation. La maman de Gisèle l'a suppliée d'emmener son enfant, de la cacher. La petite n'a que dix ans ! Mme Pilguez a dit oui aussitôt.

Gisèle n'a pas eu le temps d'embrasser sa maman, ni son papa d'ailleurs. Mme Pilguez l'a déjà prise par la main et l'entraîne chez elle.

– J'ai vu partir beaucoup de juifs, aucun n'est revenu pour l'instant ! dit un vieux monsieur alors que la file avance un peu.

– Vous croyez qu'il y aura des sardines aujourd'hui ? demande une femme.

– Je n'en sais rien ; lundi il y avait encore quelques boîtes, répond le vieux monsieur.

– Ils n'ont toujours pas trouvé la petite et c'est tant mieux ! soupire une dame derrière eux.

– Oui, c'est préférable, répond dignement le vieux monsieur.

– Il paraîtrait qu'on les envoie dans des camps et qu'on en tue beaucoup là-bas ; c'est un collègue ouvrier polonais qui l'a dit à mon mari à l'usine.

– Je n'en sais rien du tout, mais vous feriez mieux de ne pas parler de ce genre de choses et votre époux non plus.

– Il va nous manquer, M. Lormond, soupire à nouveau la dame. Quand il y avait un bon mot dans la foule, c'était toujours lui qui le disait.

Aux premières heures du jour, le cou enveloppé dans son écharpe rouge, il venait faire la queue devant l'épicerie. C'est lui qui les réconfortait pendant la longue attente des petits matins glacés. Il n'offrait rien d'autre que de la chaleur humaine mais dans cet hiver-là, c'est ce qui manquait le plus. Voilà, c'est fini, maintenant M. Lormond ne dira plus jamais rien. Ses mots d'humour qui provoquaient toujours un rire, un soulagement, ses petites phrases drôles ou tendres qui tournaient en dérision l'humiliation du rationnement, sont partis dans une voiture de la Gestapo il y a deux heures déjà.

La foule se tait, à peine flotte un murmure. Le cortège vient de sortir de l'immeuble. Mme Lormond a la chevelure défaite, les miliciens l'encadrent. Elle marche, tête haute, elle n'a pas peur. On lui a volé son mari, on lui a pris sa fille, on ne lui ôtera ni sa dignité de mère, ni sa dignité de femme. Tout le monde la regarde, alors elle sourit ; ils n'y sont pour rien les gens dans la file, c'est juste sa façon à elle de leur dire au revoir.

Les hommes de la Milice la poussent vers la voiture. Soudain, dans son dos, elle devine la présence de son enfant. La petite Gisèle est là-haut, le visage collé à la fenêtre du cinquième étage ;

165

Mme Lormond le sent, elle sait. Elle voudrait se retourner, pour offrir à sa fille un dernier sourire, un geste de tendresse qui lui dirait combien elle l'aime ; un regard, le temps d'une fraction de seconde, mais assez pour qu'elle sache que ni la guerre, ni la folie des hommes ne la déposséderont de l'amour de sa mère.

Mais voilà, en se retournant elle attirerait l'attention sur son enfant. Une main amie a sauvé sa petite fille, elle ne peut pas prendre le risque de la mettre en danger. Le cœur en étau, elle ferme les yeux et avance vers la voiture, sans se retourner.

Au cinquième étage d'un immeuble, à Toulouse, une fillette de dix ans regarde sa maman qui s'en va pour toujours. Elle sait bien qu'elle ne reviendra pas, son père le lui a dit ; les juifs qu'on emmène ne reviennent jamais, c'est pour cela qu'il ne fallait jamais se tromper quand elle donnait son nouveau nom.

Mme Pilguez a posé la main sur son épaule, et de l'autre elle retient le voilage à la fenêtre, pour que d'en bas, on ne les voie pas. Pourtant Gisèle voit sa maman qui monte dans la voiture noire. Elle voudrait lui dire qu'elle l'aime et qu'elle l'aimera toujours, que de toutes les mamans elle était la meilleure du monde, qu'elle n'en aura pas d'autre. Parler est interdit, alors elle pense de toutes ses forces que tant d'amour doit forcément pouvoir traverser une vitre. Elle se dit que, dans la rue, sa maman entend les mots qu'elle murmure entre ses lèvres, même si elle les serre si fort.

Mme Pilguez a posé sa joue sur sa tête, et un baiser avec. Elle sent les larmes de Mme Pilguez qui coulent dans sa nuque. Elle, elle ne pleurera pas. Elle veut juste regarder jusqu'au bout, et elle se jure de ne jamais oublier ce matin de décembre 1943, le matin où sa maman est partie pour toujours.

La portière de la voiture vient de se refermer et le cortège s'en va. La petite fille tend les bras, dans un ultime geste d'amour.

Mme Pilguez s'est agenouillée pour être plus près d'elle.

— Ma petite Gisèle, je suis si désolée.

Elle pleure à chaudes larmes, Mme Pilguez. La petite fille la regarde, elle a le sourire fragile. Elle essuie les joues de Mme Pilguez et lui dit :

— Je m'appelle Sarah.

*

Dans sa salle à manger, le locataire du quatrième étage quitte sa fenêtre, de mauvaise humeur. En chemin, il s'arrête et souffle sur le cadre posé sur la commode. Une fâcheuse poussière s'était posée sur la photo du maréchal Pétain. Désormais, les voisins du dessous ne feront plus de bruit, il n'aura plus à entendre les gammes du piano. Et, ce faisant, il pense aussi qu'il faudra continuer sa surveillance et trouver maintenant qui a bien pu cacher la sale petite youpine.

18.

Bientôt huit mois passés dans la brigade et nous étions à l'action presque chaque jour. Au seul cours de la semaine écoulée, j'en accomplissais quatre. J'avais perdu dix kilos depuis le début de l'année, et mon moral souffrait tout autant que mon corps de faim et d'épuisement. À la fin de la journée, j'étais passé chercher mon petit frère chez lui et, sans rien annoncer, je l'emmenai partager un vrai repas dans un restaurant de la ville. Claude avait les yeux écarquillés en lisant le menu. Pot-au-feu de viande, légumes et tarte aux pommes ; les prix pratiqués à la Reine Pédauque étaient hors de portée et j'y sacrifiai tout l'argent qui me restait, mais je m'étais mis en tête que j'allais mourir avant la fin de l'année et nous étions déjà début décembre !

En entrant dans l'établissement qui n'était accessible qu'aux bourses des miliciens et des Allemands, Claude a cru que je l'emmenais faire un coup. Quand il a compris que nous étions là pour nous régaler, j'ai vu revivre sur son visage les expressions de son enfance. J'ai vu renaître le sourire qui le gagnait quand maman jouait à cache-cache dans l'appartement où nous vivions, la joie dans ses yeux quand elle passait devant l'armoire, feignant de ne pas avoir vu qu'il s'y trouvait.

– Qu'est-ce que nous fêtons ? a-t-il chuchoté.

– Ce que tu veux ! L'hiver, nous, d'être en vie, je ne sais pas.

– Et comment comptes-tu payer l'addition ?

– Ne t'inquiète pas pour ça et savoure.

Claude dévorait des yeux les morceaux de pain croustillants dans la corbeille, avec l'appétit d'un pirate qui aurait trouvé des pièces d'or dans une cassette. À la fin du repas, le moral regonflé d'avoir vu mon frère aussi heureux, j'ai demandé la note pendant qu'il se rendait aux lavabos.

Je l'ai vu revenir la mine goguenarde. Il n'a pas voulu se rasseoir, il fallait que nous partions tout de suite, m'a-t-il dit. Je n'avais pas vidé ma tasse de café, mais mon frère insistait pour que nous nous pressions. Il avait dû sentir un danger que j'ignorais encore. J'ai payé, enfilé mon manteau et nous sommes sortis tous les deux. Dans la rue, il s'accrochait à mon bras et me tirait en avant, me forçant à accélérer le pas.

– Dépêche-toi, je te dis !

J'ai jeté un bref coup d'œil par-dessus mon épaule, supposant que quelqu'un nous suivait, mais la rue était déserte et je voyais bien que mon frère luttait difficilement contre le fou rire qui le gagnait.

– Mais qu'est-ce qu'il y a bon sang ? Tu me fais peur à la fin !

– Viens ! a-t-il insisté. Là-bas, dans la petite ruelle, je t'expliquerai.

Il m'a conduit jusqu'au bout d'une impasse et, ménageant son effet, il a ouvert son pardessus. Au vestiaire de la Reine Pédauque, il avait piqué le ceinturon d'un officier allemand et le pistolet Mauser suspendu dans son étui.

Nous avons marché tous les deux dans la ville, plus complices que jamais. La soirée était belle, la nourriture nous avait redonné quelques forces et presque autant d'espoir. Au moment de se quitter, je lui ai proposé que l'on se revoie dès le lendemain.

– Je ne peux pas, je pars en action, a murmuré Claude. Oh, et puis merde pour les consignes, tu es mon frère. Si, à toi, je ne peux pas raconter ce que je fais, alors à quoi bon tout ça ?

Je n'ai rien dit, je ne voulais ni le forcer à parler, ni l'empêcher de se confier à moi.

– Demain, je dois aller piquer la recette de la poste. Jan doit penser que je suis vraiment fait pour les larcins en tout genre ! Si tu savais ce que cela m'agace !

Je comprenais son désarroi, mais nous avions cruellement besoin d'argent. Ceux d'entre nous qui étaient « étudiants » devaient bien se nourrir un peu si l'on voulait qu'ils puissent continuer le combat.

– C'est très risqué ?

– Même pas ! C'est peut-être encore ça le plus vexant, a maugréé Claude.

Et il m'a expliqué le plan de sa mission.

Chaque matin, une préposée de la poste arrivait seule au bureau de la rue Balzac. Elle transportait une besace contenant assez d'espèces pour que nous puissions tous tenir quelques mois de plus. Claude devait l'assommer pour lui prendre la sacoche. Émile serait en couverture.

– J'ai refusé la matraque ! dit Claude presque en colère.

– Et comment comptes-tu t'y prendre ?

– Je ne frapperai jamais une femme ! Je vais lui faire peur, au pire la bousculer un peu ; je lui arrache sa besace et voilà tout.

Je ne savais trop quoi dire. Jan aurait du comprendre que Claude ne cognerait pas sur une femme. Mais j'avais peur que les choses ne se passent pas comme Claude l'espérait.

– Je dois convoyer l'argent jusqu'à Albi. Je ne reviendrai que dans deux jours.

Je l'ai pris dans mes bras, et avant de partir je lui ai fait promettre d'être prudent. Nous nous sommes adressés un dernier au revoir de la main. J'avais moi aussi une mission à accomplir le surlendemain et je devais me rendre chez Charles chercher des munitions.

*

Comme prévu, à sept heures du matin, Claude s'est accroupi derrière un buisson dans le petit jardin qui borde le bureau de la poste. Comme prévu, à huit heures dix, il a entendu la camionnette déposer l'employée et les graviers de l'allée crisser sous ses pas. Comme prévu, Claude s'est levé d'un bond, le poing menaçant. Comme ce n'était pas du tout prévu, la préposée pesait cent kilos, et elle portait des lunettes !

Le reste s'est déroulé très vite. Claude a tenté de la bousculer en se ruant sur elle ; s'il avait foncé sur un mur, l'effet aurait été le même ! Il s'est retrouvé par terre, un peu sonné. Il n'avait plus d'autre solution que de revenir au plan de Jan et d'assommer la préposée. Mais en regardant ses lunettes, Claude pense à ma terrible myopie ; l'idée d'envoyer des éclats de verre dans les yeux de sa victime le fait définitivement renoncer.

« Au voleur ! » hurle la préposée. Claude réunit toutes ses forces et tente d'arracher la sacoche qu'elle serre contre sa poitrine aux proportions démesurées. Est-ce la faute d'un émoi passager ? D'un rapport de forces inégales ? La lutte au corps s'engage et Claude se retrouve à terre, avec cent kilos de féminité sur le thorax. Il se débat comme il peut, se libère, agrippe la besace et, sous le regard atterré d'Émile, enfourche son vélo. Il s'enfuit sans que personne ne le suive. Émile s'en assure et part dans la direction opposée. Quelques passants s'attroupent, la postière est relevée, on la calme.

Un policier à moto débouche d'une rue transversale et comprend tout ; il repère Claude au loin, met les gaz et le prend aussitôt en chasse. Quelques secondes plus tard, mon petit frère ressent la morsure foudroyante de la matraque qui le projette à terre. Le policier descend de sa machine et se précipite sur lui. Des coups de pied d'une violence inouïe fusent et le frappent. Revolver sur la tempe, Claude est déjà menotté, il s'en moque, il a perdu connaissance.

*

Quand il revient à lui, il est attaché à une chaise, mains liées dans le dos. Son éveil ne dure pas longtemps, la première raclée du commissaire qui l'interroge le fait valdinguer. Son crâne heurte le sol et c'est à nouveau l'obscurité. Combien de temps s'est écoulé quand il rouvre les yeux ? Son regard est voilé de rouge. Ses paupières boursouflées sont collées par le sang, sa bouche craque et se déforme sous les coups. Claude ne dit rien, pas un râle, pas même un murmure. Seuls quelques évanouissements le soustraient aux brutalités, et dès qu'il relève la tête, les bâtons des inspecteurs s'acharnent.

– Toi, tu es un petit juif, hein ? demande le commissaire Fourna. Et le pognon, c'était pour qui ?

Claude invente une histoire, une histoire où il n'y a pas d'enfants qui se battent pour la liberté, une histoire sans copains, sans personne à balancer. Cette histoire-là ne tient pas debout ; Fourna hurle :

– Elle est où ta piaule ?

Il faut tenir deux jours avant de répondre à cette question. C'est la consigne, le temps nécessaire aux autres pour aller faire le « ménage ». Fourna frappe encore, l'ampoule qui pend au plafond oscille et entraîne mon petit frère dans sa valse. Il vomit et sa tête retombe.

*

– Quel jour sommes-nous ? demande Claude.

– Tu es là depuis deux jours, répond le gardien. Ils t'ont bien arrangé, si tu voyais ta tête.

Claude avance la main vers son visage, mais à peine l'effleure-t-il que la douleur le submerge. Le gardien murmure « J'aime pas ça ». Il lui laisse sa gamelle et referme la porte sur lui.

*

Deux jours ont donc passé. Claude peut enfin lâcher son adresse.

Émile avait assuré qu'il avait vu Claude s'enfuir. Tous ont pensé qu'il a dû s'attarder à Albi. Après une deuxième nuit dans l'attente, il est trop tard pour aller nettoyer sa chambre, Fourna et ses hommes l'ont déjà investie.

Les policiers assoiffés sentent l'odeur du résistant. Mais dans la chambre misérable il n'y a pas grand-chose à trouver, presque rien à détruire.

Le matelas est éventré, rien ! On déchire l'oreiller, encore rien ! On fracture le tiroir de la commode, toujours rien ! Ne reste que le poêle dans l'angle de la pièce. Fourna repousse la grille en fonte.

– Venez voir ce que j'ai trouvé ! hurle-t-il, fou de joie.

Il tient une grenade. Elle était cachée dans le foyer éteint.

Il se penche, passe presque la tête ; l'un après l'autre, il sort du poêle les morceaux d'une lettre que mon frère m'avait écrite. Je ne l'ai jamais reçue. Par mesure de sécurité, il avait préféré la déchirer. Ne manquait que de quoi acheter un peu de charbon pour la brûler.

*

Quand j'ai quitté Charles, il était de bonne humeur comme toujours. À cette heure, je ne sais pas que mon petit frère a été arrêté, j'espère qu'il se planque à Albi. Charles et moi avons un peu conversé dans le potager, mais nous sommes rentrés à cause du froid glacial. Avant de partir, il m'a remis les armes pour la mission que je dois accomplir demain.

J'ai deux grenades dans mes poches, un revolver à la ceinture du pantalon. Pas facile de pédaler sur la route de Loubers avec cet attirail.

La nuit est tombée, ma rue est déserte. Je range mon vélo dans le corridor et cherche la clé de ma chambre. Je suis fourbu par la route que je viens de faire. Ça y est, je sens la clé au fond de ma poche. Dans dix minutes je serai sous les draps. La lumière du couloir s'éteint. Ce n'est pas grave, je sais retrouver l'emplacement de la serrure dans le noir.

Un bruit dans mon dos. Je n'ai pas le temps de me retourner ; je suis plaqué au sol. En quelques secondes, j'ai les bras tordus, les mains menottées et la figure en sang. À l'intérieur de ma chambre, six policiers m'attendaient. Il y en avait autant dans le jardin, sans compter ceux qui ont bouclé la rue. J'entends hurler la mère Dublanc. Les pneus des voitures crissent, la police est partout.

C'est vraiment idiot, sur la lettre que m'avait écrite mon petit frère figurait mon adresse. Il lui aura juste manqué quelques morceaux de charbon pour la brûler. La vie ne tient qu'à ça.

*

Au petit matin, Jacques ne me voit pas au rendez-vous de la mission. Quelque chose a dû m'arriver en chemin, un contrôle aura mal tourné. Il enfourche son vélo et se précipite chez moi pour « nettoyer » ma chambre, c'est la règle.

Les deux policiers qui étaient en planque l'ont arrêté.

*

J'ai subi le même traitement que mon frère. Le commissaire Fourna avait la réputation d'être féroce, elle n'était pas surfaite. Dix-huit jours d'interrogatoires, de coups de poing, de matraquages ; dix-huit nuits où se succèdent brûlures de cigarettes et séances de tortures variées. Quand il est de bonne humeur, le commissaire Fourna m'oblige à me tenir à genoux, bras tendus, un annuaire dans chaque main. Dès que je fléchis, son pied vole sur moi, parfois entre mes omoplates, parfois dans le ventre, parfois sur ma figure. Quand il est de mauvaise humeur, il vise l'entrejambe. Je n'ai pas parlé. Nous sommes deux dans les cellules du commissariat de la rue du Rempart-Saint-Étienne. Parfois, la nuit, j'entends gémir Jacques. Lui non plus n'a rien dit.

*

23 décembre, vingt jours maintenant, nous n'avons toujours pas parlé. Fou de rage, le commissaire Fourna signe enfin notre mandat de dépôt. Au terme d'une ultime journée de tabassage en règle, Jacques et moi sommes transférés.

Dans le fourgon qui nous conduit vers la prison Saint-Michel, je ne sais pas encore que dans quelques jours, les cours martiales seront mises en place, j'ignore qu'on exécutera dans la cour aussitôt les jugements prononcés puisque c'est le sort promis à tous les résistants qui seront arrêtés.

Il est bien loin le ciel d'Angleterre, sous mon crâne meurtri, je n'entends plus le ronronnement du moteur de mon Spitfire.
Dans ce fourgon qui nous conduit vers la fin du voyage, je repense à mes rêves de gamin. C'était il y a huit mois à peine.

*

Et un 23 décembre, en 1943, le gardien de la prison Saint-Michel refermait dans mon dos la porte de notre cellule. Difficile de voir quelque chose dans cette semi-clarté. La lumière filtrait à peine sous nos

177

paupières tuméfiées. Elles étaient si gonflées que nous pouvions à peine les entrouvrir.

Mais dans l'ombre de ma cellule à la prison Saint-Michel, je m'en souviens encore, j'ai reconnu une voix fragile, une voix qui m'était familière.

– Joyeux Noël.
– Joyeux Noël, petit frère.

DEUXIÈME PARTIE

19.

Impossible de s'accoutumer aux barreaux de la prison, impossible de ne pas sursauter au bruit des portes qui se ferment sur les cellules, impossible d'endurer les tours de garde des matons. Tout cela est impossible, quand on est épris de liberté. Comment trouver un sens à notre présence entre ces murs ? Nous avons été arrêtés par des policiers français, nous comparaîtrons bientôt devant une cour martiale, et ceux qui nous fusilleront dans la cour, juste après, seront français eux aussi. S'il y a un sens à tout cela, alors je n'arrive pas à le trouver du fond de ma geôle.

Ceux qui sont là depuis plusieurs semaines me disent qu'on s'habitue, qu'une nouvelle vie s'organise au fil du temps qui passe. Moi, je pense au temps perdu, je le compte. Je ne connaîtrai jamais mes vingt ans, mes dix-huit ont disparu, sans que jamais je ne les vive. Bien sûr, il y a la gamelle du soir, dit Claude. La nourriture est infecte, une soupe aux choux, parfois quelques haricots déjà bouffés par les charançons, pas de quoi nous redonner la moindre force, nous crevons de faim. Nous ne sommes pas que quelques compagnons de la MOI[1]

1. MOI (Main-d'œuvre immigrée).

ou des FTP[1] à partager l'espace de la cellule. Il faut aussi cohabiter avec les puces, les punaises et la gale qui nous rongent.

La nuit, Claude reste collé à moi. Les murs de la prison sont luisants de glace. Dans cette froideur, nous nous serrons l'un contre l'autre pour gagner un peu de chaleur.

Jacques n'est déjà plus le même. Dès son réveil, il fait les cent pas, silencieux. Lui aussi compte ces heures perdues, foutues à jamais. Peut-être pense-t-il aussi à une femme, au-dehors. Le manque de l'autre est un abîme ; parfois, la nuit, sa main se lève et tente de retenir l'impossible, la caresse qui n'est plus, la mémoire d'une peau dont la saveur a disparu, un regard où la complicité vivait en paix.

Il arrive qu'un gardien bienveillant nous glisse un feuillet clandestin imprimé par les copains francs-tireurs partisans. Jacques nous le lit. Cela compense pour lui ce sentiment de frustration qui ne le quitte pas. Son impuissance à agir le ronge un peu plus chaque jour. Je suppose que l'absence d'Osna aussi.

C'est en le regardant muré dans son désespoir, ici même, au milieu de cet univers sordide, que j'ai pourtant vu l'une des plus justes beautés de notre monde : un homme peut se résoudre à l'idée de perdre sa vie, mais pas à l'absence de ceux qu'il aime.

Jacques s'est tu un instant, il reprend sa lecture et nous donne des nouvelles des amis. Quand nous apprenons qu'une paire d'ailes d'avion a été sabotée, qu'un pylône gît couché, arraché par la bombe d'un copain, quand un milicien s'écroule dans la rue, quand dix wagons sont mis hors d'usage,

1. FTP (Francs-tireurs et partisans).

l'usage étant de déporter des innocents, c'est un peu de leur victoire que nous partageons.

Ici, nous sommes au fond du monde, dans un espace obscur et exigu ; un territoire où seule la maladie règne en maître. Mais au milieu de ce terrier infâme, au plus noir de l'abîme, réside encore une infime parcelle de lumière, elle est comme un murmure. Les Espagnols qui occupent les cellules voisines l'appellent parfois le soir en la chantant, ils l'ont baptisée Esperanza.

20.

Le jour de l'an, il n'y avait eu aucune célébration, nous n'avions rien à fêter. C'est ici, au milieu de nulle part, que j'ai rencontré Chahine. Janvier avançait, déjà, quelques-uns d'entre nous étaient amenés devant leurs juges et pendant qu'un semblant de procès se déroulait, une camionnette venait déposer leurs cercueils dans la cour. Ensuite il y avait le bruit des fusils, la clameur des prisonniers, et le silence retombait sur leur mort et la nôtre à venir.

Je n'ai jamais connu le véritable prénom de Chahine, il n'avait plus la force de le prononcer. Je l'ai surnommé ainsi parce que les délires des fièvres qui agitaient ses nuits le faisaient parfois parler. Il appelait alors à lui un oiseau blanc qui viendrait le libérer. En arabe, Chahine est le nom que l'on donne au faucon pèlerin à robe blanche. Je l'ai cherché après la guerre, dans la mémoire de ces moments.

Enfermé depuis des mois, Chahine mourait un peu plus chaque jour. Son corps souffrait de multiples carences et son estomac devenu trop petit ne tolérait même plus la soupe.

Un matin, alors que je m'épouillais, ses yeux ont

croisé les miens, son regard m'appelait en silence. Je suis venu vers lui, et il lui fallut réunir bien des forces pour me sourire ; à peine, mais c'était un sourire quand même. Son regard s'est détourné vers ses jambes. La gale y faisait des ravages. J'ai compris sa supplique. La mort ne tarderait pas à l'enlever d'ici, mais Chahine voulait la rejoindre dignement, aussi propre qu'il soit encore possible. J'ai déplacé ma couche vers la sienne, et la nuit revenue, je lui ôtais ses puces, arrachais dans les pliures de sa chemise les poux qui s'y logeaient.

Parfois, Chahine m'adressait un de ses sourires fragiles qui lui demandaient tant d'efforts, mais qui disaient merci à sa façon. C'est moi qui voulais tant le remercier.

Quand la gamelle du soir était distribuée, il me faisait signe de donner la sienne à Claude.

– À quoi bon nourrir ce corps, puisqu'il est déjà mort, murmurait-il. Sauve ton frère, il est jeune, il a encore à vivre.

Chahine attendait que le jour s'en aille pour échanger quelques mots. Il lui fallait probablement que les silences de la nuit l'entourent pour retrouver un peu de force. Ensemble dans ces silences, nous partagions un peu d'humanité.

Le père Joseph, l'aumônier de la prison, sacrifiait ses tickets de rationnement pour lui venir en aide. Chaque semaine, il lui apportait un petit colis de biscuits. Pour nourrir Chahine, je les émiettais et le forçais à manger. Il lui fallait plus d'une heure pour grignoter un biscuit, parfois le double. Épuisé, il me suppliait de donner le reste aux copains, pour que le sacrifice du père Joseph serve à quelque chose.

Tu vois, c'est l'histoire d'un curé qui se prive de manger pour sauver un Arabe, d'un Arabe qui sauve un Juif en lui donnant encore raison de croire, d'un

Juif qui tient l'Arabe au creux de ses bras, tandis qu'il va mourir, en attendant son tour ; tu vois, c'est l'histoire du monde des hommes avec ses moments de merveilles insoupçonnées.

La nuit du 20 janvier était glaciale, le froid venait jusqu'à nos os. Chahine grelottait, je le serrais contre moi, les tremblements l'épuisaient. Cette nuit-là, il a refusé la nourriture que je portais à ses lèvres.

– Aide-moi, je veux juste retrouver ma liberté, m'a-t-il dit soudain.

Je lui ai demandé comment donner ce qu'on n'a pas. Chahine a souri et répondu :

– En l'imaginant.

Ce furent ses derniers mots. J'ai tenu ma promesse et lavé son corps jusqu'à l'aube ; puis je l'ai enveloppé dans ses vêtements, juste avant le lever du jour. Ceux qui parmi nous avaient la foi ont prié pour lui ; et qu'importaient les mots de leurs prières puisqu'elles venaient du cœur. Moi qui n'avais jamais cru en Dieu, l'espace d'un instant j'ai aussi prié, pour que le vœu de Chahine soit exaucé, pour qu'il soit libre ailleurs.

21.

Derniers jours de janvier, le rythme des exécutions dans la cour diminue, laissant espérer à certains d'entre nous que le pays sera libéré avant que vienne leur tour. Lorsque les gardiens les emmènent, ils espèrent que leur jugement sera reporté, pour qu'on leur laisse un peu de temps encore, mais cela ne se produit jamais et ils sont fusillés.

Si nous sommes cloîtrés entre ces murs sombres, impuissants à agir, nous apprenons qu'à l'extérieur, les actions de nos copains se multiplient. La Résistance tisse sa toile, elle se déploie. La brigade a maintenant des détachements organisés dans toute la région, d'ailleurs c'est partout en France que le combat pour la liberté prend forme. Charles a dit un jour que nous avions inventé la guerre des rues, c'était exagéré, nous n'étions pas les seuls, mais dans la région, nous avions montré l'exemple. Les autres nous suivaient et chaque jour la tâche de l'ennemi se voyait contrariée, paralysée par le nombre de nos actions. Plus un convoi allemand ne circulait sans le risque qu'un wagon, un chargement ne soit saboté, plus une usine française ne produisait pour l'armée ennemie sans que sautent les transformateurs qui l'alimentaient en courant, sans que ses installations soient détruites. Et plus les copains agissaient, plus la population reprenait courage, et plus les rangs de la Résistance gonflaient.

À l'heure de la promenade, les Espagnols nous font savoir qu'un coup d'éclat de la brigade a été réalisé hier. Jacques essaie d'en apprendre plus auprès d'un détenu politique espagnol. Il s'appelle Boldados, les matons le craignent un peu. C'est un Castillan qui, comme tous les siens, porte en lui la fierté de sa terre. Cette terre-là, il l'a défendue dans les combats de la guerre d'Espagne, il l'a aimée tout au long de son exode en traversant les Pyrénées à pied. Et dans les camps de l'Ouest où on l'avait enfermé, il n'a jamais cessé de la chanter. Boldados fait signe à Jacques de s'approcher du grillage qui sépare la cour des Espagnols de celle des Français. Et quand Jacques est près de lui, il lui raconte ce qu'il a appris de la bouche d'un gardien sympathisant.

– C'est un des vôtres qui a fait le coup. La semaine dernière, il est monté un peu tard dans le dernier tramway, sans même se rendre compte qu'il était réservé aux Allemands. Il faut croire qu'il avait la tête ailleurs, ton copain, pour faire un truc pareil. Un officier l'a fait redescendre aussitôt d'un coup de pied dans le cul. Ton copain n'a pas aimé ça du tout. Je le comprends, le coup de pied dans le cul, c'est une humiliation et c'est pas bon. Alors il a mené une sorte d'enquête et il a vite compris que ce tramway ramenait chaque soir les officiers qui sortaient du cinéma des Variétés. Un peu comme si le dernier service était réservé à ces *hijos de putas*. Avec trois types de chez vous, ils sont revenus

190

quelques jours après, c'est-à-dire hier soir, à l'endroit même où ton copain s'était fait botter le cul, et ils ont attendu.

Jacques ne disait rien, il buvait les paroles de Boldados. En fermant les yeux, c'est comme s'il était à l'action, comme s'il pouvait entendre la voix d'Émile, deviner le sourire malicieux qui se dessine sur ses lèvres quand il flaire le bon coup. L'histoire ainsi contée peut sembler simple. Quelques grenades balancées à la va-vite sur un tramway, des officiers nazis qui n'officieront plus, des gamins de rue aux gueules de héros. Mais rien de tout cela, l'histoire ne se raconte pas ainsi.

Ils sont en planque, à peine cachés dans l'ombre de quelques porches glauques, la trouille au ventre, le corps qui grelotte parce que la nuit est glaciale, si froide que le pavé givré de la rue déserte luit sous la clarté de lune. Les gouttes d'une vieille pluie qui fuient d'une gouttière crevée s'abîment dans le silence. Pas une âme à l'horizon. Des nuages de buée se forment à leurs bouches dès qu'ils expirent. De temps en temps, il faut se frictionner les mains, pour préserver l'agilité des doigts. Mais comment faire pour lutter contre les tremblements quand la peur se mêle au froid ? Il suffit qu'un détail les trahisse, et tout finira là. Émile se souvient de son ami Ernest, allongé sur le dos, la poitrine hachée, le torse rougi du sang qui coule de sa gorge, de sa bouche, les jambes retournées, les bras ballants et la nuque pendante. Dieu qu'on est souple quand on vient d'être fusillé.

Non, crois-moi, rien dans cette histoire ne se passe comme on l'imagine. Que la peur habite chacun de vos jours, chacune de vos nuits, continuer de vivre, continuer d'agir, de croire que le printemps reviendra, cela demande beaucoup de cran. Mourir pour la liberté d'autrui est difficile quand on n'a que seize ans.

Au loin, le tintamarre du tramway trahit son approche. Son phare trace un trait dans la nuit. André est à l'action, aux côtés d'Émile et de François. C'est parce qu'ils sont ensemble qu'ils peuvent agir. L'un sans les autres et tout serait différent. Leurs mains glissent dans les poches des manteaux ; ils ont dégoupillé les grenades, serrant bien les cuillers. Il suffirait d'une maladresse pour que tout finisse là. La police ramasserait les morceaux d'Émile, épars sur la chaussée. La mort est dégueulasse, ce n'est un secret pour personne.

Le tram avance, les silhouettes des soldats se reflètent dans les vitrines éclairées par les lumières de la rame. Il faut résister encore, garder patience, contrôler les battements de cœur qui font sourdre le sang jusqu'aux tempes. « Maintenant », murmure Émile. Les goupilles glissent vers le pavé. Les grenades fracassent les carreaux qui se brisent, et roulent sur le plancher du tramway.

Les nazis ont perdu toute arrogance, ils tentent de fuir l'enfer. Émile fait signe à François de l'autre côté de la rue. Les mitraillettes s'arment et tirent, les grenades explosent.

Les mots que prononce Boldados sont si précis que Jacques croit presque frôler le carnage. Il ne dit rien, son mutisme se mêle au silence revenu hier soir dans la rue désolée. Et dans ce silence-là, il entend les râles de souffrance.

192

Boldados le regarde. Jacques le remercie d'un signe de tête ; les deux hommes se séparent, chacun s'éloigne dans sa cour.

« Un jour le printemps reviendra », chuchote-t-il en nous rejoignant.

22.

Janvier s'est éteint. Parfois, dans ma cellule, je repense à Chahine. Claude a perdu beaucoup de forces. De temps en temps, un copain rapporte une pastille de soufre de l'infirmerie. Il ne l'utilise pas pour calmer la brûlure de sa gorge, mais pour gratter une allumette. Alors, les copains se resserrent autour d'une cigarette refilée par un gardien, nous la grillons ensemble. Mais aujourd'hui, le cœur n'y est pas.

François et André étaient partis donner un coup de main au maquis qui vient de se constituer dans le Lot-et-Garonne. À leur retour de mission, un détachement de gendarmes les attendait pour les cueillir. Vingt-cinq képis contre deux casquettes de gavroches, le combat était inégal. Ils ont revendiqué leur appartenance à la Résistance ; parce que depuis que les rumeurs d'une probable défaite allemande circulent, les forces de l'ordre sont parfois moins assurées, certains pensent déjà à l'avenir et se posent des questions. Mais ceux qui attendaient nos copains n'ont pas encore changé d'avis, ni changé de camp, ils les ont emmenés sans ménagement.

En entrant dans la gendarmerie, André n'a pas

eu peur. Il a dégoupillé sa grenade et l'a jetée à terre. Sans même tenter de fuir, alors que tout le monde se planquait, il est resté seul, debout, immobile à la regarder rouler sur le sol. Elle a fini sa course entre deux lattes du plancher, mais elle n'a pas sauté. Les gendarmes se sont rués sur lui et lui ont fait passer le goût de la bravoure.

La gueule en sang, le corps tuméfié, il a été incarcéré ce matin. Il est à l'infirmerie. Ils lui ont brisé les côtes et la mâchoire, fendu le front, rien que de l'ordinaire.

*

À la prison Saint-Michel, le chef des matons s'appelle Touchin. C'est lui qui ouvre nos cellules pour la promenade de l'après-midi. Vers cinq heures, il agite son trousseau, et commence alors la cacophonie des verrous qui cliquettent. Nous devons attendre son signal pour sortir. Mais quand retentit le sifflet du chef Touchin, nous comptons tous quelques secondes avant de franchir le seuil de nos geôles, juste pour l'emmerder. Ensemble, les portes s'ouvrent sur la passerelle où les prisonniers s'alignent contre le mur. Le gardien-chef, escorté de deux collègues, se tient bien droit dans son uniforme. Quand tout lui semble en ordre, bâton à la main, il remonte la file des prisonniers.

Chacun doit le saluer à sa façon ; un mouvement de tête, un sourcil qui se lève, un soupir, qu'importe, le gardien-chef veut que l'on reconnaisse son autorité. Quand la revue est terminée, la file avance en rangs serrés.

Après notre retour de promenade, nos copains espagnols ont droit au même cérémonial. Ils sont cinquante-sept à occuper la partie d'étage qui leur est réservée.

On passe devant Touchin et on le salue à nouveau. Mais les copains espagnols devront aussi se déshabiller sur la passerelle et laisser leurs vêtements sur la rambarde. Chacun doit rentrer dans la cellule dortoir nu comme un ver. Touchin dit que c'est pour des raisons de sécurité que le règlement force les prisonniers à se dévêtir pour la nuit. Le caleçon y passe aussi. « On a rarement vu un homme tenter de s'évader les balloches à l'air, justifie Touchin. Sûr que dans la ville, il se ferait vite repérer. »

Ici, nous savons bien que là n'est pas la raison de ce règlement cruel ; ceux qui l'ont instauré mesurent l'humiliation qu'ils font subir aux prisonniers.

Touchin aussi sait tout cela, mais il s'en moque, son plaisir de la journée reste à venir, quand les Espagnols passeront devant lui et le salueront ; cinquante-sept saluts, puisqu'ils sont cinquante-sept, cinquante-sept frissons de plaisir pour le chef maton Touchin.

Alors les Espagnols passent devant lui et le saluent, puisque le règlement les oblige à le faire. Avec eux, Touchin est toujours un peu déçu. Il y a chez ces gars-là quelque chose qu'il ne pourra jamais dompter.

La colonne avance, c'est le copain Rubio qui l'entraîne. Normalement Boldados devrait être à sa tête, mais je te l'ai dit, Boldados est castillan et avec son fier caractère, il pourrait bien balancer son poing dans la figure d'un maton, ou même balancer le maton par-dessus la balustrade en le traitant de *hijo de puta* ; alors c'est Rubio qui ouvre la marche, c'est plus sûr ainsi, surtout ce soir.

Rubio, je le connais mieux que les autres, nous

avons tous deux quelque chose en commun, une particularité qui nous rend presque indissociables. Rubio est roux, il a la peau tachetée et les yeux clairs, mais la nature a été plus généreuse avec lui qu'avec moi. Il a une vue parfaite, je suis myope au point que sans mes lunettes, je suis aveugle. Rubio a un humour sans pareil, il suffit qu'il ouvre la bouche pour que tout le monde se marre. Ici, entre les murs sombres, c'est un don précieux, parce que l'envie de rire est plutôt rare sous la verrière grise de crasse qui surplombe les passerelles.

Ça devait marcher fort pour Rubio avec les filles, quand il était dehors. Il faudra que je lui demande de me confier quelques trucs, juste au cas où un jour je reverrais Sophie.

Avance la colonne d'Espagnols, que Touchin compte un par un. Rubio marche, le visage imperturbable, il s'arrête, fait quelques génuflexions devant le chef maton qui voit là, ravi, comme une révérence, alors que Rubio se fout ouvertement de sa gueule. Derrière Rubio, il y a le vieux professeur qui voulait enseigner en catalan, le paysan qui a appris à lire dans sa cellule et récite maintenant des vers de García Lorca, l'ancien maire d'un village des Asturies, un ingénieur qui savait trouver l'eau même quand elle se cachait au fond de la montagne, un mineur épris de la Révolution française et qui chante parfois les paroles de Rouget de Lisle sans que l'on sache s'il les comprend vraiment.

Les prisonniers s'arrêtent devant la cellule dortoir et, un à un, commencent à se déshabiller.

Les vêtements qu'ils ôtent sont ceux avec lesquels ils combattaient pendant la guerre d'Espagne. Leurs pantalons de toile ne tiennent que par des cordelettes usées, les espadrilles qu'ils ont cousues dans les camps de l'Ouest n'ont presque plus de semelles, les chemises sont déchirées, mais même vêtus de leurs guenilles, ils ont une fière allure les camarades espagnols. La Castille est belle et ses enfants aussi.

Touchin se frotte le ventre, il éructe, passe la main sous son nez, et essuie sa morve au revers de sa veste.

Ce soir, il remarque que les Espagnols prennent leurs aises, ils sont plus minutieux qu'à l'accoutumée. Les voilà qui plient leurs pantalons, ôtent leurs chemises et les rangent sur la rambarde ; tous ensemble, ils se baissent et alignent leurs espadrilles sur la dalle. Touchin agite le bâton, comme si son geste pouvait scander le temps.

Cinquante-sept corps maigres et opalins se tournent maintenant vers lui. Touchin regarde, ausculte, un détail ne va pas, mais quel est-il ? Le maton se gratte la tête, soulève son képi, se penche en arrière comme si la posture allait lui donner un peu de recul. Il en est certain, quelque chose cloche, mais quoi ? Un bref regard à gauche vers son collègue qui hausse les épaules, un à droite vers l'autre qui fait de même, et Touchin découvre l'inadmissible : « Mais qu'est-ce donc que ces caleçons que l'on porte encore, alors qu'on devrait être les couilles à l'air ?! » Sûr qu'il n'est pas chef pour rien Touchin, ses deux acolytes n'avaient rien vu de la manigance. Touchin se penche de côté pour vérifier si, dans la file, il n'y en aurait pas au moins un qui aurait obéi, mais non, chacun sans exception porte encore la culotte.

Rubio se garde bien de rire, même si l'envie l'en prend en voyant la tête dépitée de Touchin. C'est une bataille qui se joue, elle peut sembler bien anodine, mais l'enjeu est de taille. C'est la première et si elle est gagnée, il y en aura d'autres.

Rubio, qui n'a pas son pareil pour se foutre de Touchin, le regarde avec l'air innocent de celui qui demande ce que l'on attend pour rentrer dans les cellules.

Et comme Touchin, stupéfait, ne dit rien, Rubio fait un pas en avant et la colonne de prisonniers aussi. Alors Touchin, désemparé, se précipite vers la porte du dortoir et, bras en croix, en bloque le passage.

– Allons, allons, vous connaissez le règlement, avertit Touchin qui ne veut pas d'histoires. Le prisonnier et le caleçon ne peuvent pas entrer en même temps dans la cellule. Le caleçon dort sur la rambarde et le prisonnier dans le dortoir ; ça a toujours été comme ça, pourquoi changer ce soir ? Allons, allons, Rubio, ne fais pas l'imbécile.

Rubio ne changera pas d'avis, il toise Touchin et lui dit calmement dans sa langue qu'il ne l'enlèvera pas.

Touchin menace, il tente de bousculer Rubio, le saisit au bras et le secoue. Mais sous les pieds du gardien-chef, la dalle usée par les pas des prisonniers est bien glissante avec ce froid humide. Touchin se démène et tombe à la renverse. Les gardiens se précipitent pour le relever. Furieux, Touchin lève le bras sur Rubio, Boldados fait un pas en avant et s'interpose. Il serre les poings, mais il a juré aux autres de ne pas s'en servir, de ne pas saper leur stratagème par un accès de colère, même légitime.

– Moi non plus je ne l'enlèverai pas le caleçon, chef !

Touchin, écarlate, agite son bâton et crie à qui veut l'entendre :

– Une rébellion, c'est ça ? Vous allez voir ce que

vous allez voir ! Au mitard tous les deux, un mois, je vais vous apprendre !

À peine a-t-il achevé sa phrase que les cinquante-cinq autres Espagnols font un pas en avant et prennent, eux aussi, le chemin du mitard. Le mitard, à deux, on y est déjà à l'étroit. Touchin n'est pas très fort en géométrie, mais il mesure quand même l'ampleur du problème auquel il est confronté.

Le temps de réfléchir, il continue d'agiter son bâton ; interrompre le mouvement serait comme reconnaître qu'il a perdu la face. Rubio regarde ses copains, il sourit, et à son tour se met à agiter les bras, sans jamais toucher un gardien pour ne pas donner de prétexte à l'envoi de renforts. Rubio gesticule, formant de grands cercles dans l'espace, et ses copains font comme lui. Cinquante-sept paires de bras tournoient et des étages inférieurs montent les clameurs des autres prisonniers. Par là on chante la *Marseillaise*, par ici l'*Internationale*, au rez-de-chaussée le *Chant des partisans*.

Le gardien-chef n'a plus le choix, s'il laisse faire, c'est toute la prison qui va se mutiner. Le bâton de Touchin retombe, immobile ; il fait signe aux prisonniers de rentrer dans leur cellule dortoir.

Tu vois, ce soir-là, les Espagnols ont gagné la guerre des caleçons. Ce n'était qu'une première bataille, mais quand Rubio, le lendemain dans la cour, m'en a raconté chaque détail, nous nous sommes serré la main au travers du grillage. Et quand il m'a demandé ce que je pensais de tout ça, je lui ai répondu :

– Il reste des bastilles à prendre.

Le paysan qui chantait la *Marseillaise* est mort un jour dans sa cellule, le vieux professeur qui voulait enseigner le catalan n'est jamais revenu de Mauthausen, Rubio a été déporté mais il est quand

201

même rentré, Boldados a été fusillé à Madrid, le maire du village des Asturies est retourné chez lui, et le jour où l'on déboulonnera les statues de Franco son petit-fils reprendra la mairie.

Quant à Touchin, à la Libération il a été nommé surveillant-chef de la prison d'Agen.

23.

Au petit matin du 17 février, les gardiens viennent chercher André. En quittant la cellule, il hausse les épaules et nous adresse un petit regard en coin. La porte se referme, il part entre deux matons vers la cour martiale qui siège dans l'enceinte de la prison. Il n'y aura pas de débat, il n'a pas d'avocat.

En une minute il est condamné à mort. Le peloton d'exécution l'attend déjà dans la cour.

Les gendarmes sont venus spécialement de Grenade-sur-Garonne, de là même où André était en mission quand ils l'ont arrêté. Il faut bien finir la besogne.

André voudrait dire adieu, mais c'est contraire au règlement. Avant de mourir, André écrit un petit mot à sa mère qu'il remet au surveillant-chef Theil qui remplace Touchin ce jour-là.

Maintenant on attache André au poteau, il demande quelques secondes de sursis, juste le temps d'enlever l'anneau qu'il porte au doigt. Le surveillant-chef Theil râle un peu mais accepte la bague qu'André lui confie en le suppliant de la restituer à sa mère. « C'était son alliance », explique-t-il, elle la lui avait offerte le jour où il était parti rejoindre la brigade. Theil promet, et cette fois, on attache les liens autour des poignets d'André.

Agrippés aux barreaux de nos geôles, nous avons imaginé les douze hommes casqués former le peloton. André se tient droit. Les fusils se relèvent, nous serrons les poings et douze balles déchiquettent le corps maigre de notre copain qui se plie en deux et reste là, pantelant, à son poteau, la tête sur le côté, la gueule qui dégouline de sang.

L'exécution est terminée, les gendarmes s'en vont. Le gardien-chef Theil déchire la lettre d'André et range la bague dans sa poche. Demain, il s'occupera d'un autre de nos copains.

Sabatier, arrêté à Montauban, a été fusillé au même poteau. Dans son dos, le sang d'André séchait à peine.

La nuit, je vois encore parfois s'envoler dans la cour de la prison Saint-Michel les petits morceaux de papier déchirés. Dans mon cauchemar, ils virevoltent jusqu'au mur derrière le poteau des fusillés et se recollent les uns aux autres pour recomposer les mots qu'André avait écrits juste avant de mourir. Il venait d'avoir dix-huit ans.

À la fin de la guerre, le gardien-chef Theil a été promu surveillant général à la prison de Lens.

*

Dans quelques jours viendrait le tour du procès de Boris et nous redoutions le pire. Mais à Lyon, nous avions des frères.

Leur groupe se nomme Carmagnole-Liberté. Hier ils ont réglé son compte à un avocat général qui, comme Lespinasse, avait réussi à faire couper la tête d'un résistant. Le copain Simon Frid était mort, mais le procureur Fauré-Pingelli avait eu la peau trouée. Après ce coup-là, plus aucun magistrat n'oserait demander la vie d'un des nôtres. Boris, qui a écopé de vingt ans de prison, se moque bien de sa peine, son combat continue au-dehors. La preuve, les Espagnols nous ont fait savoir que la maison d'un milicien avait sauté hier au soir. J'ai réussi à faire passer un mot à Boris pour qu'il le sache.

Boris ignore que le premier jour du printemps 1945, il mourra à Gusen, dans un camp de concentration.

*

– Ne fais pas cette tête-là, Jeannot !

La voix de Jacques me sort de ma torpeur. Je redresse la tête, prends la cigarette qu'il me tend et fais un signe à Claude pour qu'il vienne près de moi tirer quelques bouffées. Mais mon petit frère, épuisé, préfère rester allongé contre le mur de la cellule. Ce qui l'épuise, Claude, ce n'est pas le manque de nourriture, ce n'est pas la soif, ce ne sont pas les puces qui nous dévorent la nuit, pas plus que les brimades des matons ; non, ce qui rend mon petit frère si maussade, c'est de rester là, loin de l'action, et je le comprends puisque je ressens la même tristesse.

– Nous ne renoncerons pas, poursuit Jacques. Au-dehors, ils continuent à se battre et les Alliés finiront bien par débarquer, tu verras.

Alors même qu'il me tient ces paroles pour me réconforter, Jacques ne se doute pas que les copains préparent une opération contre le cinéma des Variétés : on n'y projette que des films de propagande nazie.

Rosine, Marius et Enzo sont à l'action, mais pour une fois ce n'est pas Charles qui a préparé la bombe. L'explosion doit se produire une fois la séance terminée, quand le cinéma sera vide, pour éviter toute victime parmi la population civile. L'engin que Rosine devra placer sous un fauteuil de l'orchestre est équipé d'un dispositif à retardement, et notre jardinier de Loubers n'avait pas le matériel nécessaire pour le fabriquer. Le coup devait avoir lieu hier soir ; au programme : *Le Juif Süss*. Mais, la police était partout, les entrées filtrées, les sacs et cartables fouillés, alors les copains n'ont pas pu entrer avec leur chargement.

Jan a décidé de remettre cela au lendemain. Cette fois, pas de barrage au guichet, Rosine entre dans la salle et s'assied à côté de Marius, qui glisse le sac contenant la bombe sous son fauteuil. Enzo prend place derrière eux, pour surveiller qu'ils n'ont pas été repérés. Si j'avais eu vent de l'histoire, je l'aurais envié, Marius, de passer toute une soirée au cinéma à côté de Rosine. Elle est si jolie, avec son léger accent chantant et sa voix qui provoque des frissons incontrôlables.

Les lumières s'éteignent et les actualités défilent sur la toile du cinéma des Variétés. Rosine se tasse au fond de son fauteuil, sa longue chevelure brune glisse vers son épaule. Enzo n'a rien perdu du mouvement suave et élégant de la nuque. Difficile de se concentrer sur le film qui commence, quand on a deux kilos d'explosifs devant les jambes. Marius a beau vouloir se persuader du contraire, il est un peu nerveux. Il n'aime pas travailler avec du matériel qu'il ne connaît pas. Quand Charles prépare les charges, il est confiant ; jamais le travail de son ami n'a fait défaut ; mais là, le mécanisme est différent, la bombe trop sophistiquée à son goût.

À la fin du spectacle, il devra glisser la main dans le sac de Rosine et briser un tube de verre qui contient de l'acide sulfurique. En trente minutes, l'acide aura rongé la paroi d'une petite boîte en fer bourrée de chlorate de potasse. En se mélangeant l'une à l'autre, les deux substances feront sauter les détonateurs implantés dans la charge. Mais tous ces trucs de chimistes sont bien trop compliqués aux yeux de Marius. Lui, il aime les systèmes simples, ceux que Charles fabrique avec de la dynamite et une mèche. Quand elle crépite, il suffit de compter les secondes ; en cas de problème, avec un peu de courage et d'agilité on peut toujours ôter le cordon d'amadou. En plus, l'artificier a ajouté un autre système sous le ventre de sa bombe ; quatre petites piles et une bille de mercure sont reliées entre elles pour déclencher immédiatement l'explosion si un vigile la trouvait et tentait de la soulever une fois le mécanisme armé.

Alors Marius transpire et essaie en vain de s'intéresser au film. À défaut, il jette des coups d'œil discrets vers Rosine, qui fait semblant de n'avoir rien vu ; jusqu'au moment où elle lui assène une tape sur la jambe pour lui rappeler que le spectacle se passe devant, et non dans son cou.

Même à côté de Rosine, les minutes qui s'égrènent semblent bien longues dans le cinéma des Variétés. Bien sûr, Rosine, Enzo et Marius auraient pu déclencher le mécanisme à l'entracte et se faire la malle aussitôt. Le tour serait joué et eux déjà rentrés, au lieu de souffrir et suer comme ils le font. Mais je te l'ai dit, nous n'avons jamais tué un innocent, pas même un imbécile. Alors ils attendent la fin de la séance et quand la salle se videra, ils enclencheront le mécanisme à retardement, et seulement alors.

Enfin les lumières se rallument. Les spectateurs se lèvent et se dirigent vers la sortie. Assis au milieu de la rangée, Marius et Rosine restent à leur place, attendant que les gens s'en aillent. Derrière eux, Enzo ne bouge pas davantage. Au bout de l'allée, une vieille dame prend tout son temps pour remettre son manteau. Son voisin n'en peut plus d'attendre. Exaspéré, il fait demi-tour et se dirige vers le couloir opposé.

– Allez, poussez-vous d'ici, le film est fini ! rouspète-t-il.

– Ma fiancée est un peu fatiguée, répond Marius, nous attendons qu'elle reprenne des forces pour nous lever.

Rosine fulmine et pense tout bas que Marius ne manque pas de toupet, et elle le lui dira dès qu'ils seront dehors ! En attendant, elle voudrait surtout que ce type reparte d'où il est venu.

L'homme jette un coup d'œil à la rangée, la vieille dame est partie mais il faudrait retraverser toute l'allée. Tant pis, il se plaque au dossier du fauteuil, force le passage devant ce garçon imbécile qui reste encore assis alors que le générique est entièrement déroulé, enjambe, en la bousculant un peu, sa voisine qu'il trouve bien jeune pour être fatiguée et s'éloigne sans s'excuser.

Marius tourne lentement la tête vers Rosine, son sourire est étrange, quelque chose ne va pas, il le sait, il le sent. Rosine a le visage défait.

– Ce con a écrasé mon sac !

Ce sont les derniers mots que Marius entendra

jamais ; le mécanisme est enclenché ; dans la bous-culade, la bombe s'est retournée, la bille de mercure vient au contact des piles et déclenche aussitôt la mise à feu. Marius, coupé en deux, est tué sur le coup. Enzo, projeté en arrière, voit dans sa chute le corps de Rosine s'élever lentement et retomber trois rangs devant. Il tente de lui porter secours, mais s'affale aussitôt, la jambe ouverte, presque arrachée.

Allongé sur le sol, les tympans crevés, il ne peut plus entendre les policiers qui se précipitent. Dans la salle, dix rangées de fauteuils sont disloquées.

On le soulève et le porte, il perd son sang, sa conscience est floue. Devant lui, Rosine, à terre, baigne dans une mare rouge qui ne cesse de grandir, le visage figé.

Ça s'est passé hier, au cinéma des Variétés, à la fin de la séance, Enzo s'en souvient, Rosine avait la beauté des printemps. Ils ont été transportés à l'hô-pital de l'Hôtel-Dieu.

Au petit matin, Rosine est morte sans avoir jamais repris connaissance.

On a recousu la jambe d'Enzo, les chirurgiens ont fait comme ils pouvaient.

Devant sa porte, trois miliciens assurent la garde.

La dépouille de Marius a été jetée dans une fosse du cimetière de Toulouse. Souvent, la nuit dans ma cellule de la prison Saint-Michel, je pense à eux. Pour que jamais ne s'effacent leurs visages, pour ne jamais non plus oublier leur courage.

*

Le lendemain, Stefan qui revient d'une mission accomplie à Agen retrouve Marianne ; elle l'attend à la descente du train, la figure défaite. Stefan la prend par la taille et l'entraîne à l'extérieur de la gare.

– Tu es au courant ? demande-t-elle la gorge nouée.

À sa tête, elle comprend que Stefan ignore tout du drame qui s'est joué hier dans la salle du cinéma des Variétés. Sur le trottoir où ils marchent, elle lui apprend la mort de Rosine et celle de Marius.

– Où se trouve Enzo ? demande Stefan.

– À l'Hôtel-Dieu, répond Marianne.

– Je connais un docteur qui travaille au service de chirurgie. Il est plutôt libéral, je vais voir ce que je peux faire.

Marianne accompagne Stefan jusqu'à l'hôpital. Ils n'échangent pas un mot tout au long du chemin, chacun pense à Rosine et à Marius. En arrivant devant la façade de l'Hôtel-Dieu, Stefan brise le silence.

– Et Rosine, où est-elle ?

– À la morgue. Ce matin, Jan est passé voir son père.

– Je comprends. Tu sais, la mort de nos amis ne servirait à rien si nous n'allions pas jusqu'au bout.

– Stefan, je ne sais pas si le « bout » dont tu parles existe vraiment, si nous nous réveillerons un jour de ce cauchemar que nous vivons depuis des mois. Mais si tu veux savoir si j'ai peur depuis que Rosine et Marius sont morts, oui, Stefan, j'ai peur ; en me levant le matin, j'ai peur ; tout au long de la journée, quand j'arpente les rues pour glaner des informations ou filer un ennemi, j'ai peur ; à chaque carrefour, j'ai peur qu'on me suive, peur qu'on me tire dessus, peur qu'on m'arrête, peur que d'autres Marius et Rosine ne reviennent pas de l'action, peur que Jeannot, Jacques et Claude soient fusillés, peur qu'il arrive quelque chose à Damira, à Osna, à Jan, à vous tous qui êtes ma famille. J'ai tout le temps peur, Stefan, même en dormant. Mais pas plus qu'hier ou avant-hier, pas plus que depuis le premier jour où j'ai rejoint la brigade, pas plus que depuis ce jour où l'on nous a ôté le droit d'être libres. Alors oui, Stefan, je vais continuer à vivre avec cette peur, jusqu'à ce « bout » dont tu me parles, même si j'ignore où il se trouve.

Stefan s'approche de Marianne et ses bras maladroits l'enlacent. Avec tout autant de pudeur, elle pose la tête sur son épaule ; et tant pis si Jan trouve cette liberté dangereuse. Au cœur de cette solitude qui est leur quotidien, si Stefan le veut, elle le laissera faire, elle se laissera aimer, même un moment, pourvu qu'il soit de tendresse. Vivre un instant de réconfort, sentir en elle la présence d'un homme qui lui dirait, par la douceur de ses gestes, que la vie continue, qu'elle existe, tout simplement.

Les lèvres de Marianne glissent vers celles de Stefan et ils s'embrassent, là, devant les marches de l'Hôtel-Dieu, où repose Rosine dans un sous-sol obscur.

Sur le trottoir, les passants ralentissent le pas, s'amusant de voir ce couple enlacé dont le baiser semble ne jamais vouloir finir. Au milieu de cette horrible guerre, certains trouvent encore la force de s'aimer. Le printemps reviendra, a dit Jacques un jour, et ce baiser volé sur le parvis d'un hôpital sinistre laisse croire qu'il avait peut-être raison.

– Il faut que j'y aille, murmure Stefan.

Marianne desserre son étreinte et regarde son ami gravir les marches. Alors qu'il arrive sur le perron, elle lui fait un signe de la main. Une façon de lui dire « à ce soir », peut-être.

*

Le professeur Rieuneau officiait en chirurgie à l'Hôtel-Dieu. Il avait été l'un des professeurs de Stefan et de Boris, quand ils avaient encore le droit de suivre leurs études de médecine à la faculté. Rieuneau n'aimait pas les lois indignes de Vichy ; de sensibilité libérale, son cœur penchait en faveur de la Résistance. Il accueillit son ancien élève avec bienveillance et l'entraîna à l'écart.

– Que puis-je faire pour toi ? demanda le professeur.

– J'ai un ami, répondit Stefan hésitant, un très bon ami qui se trouve quelque part ici.

– Dans quel service ?

– Là où l'on s'occupe de ceux qui ont eu la jambe arrachée par une bombe.

– Alors, je suppose que c'est en chirurgie, répondit le professeur. Il a été opéré ?

– Cette nuit, je crois.

– Il n'est pas dans mon service, je l'aurais vu au moment de ma visite du matin. Je vais me renseigner.

– Professeur, il faudrait trouver un moyen de...

– J'avais bien compris, Stefan, l'interrompit le professeur, je verrai ce qu'il est possible de faire. Attends-moi dans le hall, je vais déjà m'inquiéter de son état de santé.

Stefan s'exécuta et emprunta l'escalier. Arrivé au rez-de-chaussée, il reconnut la porte aux boiseries écaillées ; derrière, d'autres marches conduisaient vers les sous-sols. Stefan hésita, si on le surprenait, on ne manquerait pas de lui poser des questions auxquelles il aurait bien du mal à répondre. Mais le devoir se faisait plus pressant que le risque encouru, et sans plus attendre, il poussa les battants.

Au bas de l'escalier, le couloir semblait un long boyau pénétrant les entrailles de l'hôpital. Au plafond, des entrelacs de câbles couraient autour des tuyauteries suintantes. Tous les dix mètres, une applique électrique diffusait son halo de lumière pâle ; par endroits, l'ampoule était cassée et le couloir plongeait dans la pénombre.

Stefan se moquait bien de l'obscurité, il connaissait son chemin. Avant, il lui arrivait de devoir venir ici. Le local qu'il cherchait se trouvait sur sa droite, il y entra.

Rosine reposait sur une table, seule dans la pièce. Stefan s'approcha du drap, taché de sang noir. La tête légèrement de biais trahissait la fracture à la base de la nuque. Était-ce cette blessure qui l'avait tuée ou les multiples autres qu'il voyait ? Il se recueillit devant la dépouille.

Il venait de la part des copains pour lui dire au revoir, lui dire que jamais son visage ne s'effacerait de nos mémoires et que jamais nous ne renoncerions.

« Si là où tu te trouves, tu croises André, salue-le pour moi. »

Stefan embrassa Rosine sur le front et il quitta la morgue, le cœur lourd.

Quand il revint dans le hall, le professeur Rieuneau l'attendait.

– Je vous cherchais, où étiez-vous, bon sang ? Votre copain est tiré d'affaire, les chirurgiens ont recousu sa jambe. Comprenez bien que je ne vous dis pas qu'il remarchera, mais il survivra à ses blessures.

Et comme Stefan, silencieux, ne le quittait pas des yeux, le vieux professeur conclut :

– Je ne peux rien faire pour lui. Il est gardé en permanence par trois miliciens, ces sauvages ne m'ont même pas laissé entrer dans la pièce où il se trouve. Dites à vos amis de ne rien tenter ici, c'est beaucoup trop dangereux.

Stefan remercia son professeur et repartit aussitôt. Ce soir, il retrouverait Marianne et lui annoncerait la nouvelle.

Ils ne laissèrent que quelques jours de répit à Enzo avant de le sortir de son lit d'hôpital pour le transférer à l'infirmerie de la prison. Les miliciens l'y conduisirent sans ménagement et Enzo perdit trois fois connaissance au cours de son transfert.

Son sort était joué avant même son incarcération. Dès qu'il serait rétabli, on le fusillerait dans la cour ; comme il fallait qu'il soit capable de marcher jusqu'au poteau d'exécution, nous nous attellerions à ce qu'il ne puisse pas tenir debout de sitôt. Nous étions au début du mois de mars 1944, les rumeurs de l'imminence d'un débarquement allié se faisaient de plus en plus nombreuses. Personne ici ne doutait que ce jour-là, les exécutions cesseraient et que nous serions libérés. Pour sauver le copain Enzo, il fallait jouer contre la montre.

*

Depuis hier, Charles est furieux. Jan est venu lui rendre visite dans la petite gare désaffectée de Loubers. Drôle de visite en fait, Jan est venu lui faire ses adieux. Une nouvelle brigade de résistants français se forme dans l'arrière-pays, ils ont besoin d'hommes d'expérience, Jan doit les rejoindre. Ce n'est pas lui qui en a décidé ainsi, ce sont les ordres, voilà tout. Il se contente d'obéir.

– Mais qui donne ces ordres ? demande Charles qui ne décolère pas.

Des résistants français, dans Toulouse, hors de la brigade, ça n'existait pas encore le mois dernier ! Voilà qu'un nouveau réseau s'organise et on déshabille son équipe ! Des types comme Jan, il n'y en a pas assez, beaucoup de copains sont tombés ou ont été arrêtés, alors devoir le laisser partir ainsi il trouve ça injuste.

– Je sais, dit Jan, mais les directives viennent d'en haut.

Charles dit que « en haut » il ne connaît pas non plus. Depuis tous ces longs mois, c'est ici-bas que le combat se fait. La guerre des rues, c'est eux qui l'ont inventée. Facile pour les autres de copier leur travail.

Charles ne pense pas vraiment ce qu'il dit, c'est juste que faire ses adieux au copain Jan, ça lui fait presque plus mal que le jour où il a dit à une femme qu'il valait mieux qu'elle retourne auprès de son mari.

Bien sûr, Jan est beaucoup moins joli qu'elle et il n'aurait jamais partagé son lit avec lui, même s'il avait été malade à en crever. Mais avant d'être son chef, Jan est d'abord son ami, alors le voir partir comme ça...

– Tu as le temps pour une omelette ? J'ai des œufs, grommelle Charles.

– Garde-les pour les autres, il faut vraiment que je m'en aille, répond Jan.

– Quels autres ? À ce train-là, je vais finir tout seul dans la brigade !

– D'autres viendront, Charles, ne t'inquiète pas. Le combat ne fait que commencer, la Résistance s'organise et il est normal que nous donnions un coup de main là où nous pouvons être utiles. Allez, dis-moi au revoir et ne fais pas cette tête-là.

Charles accompagna Jan sur le petit chemin.

Ils se donnèrent l'accolade, se jurant de se revoir un jour, quand le pays serait libéré. Jan monta sur son vélo et Charles l'appela une dernière fois.

– Catherine vient avec toi ?

– Oui, répondit Jan.

– Alors embrasse-la pour moi.

Jan promit d'un signe de la tête et le visage de Charles s'éclaira tandis qu'il lui posait une ultime question.

– Donc techniquement, depuis que nous nous sommes dit au revoir, tu n'es plus mon chef ?

– Techniquement, non ! répondit Jan.

– Alors, grand couillon, si on la gagne cette guerre, tâchez d'être heureux, Catherine et toi. Et c'est moi, l'artificier de Loubers, qui t'en aurai donné l'ordre !

Jan salua Charles comme on salue un soldat qu'on respecte, et il s'éloigna sur son vélo.

Charles lui rendit son salut et il resta là, au bout du chemin de la vieille gare désaffectée, jusqu'à ce que la bicyclette de Jan disparaisse à l'horizon.

*

Pendant que nous crevons de faim dans nos cellules, pendant qu'Enzo se tord de douleur à l'infirmerie de la prison Saint-Michel, le combat continue dans la rue. Et pas un jour ne passe sans que l'ennemi connaisse son lot de trains sabotés, de pylônes arrachés, de grues qui plongent dans le canal, de camions allemands où atterrissent soudainement quelques grenades.

Mais, à Limoges, un délateur a informé les autorités que des jeunes gens, sûrement des juifs, se réunissent furtivement dans un appartement de son immeuble. La police procède aussitôt à des arrestations. Le gouvernement de Vichy décide alors de dépêcher sur place l'un de ses meilleurs limiers.

Le commissaire Gillard, chargé de la répression antiterroriste, est envoyé enquêter avec son équipe sur ce qui pourrait bien enfin leur donner les moyens de remonter jusqu'au réseau de Résistance du Sud-Ouest qu'il faut anéantir à tout prix.

À Lyon, Gillard avait fait ses preuves, il a l'habitude des interrogatoires, ce n'est pas à Limoges qu'il baissera la garde. Il retourne au commissariat s'occuper lui-même des questions à poser. De brimades en sévices, il finit par apprendre que des « colis » sont envoyés en poste restante à Toulouse. Cette fois, il sait où lancer son hameçon, il suffira ensuite de surveiller le poisson qui viendra mordre.

Le temps est venu de se débarrasser une fois pour toutes de ces métèques qui troublent l'ordre public et remettent en cause l'autorité de l'État.

Aux premières heures du matin, Gillard abandonne ses victimes au commissariat de Limoges et prend le train pour Toulouse avec son équipe.

24.

Dès son arrivée, Gillard écarte de son chemin les policiers toulousains et s'isole dans un bureau au premier étage du commissariat. Si les flics de Toulouse avaient été compétents, on n'aurait pas eu besoin de faire appel à lui, et les jeunes terroristes seraient déjà sous les verrous. Et puis Gillard n'est pas sans savoir que même dans les rangs de la police, comme à la préfecture, on trouve ici et là quelques sympathisants à la cause résistante, parfois même à l'origine de fuites. Ne prévient-on pas de temps à autres certains juifs qu'ils vont être arrêtés ? Si ce n'était le cas, les miliciens ne trouveraient pas des appartements vidés de leurs occupants, quand ils procèdent aux interpellations. Gillard rappelle à ses équipiers de se méfier, les juifs et les communistes sont partout. Dans le cadre de son enquête, il ne veut prendre aucun risque. La réunion levée, une surveillance de la poste est aussitôt organisée.

*

Ce matin-là, Sophie est souffrante. Une mauvaise grippe la cloue au lit. Il faut pourtant aller récupérer le colis arrivé, comme chaque jeudi, faute de quoi les copains ne toucheront pas leur solde ; ils doivent payer leur loyer, acheter de quoi se nourrir, au minimum. Simone, une nouvelle recrue récemment venue de Belgique, s'y rendra à sa place. Quand elle entre dans le bureau de poste, Simone ne repère pas les deux hommes qui font semblant de remplir des papiers. Eux, identifient aussitôt la gamine qui est en train d'ouvrir la boîte aux lettres n° 27, pour y récupérer le paquet qu'elle contient. Simone s'en va, ils la suivent. Deux flics expérimentés contre une jeune fille de dix-sept ans, la partie de cache-cache est jouée d'avance. Une heure plus tard, Simone revient chez Sophie lui rapporter ses « courses », elle ignore qu'elle vient de permettre aux hommes de Gillard de localiser son domicile.

Celle qui savait si bien se cacher pour suivre les autres, celle qui inlassablement arpentait les rues pour ne pas se faire repérer, celle qui savait, mieux que nous, relever les emplois du temps, les déplacements, les contacts, et les moindres détails de la vie de ceux qu'elle filait, ne se doute pas que devant ses fenêtres deux hommes la guettent et que c'est elle désormais que l'on traque. Chats et souris viennent d'inverser leurs rôles.

L'après-midi même, Marianne rend visite à Sophie. Le soir venu, quand elle repart, les hommes de Gillard la suivent à son tour.

*

Ils se sont donné rendez-vous le long du canal du Midi. Stefan l'attend sur un banc. Marianne hésite et lui sourit de loin. Il se lève et lui rend son bonsoir. Encore quelques pas et elle sera dans ses bras. Depuis hier, la vie n'est plus tout à fait pareille.

Rosine et Marius sont morts et il n'y a rien à faire pour cesser d'y penser, mais Marianne n'est plus seule. On peut aimer si fort à dix-sept ans, on peut aimer jusqu'au point d'oublier que l'on a faim, on peut aimer à en oublier qu'hier encore on avait peur. Mais depuis hier la vie n'est plus pareille, puisque désormais elle pense à quelqu'un.

Assis côte à côte, sur ce banc près du pont des Demoiselles, Marianne et Stefan s'embrassent et rien ni personne ne pourra venir leur voler ces minutes de bonheur. Le temps passe et l'heure du couvre-feu s'annonce. Derrière eux, les becs de gaz sont déjà allumés, il faut se séparer. Demain, on se retrouvera, et tous les soirs suivants. Et tous les soirs suivants, le long du canal du Midi, les hommes du commissaire Gillard espionneront à leur aise deux adolescents qui s'aiment au milieu de la guerre.

Le lendemain, Marianne retrouve Damira. Quand elles se quittent, Damira est prise en filature. Le jour d'après, ou était-ce plus tard ? Damira rencontre Osna, le soir Osna a rendez-vous avec Antoine. En quelques jours, presque toute la brigade est logée par les hommes de Gillard. L'étau se resserre sur eux.

Nous n'avions pas vingt ans, à peine plus pour certains d'entre nous, et il nous restait bien des choses à apprendre pour faire la guerre sans se faire repérer, des choses que les limiers de la police de Vichy connaissaient sur le bout des doigts.

*

Le coup de filet se prépare, le commissaire Gillard a réuni tous ses hommes dans le bureau qu'ils ont investi au commissariat de Toulouse. Pour procéder aux arrestations, il faudra néanmoins demander du renfort aux policiers de la 8e brigade. À l'étage, un inspecteur n'a rien perdu de ce qui se trame. Il quitte son poste discrètement et se rend à la poste centrale. Il se présente au guichet et demande à l'opératrice un numéro à Lyon. On lui passe la communication dans une cabine.

Un coup d'œil par la porte vitrée, la préposée discute avec sa collègue, la ligne est sûre.

Son correspondant ne parle pas, il se contente d'écouter la terrible nouvelle. Dans deux jours, la 35e brigade Marcel Langer sera arrêtée au grand complet. L'information est certaine, il faut les prévenir de toute urgence. L'inspecteur raccroche et prie pour que le relais se fasse.

Dans un appartement de Lyon, un lieutenant de la Résistance française repose le combiné sur son socle.

– Qui était-ce ? demande son commandant.

– Un contact à Toulouse.

– Que voulait-il ?

– Nous informer que les gars de la 35e brigade vont tomber dans deux jours.

– La Milice ?

– Non, des flics envoyés par Vichy.

– Alors ils n'ont aucune chance.

– Pas si nous les alertons ; nous avons encore le temps de les exfiltrer.

– Peut-être, mais nous ne le ferons pas, répond le commandant.

– Mais pourquoi ? demande l'homme stupéfait.

– Parce que la guerre ne durera pas. Les Allemands ont perdu deux cent mille hommes à Stalingrad, on dit que cent mille autres sont aux mains des Russes, parmi eux des milliers d'officiers et une bonne vingtaine de généraux. Leurs armées sont en déroute sur les fronts de l'Est et qu'il arrive à l'ouest ou au sud, le débarquement des Alliés ne tardera pas. Nous savons que Londres s'y prépare.

– Je connais toutes ces nouvelles, mais quel rapport avec les types de la brigade Langer ?

– C'est désormais une affaire de bon sens politique. Ces hommes et ces femmes dont nous parlons, sont tous hongrois, espagnols, italiens, polonais et j'en passe ; tous ou presque étrangers. Quand la France sera libérée, il sera préférable que l'Histoire raconte que ce sont des Français qui se sont battus pour elle.

– Alors on va les laisser tomber, comme ça ? s'indigne l'homme qui pense à ces adolescents, combattants de la première heure.

– Rien ne dit qu'ils seront obligatoirement tués...

Et devant le regard écœuré de son lieutenant, ce commandant de la Résistance française soupire et conclut :

– Écoute-moi. Dans quelque temps, le pays devra se relever de cette guerre, et il faudra bien qu'il ait la tête haute, que la population se réconcilie autour d'un seul chef, et ce sera de Gaulle. La victoire se doit d'être la nôtre. Cela est regrettable, j'en conviens, mais la France aura besoin que ses héros soient des Français, pas des étrangers !

*

Dans sa petite gare de Loubers, Charles était dégoûté. Au début de la semaine, on lui avait fait savoir que la brigade ne recevrait plus d'argent. Il n'y aurait plus non plus d'expéditions d'armes. Les liens tissés avec les réseaux de Résistance qui s'organisaient sur le territoire étaient coupés. La raison invoquée était l'attaque du cinéma des Variétés. La presse s'était gardée de dire que les victimes étaient des résistants. Aux yeux de l'opinion, Rosine et Marius passaient pour deux civils, deux gosses victimes d'un lâche attentat, et personne ne se souciait que le troisième enfant-héros qui les accompagnait se torde de douleur sur un lit de l'infirmerie de la prison Saint-Michel. On avait dit à Charles que de telles actions jetaient l'opprobre sur toute la Résistance, et que celle-ci préférait couper les ponts.

Cet abandon avait pour lui un goût de trahison. Ce soir-là, en compagnie de Robert, qui avait repris le commandement de la brigade depuis le départ de Jan, il exprimait tout son dégoût. Comment pouvait-on les abandonner, leur tourner le dos, eux qui avaient été au commencement ? Robert ne savait trop que dire, il aimait Charles comme on aime un frère, et il le rassura sur le point qui le préoccupait probablement le plus, celui qui le faisait le plus souffrir.

– Écoute, Charles, personne n'est dupe de ce qui est écrit dans la presse. Chacun sait ce qui s'est vraiment passé au cinéma des Variétés, qui a perdu la vie là-bas.

– À quel prix ! grommela Charles.

– Celui de leur liberté, répondit Robert, et tous en ville le savent.

Marc les rejoignit un peu plus tard. Charles haussa les épaules en le voyant et il sortit faire quelques pas dans le jardin à l'arrière de la maison. En tapant dans une motte de terre, Charles se dit que Jacques avait dû se tromper, nous étions à la fin du mois de mars 1944 et le printemps n'était toujours pas là.

*

Le commissaire Gillard et son adjoint Sirinelli ont réuni tous leurs hommes. Au premier étage du commissariat, l'heure est aux préparatifs. C'est aujourd'hui que seront effectuées les arrestations. Le mot d'ordre est donné, silence absolu, on doit éviter que quiconque puisse alerter ceux qui, dans quelques heures, tomberont dans les mailles de leur filet. Pourtant, depuis le bureau voisin, un jeune commissaire de police entend ce qui se dit de l'autre côté de la cloison. Son boulot à lui, ce sont les droit commun, la guerre n'a pas fait disparaître les truands et il faut bien que quelqu'un s'en occupe. Mais le commissaire Esparbié n'a jamais fait coffrer de partisans, bien au contraire. Quand quelque chose se prépare, c'est lui qui les prévient, c'est sa façon d'appartenir à la Résistance.

Les informer du danger qu'ils courent ne se fera ni sans peine, ni sans risque, les délais sont très courts ; Esparbié n'est pas seul, l'un de ses collègues est aussi son complice. Le jeune commissaire abandonne son fauteuil et va le trouver aussitôt.

– File tout de suite à la trésorerie principale. Au service des pensions, tu demanderas à voir une certaine Madeleine, dis-lui que son copain Stefan doit partir tout de suite en voyage.

Esparbié a confié cette mission à son collègue car lui se rend à un autre rendez-vous. En empruntant une voiture, il sera dans une demi-heure à Loubers. C'est là qu'il doit s'entretenir avec un ami ; il a vu sa fiche signalétique dans un dossier, où il eût mieux valu qu'elle ne figure pas.

À midi, Madeleine quitte la trésorerie principale et part chercher Stefan, mais elle a beau visiter tous les lieux qu'il fréquente, elle ne le trouve pas. Quand elle rentre chez ses parents, les policiers l'attendent. Ils ne savent rien sur elle, si ce n'est que Stefan passe la voir presque tous les jours. Pendant que les policiers fouillent les lieux, Madeleine, profitant d'une minute d'inattention, griffonne un mot à la hâte et le cache dans une boîte d'allumettes. Elle prétend se sentir mal et demande si elle peut prendre l'air à la fenêtre...

Sous ses fenêtres vit un de ses amis, un épicier italien qui la connaît mieux que personne. Une boîte d'allumettes tombe à ses pieds. Giovanni la ramasse, lève la tête et sourit à Madeleine. C'est l'heure de fermer boutique ! Au client qui s'en étonne, Giovanni répond que de toutes les façons, il y a longtemps qu'il n'y a plus rien à vendre sur ses étals. Le rideau baissé, il enfourche son vélo et va prévenir qui de droit.

Au même moment, Charles raccompagne Esparbié. À peine ce dernier parti, il fait sa valise et, le cœur gros, referme pour la dernière fois la porte de sa gare désaffectée. Avant de tourner la clé dans la serrure, il jette un ultime coup d'œil à la pièce. Sur le réchaud, une vieille poêle lui rappelle un dîner, où une de ses omelettes avait failli virer à la catastrophe. Ce soir-là, tous les copains étaient réunis. C'était un de ces jours terribles, mais les temps étaient meilleurs qu'aujourd'hui.

Sur sa drôle de bicyclette, Charles pédale aussi vite qu'il peut. Il y a tant de copains à retrouver. Les heures filent et ses amis sont en danger.

Prévenu par l'épicier italien, Stefan est déjà sur la route. Il n'aura pas eu le temps de dire au revoir à Marianne, ni même d'aller embrasser son amie

Madeleine, celle dont l'insolence lui aura sauvé la vie, au péril de la sienne.

Charles a rejoint Marc dans un café. Il l'informe de ce qui se trame et lui donne l'ordre de partir aussitôt rejoindre des maquisards près de Montauban.

– Vas-y avec Damira, ils vous accueilleront dans leurs rangs.

Avant de le quitter, il lui confie une enveloppe.

– Fais très attention. J'ai noté la plupart de nos faits d'armes sur ce journal de bord, dit Charles, tu le remettras de ma part à ceux que tu retrouveras là-bas.

– Ce n'est pas dangereux de garder ces documents ?

– Si, mais si nous mourons tous, il faudra que quelqu'un sache un jour ce que nous avons fait. J'accepte qu'on me tue, mais pas qu'on me fasse disparaître.

Les deux amis se séparent, Marc doit retrouver Damira au plus vite. Leur train part en début de soirée.

*

Charles avait planqué quelques armes rue de Dalmatie, d'autres dans une église non loin de là. Il faut bien essayer de sauver ce qui peut encore l'être. Quand il arrive aux abords de la première cache, Charles remarque, au carrefour, deux hommes, dont l'un lit un journal.

« Merde, c'est foutu », pense-t-il.

Reste encore l'église, mais alors qu'il s'en approche, une Citroën noire débouche sur le parvis, quatre hommes en jaillissent et lui tombent dessus.

Charles se débat du mieux qu'il peut, la lutte est inégale, les coups pleuvent. Charles pisse le sang, vacille, les hommes de Gillard finissent de l'assommer ; on l'embarque.

*

Le jour tombe, Sophie rentre chez elle. Deux individus la guettent au bout de la rue. Elle les repère, fait demi-tour, mais deux autres avancent déjà vers elle. L'un ouvre sa veste, sort son revolver et la vise. Sophie n'a aucun moyen de s'échapper, elle sourit et refuse de lever les mains en l'air.

*

Ce soir, Marianne dîne chez sa mère, une vague soupe de topinambours est au menu. Rien de très savoureux, mais quand même de quoi oublier sa faim jusqu'au lendemain. On frappe violemment à la porte. La jeune femme sursaute, elle a reconnu cette façon de tambouriner et ne se fait aucune illusion quant à la nature de ses visiteurs. Sa mère la regarde, inquiète.

– Ne bouge pas, c'est pour moi, dit Marianne en reposant sa serviette.

Elle fait le tour de la table, prend sa mère dans ses bras et la serre contre elle.

– Quoi qu'on te dise, je ne regrette rien de ce que j'ai fait, maman. J'ai agi pour une cause juste.

La mère de Marianne regarde fixement sa fille, elle lui caresse la joue, comme si ce geste d'ultime tendresse lui permettait de retenir ses larmes.

– Quoi qu'on me dise, mon amour, tu es ma fille et je suis fière de toi.

La porte tremble sous les coups, Marianne embrasse une dernière fois sa mère et va ouvrir.

*

C'est une soirée douce ; Osna est accoudée à sa fenêtre, elle fume une cigarette. Une voiture remonte la rue et se gare devant chez elle. Quatre hommes en pardessus en descendent. Osna a compris. Le temps qu'ils montent à l'étage, elle pourrait peut-être encore se cacher, mais la fatigue est si forte, au terme de tous ces mois de clandestinité. Et puis où se cacher ? Alors Osna referme la vitre. Elle avance vers le lavabo, fait couler un peu d'eau qu'elle se passe sur le visage.

« Le temps est venu », murmure-t-elle à son reflet dans le miroir.

Et déjà elle entend les pas dans l'escalier.

*

Sur le quai de la gare, l'horloge marque sept heures trente-deux. Damira est nerveuse, elle se penche, espérant voir apparaître le train qui les emmènera loin d'ici.

– Il est en retard, non ?

– Non, répond Marc calmement, il arrivera dans cinq minutes.

– Tu crois que les autres s'en sont sortis ?

– Je n'en sais rien, mais je ne suis pas trop inquiet pour Charles.

– Moi je le suis pour Osna, Sophie et Marianne.

Marc sait qu'aucun mot ne viendra rassurer la jeune femme qu'il aime. Il la prend dans ses bras et l'embrasse.

– Ne t'en fais pas, je suis certain qu'elles auront été prévenues à temps. Tout comme nous.

– Et si on nous arrêtait ?

– Eh bien au moins, nous serions ensemble, mais on ne nous arrêtera pas.

– Je ne pensais pas à ça, mais au journal de bord de Charles, c'est quand même moi qui le porte.

– Ah !

Damira regarde Marc et lui sourit tendrement.

– Je suis désolée, ce n'est pas ce que je voulais dire, j'ai tellement peur que je finis par raconter n'importe quoi.

Au loin, le nez de la locomotive se profile dans la courbe des rails.

– Tu vois, tout se passera bien, dit Marc.

– Jusqu'à quand ?

– Un jour le printemps reviendra, tu verras, Damira.

Le convoi passe devant eux, les roues de la motrice se bloquent, faisant jaillir derrière elles quelques gerbes d'étincelles, et le train s'immobilise dans un crissement de freins.

– Tu crois que tu m'aimeras toujours, quand la guerre sera finie ? demande Marc.

– Qui t'a dit que je t'aimais ? répond Damira d'un sourire malicieux.

Et alors qu'elle l'entraîne vers le marchepied du wagon, une main s'abat lourdement sur son épaule.

Marc est plaqué au sol, deux hommes le menottent. Damira se débat, une gifle magistrale l'envoie valdinguer contre la paroi du wagon. Son visage s'écrase sur la plaque du convoi. Juste avant de perdre connaissance, elle lit écrit en grosses lettres « Montauban ».

Au commissariat, les policiers trouvent sur elle l'enveloppe que Charles avait confiée à Marc.

*

Ce 4 avril 1944, la brigade est tombée, presque entière, aux mains de la police. Quelques-uns s'en sont sortis. Catherine et Jan ont échappé au coup de filet. Les policiers n'ont pas réussi à loger Alonso. Quant à Émile, il est parti juste à temps.

Ce soir du 4 avril 1944, Gillard et son terrible adjoint Sirinelli trinquent au champagne. En levant leur verre, ils se félicitent avec leurs collègues policiers d'avoir mis fin aux activités d'une bande de jeunes « terroristes ».

Grâce au travail qu'ils ont accompli, ces étrangers qui nuisaient à la France passeront le reste de leur vie derrière les barreaux. « Quoique... ! ajouta-t-il en épluchant le journal de bord de Charles, avec ce qu'il y a là de pièces à conviction, on peut être certain que la vie de ces métèques ne sera pas longue avant qu'on les fusille. »

Pendant que l'on commençait à torturer Marianne, Sophie, Osna et tous ceux arrêtés ce jour-là, l'homme qui, par son silence, les avait trahis, celui qui avait décidé, pour des raisons politiques, de ne pas relayer les informations communiquées par des résistants travaillant à la préfecture, celui-là même préparait déjà son entrée dans l'état-major de la Libération.

Quand il apprit, dès le lendemain, que la 35e brigade Marcel Langer, qui appartenait à la MOI, était tombée dans sa quasi-totalité, il haussa les épaules et épousseta sa veste ; à l'endroit même où, dans quelques mois, on accrocherait une Légion d'honneur. Aujourd'hui commandant dans les Forces françaises de l'intérieur, il sera bientôt colonel.

Quant au commissaire Gillard, félicité par les autorités, on lui confia à la fin de la guerre la direction de la brigade des stupéfiants. Il y finit tranquillement sa carrière.

25.

Je te l'ai dit, nous n'avons jamais renoncé. Les rares rescapés s'organisaient déjà. Quelques copains de Grenoble se joignirent à eux. Désormais à leur tête, Urman ne laisserait aucun répit à l'ennemi et la semaine suivante, les actions reprenaient.

*

Il faisait nuit depuis longtemps. Claude dormait, comme la plupart d'entre nous ; moi j'essayais d'apercevoir des étoiles dans le ciel, par-delà les barreaux.

Au milieu du silence, j'ai entendu les sanglots d'un copain. Je me suis approché de lui.

– Pourquoi pleures-tu ?

– Mon frère, tu sais, il ne pouvait pas tuer, jamais il n'a pu lever son arme sur un homme, même sur une merde de milicien.

Il y avait chez Samuel un étrange mélange de sagesse et de colère. Je croyais les deux inconciliables, jusqu'à ce que je le rencontre.

Samuel passe sa main sur son visage, en étirant ses larmes, il dévoile la pâleur de ses joues émaciées. Ses yeux sont rentrés au fond de leurs orbites,

233

on dirait qu'ils y tiennent comme par miracle, il n'y a presque plus de muscle sur son visage, que de la peau translucide qui laisse paraître ses os.

– C'était il y a si longtemps, reprend-il dans un murmure à peine audible. Te rends-tu compte, nous n'étions alors que cinq. Cinq résistants dans toute la ville et ensemble, nous n'avions pas cent ans. Moi, je n'ai tiré qu'une fois, à bout portant, mais c'était un salaud, un de ceux qui dénonçaient, qui violaient et torturaient. Mon frère, lui, était incapable de faire du mal, même à ceux-là.

Samuel s'est mis à ricaner et sa poitrine, rongée par la tuberculose, ne cessait de râler. Il avait une voix étrange, parfois empreinte d'un timbre d'homme, parfois d'une clarté d'enfance, Samuel avait vingt ans.

– Je ne devrais pas te raconter, je sais, ce n'est pas bien, ça rallume la peine, mais quand je parle de lui, je le fais vivre encore un peu, tu ne crois pas ?

Je n'en savais rien, mais j'ai acquiescé d'un signe de la tête. Qu'importe ce qu'il avait à dire, le copain avait besoin qu'on l'écoute. Il n'y avait pas d'étoiles dans le ciel et j'avais trop faim pour dormir.

– C'était au commencement. Mon frère avait le cœur d'un ange, la bouille d'un gamin. Il croyait au bien et au mal. Tu sais, j'ai compris dès le début qu'il était fichu. Avec une âme aussi pure, on ne peut pas faire la guerre. Et lui, son âme était si belle qu'elle brillait par-dessus la saleté des usines, par-dessous celle des prisons ; elle éclairait les chemins d'aube, quand tu pars au boulot avec la chaleur du lit qui te colle encore dans le dos.

À lui, on ne pouvait pas demander de tuer. Je te l'ai dit, n'est-ce pas ? Il croyait au pardon. Attention, il avait du courage mon frère, jamais il ne renonçait à partir à l'action, mais toujours sans arme. « À quoi cela servirait, je ne sais pas tirer ? » disait-il en se moquant de moi. C'était son cœur qui l'empêchait de viser, un cœur gros comme ça, je te le dis, insistait Samuel en écartant les bras. Il allait les mains vides, tranquillement, au combat, certain de sa victoire.

On nous avait demandé de saboter une chaîne de montage dans une usine du coin. On y fabriquait des cartouches. Mon frère a dit qu'il fallait y aller, pour lui c'était logique, autant de cartouches qu'on ne fabriquerait plus, autant de vies sauvées.

Ensemble, nous avons mené l'enquête. On ne se séparait jamais. Il avait quatorze ans, il fallait bien que je le surveille, que je prenne soin de lui. Si tu veux la vérité, je crois que tout ce temps, c'est lui qui me protégeait.

Il avait les mains pleines de talents, tu l'aurais vu avec un crayon dans les doigts, capable de dessiner tout et n'importe quoi. En deux traits de fusain, il t'aurait croqué le portrait et ta mère l'aurait accroché au mur de son salon. Alors, perché sur le muret d'enceinte, au beau milieu de la nuit, il a dessiné le pourtour de l'usine, colorié chacun des bâtiments qui poussaient sur sa feuille de papier comme le blé sort de terre. Moi, je faisais le guet et l'attendais en bas. Et puis d'un coup d'un seul, il s'est mis à rire, comme ça, au milieu de la nuit ; un rire plein et clair, un rire que j'emmènerai toujours avec moi, jusque dans la tombe quand ma tuberculose aura gagné sa guerre. Mon frère riait d'avoir dessiné un bonhomme au milieu de l'usine, un type avec des jambes arquées comme les avait le directeur de son école.

Quand il a fini son dessin, il a sauté dans la rue et m'a dit « Viens, on peut y aller maintenant ». Tu vois, mon frère était comme ça ; les gendarmes seraient passés par là, sûr que l'on se serait retrouvés en prison, mais lui, il s'en foutait complètement ; il regardait son plan d'usine, avec son petit bonhomme aux jambes arquées et il riait à gorge déployée ; ce rire, crois-moi, je te le jure, emplissait la nuit.

Un autre jour, pendant qu'il était à l'école, je suis allé visiter l'usine. Je traînais dans la cour en essayant de ne pas trop me faire remarquer, quand un ouvrier est venu vers moi. Il m'a dit que si je venais pour l'embauche, il fallait que j'emprunte le chemin qui longeait les transformateurs, ceux qu'il désignait du doigt ; et comme il a ajouté « camarade », j'ai compris son message.

En rentrant, j'ai tout raconté au frérot qui a complété son plan. Et cette fois, en regardant le dessin achevé, il ne riait plus, même quand je lui montrais le petit bonhomme aux jambes arquées.

Samuel s'est arrêté de parler, le temps de retrouver un peu de souffle. J'avais gardé un mégot dans ma poche, je l'ai allumé mais je ne lui ai pas proposé de le partager, à cause de sa toux. Il m'a laissé le temps de savourer une première bouffée et puis il a repris son récit, avec sa voix qui changeait d'intonation selon qu'il parlait de lui ou de son frère.

– Huit jours après, ma copine Louise a débarqué de la gare avec un carton qu'elle serrait sous le bras. Dans la boîte, il y avait douze grenades. Dieu sait comment elle les avait trouvées.

Tu sais, nous n'avions pas droit aux parachutages, on était seuls, tellement seuls. Louise, c'était une sacrée fille, j'avais le béguin pour elle et elle pour moi. Parfois nous allions nous aimer du côté de la gare de triage et il fallait drôlement s'aimer pour ne pas prêter attention au décor, mais de toutes les façons, nous n'avions jamais le temps. Le lendemain du jour où Louise était revenue avec son colis, nous partions à l'action ; c'était par une nuit froide et sombre, comme celle-ci, enfin différente, puisque mon frère était encore en vie. Louise nous accompagnait, jusqu'à l'usine. Nous avions deux revolvers, pris à des policiers que j'avais un peu cognés chacun leur tour, dans une ruelle. Mon frère ne voulait pas d'arme, alors j'avais les deux pistolets dans la sacoche de ma bicyclette.

Il faut que je te dise ce qui m'arrive, parce que tu ne vas pas le croire, même si je te le jure, là devant toi. On roule, la bicyclette tremblote sur les pavés et dans mon dos, j'entends un homme qui me dit « Monsieur, vous avez fait tomber quelque chose ». Je n'avais pas envie de l'entendre ce gars-là, mais un type qui continue son chemin alors qu'il a perdu quelque chose c'est suspect. J'ai mis pied à terre et je me suis retourné. Sur le trottoir qui longe la gare, des ouvriers rentrent de l'usine, leur musette en bandoulière. Ils marchent par groupes de trois, parce que le trottoir n'est pas assez large pour quatre. Il faut que tu comprennes que c'est toute l'usine qui remonte la rue. Et devant moi, à trente mètres, il y a mon revolver, tombé de ma sacoche, mon revolver qui brille sur le pavé. Je range mon vélo contre le mur et je marche vers l'homme qui se baisse, ramasse ma pétoire et me la rend comme s'il s'agissait d'un mouchoir. Le gars me salue et il rejoint ses copains qui l'attendent en me souhaitant une bonne soirée. Ce soir, il rentre chez lui retrouver sa femme et la gamelle qu'elle lui aura préparée. Moi, je remonte sur mon vélo, l'arme sous la veste, et je pédale pour rattraper mon frère. Tu imagines ? Tu vois la tête que tu aurais faite si tu avais perdu ton flingue à l'action et que quelqu'un te l'avait rapporté ?

Je n'ai rien dit à Samuel, je ne voulais pas l'interrompre, mais aussitôt ont ressurgi de ma mémoire le regard d'un officier allemand, les bras en croix près d'une pissotière, ceux de Robert et de mon copain Boris aussi.

– Devant nous, la cartoucherie était dessinée comme un trait à l'encre de Chine dans la nuit. Nous avons longé le mur d'enceinte. Mon frère l'a escaladé, ses pieds accrochaient les meulières comme s'il montait un escalier. Avant de sauter de l'autre côté, il m'a souri et m'a dit qu'il ne pouvait rien lui arriver, qu'il nous aimait Louise et moi. J'ai grimpé à mon tour et l'ai rejoint comme nous en étions convenus dans la cour, derrière un pylône qu'il avait marqué sur son plan. Dans nos besaces, on entendait toquer les grenades.

Il faut faire attention au gardien. Il dort loin du bâtiment qu'on va brûler et l'explosion le fera sortir à temps pour qu'il ne risque rien, mais nous, que risquons-nous s'il nous voit ?

Mon frère se faufile déjà, il avance dans la bruine, je le suis, jusqu'à ce que nos chemins se séparent ; lui s'occupe de l'entrepôt, moi de l'atelier et des bureaux. J'ai son plan dans la tête et la nuit ne me fait pas peur. J'entre dans la bâtisse, longe la chaîne de montage et emprunte les marches de la passerelle qui conduit aux bureaux. La porte est fermée avec un croisillon d'acier, solidement verrouillé d'un cadenas ; tant pis, les carreaux sont fragiles. Je prends deux grenades, arrache les goupilles et les lance, une dans chaque main. Les vitres éclatent, juste le temps de m'accroupir, le souffle vient jusqu'à moi. Je suis projeté et retombe bras en croix. Sonné, les tympans qui bourdonnent, du gravier dans la bouche, les poumons enfumés, je crache tout ce que je peux. J'essaie de me relever, ma chemise est en feu, je vais brûler vif. J'entends d'autres explosions qui tonnent au loin, du côté des entrepôts. Moi aussi je dois finir le travail.

Je me laisse rouler sur les marches de fer et atterris devant une fenêtre. Le ciel est rougi par l'action de mon frère, d'autres bâtiments s'illuminent à leur tour, au fil des explosions qui les enflamment dans la nuit. Je puise dans ma musette, dégoupille et jette mes grenades, une à une, courant dans la fumée vers la sortie.

Dans mon dos, les déflagrations se succèdent ; à chacune d'entre elles, c'est mon corps tout entier qui vacille. Il y a tant de flammes qu'il fait comme en plein jour, et par instants, la clarté se masque, faisant place au noir le plus profond. Ce sont mes yeux qui m'abandonnent, les larmes qui en ruissellent sont brûlantes.

Je veux vivre, je veux m'évader de l'enfer, sortir d'ici. Je veux voir mon frère, le serrer dans mes bras, lui dire que tout n'était qu'un absurde cauchemar ; qu'au réveil j'ai retrouvé nos vies, comme ça, par hasard dans le coffre où maman rangeait mes affaires. Ces deux vies, la sienne, la mienne, celles où nous allions chaparder des bonbons chez l'épicier du coin, celles où maman nous attendait au retour de l'école, celles où elle nous faisait réciter nos devoirs ; juste avant qu'ils viennent nous l'enlever et nous voler nos vies.

Devant moi, une poutre de bois vient de s'effondrer, elle flambe et me barre le passage. La chaleur est terrible mais dehors, mon frère attend et, je le sais, il ne partira pas sans moi. Alors je prends les flammes entre mes mains et je repousse la poutre.

La morsure du feu, on ne peut l'imaginer tant qu'elle ne vous a pas saisi. Tu sais, j'ai hurlé, comme un chien qu'on tabasse, j'ai hurlé à la mort, mais je veux vivre, je te l'ai dit ; alors je continue ma route au milieu du brasier, en priant qu'on me coupe les poignets pour que la douleur cesse. Et devant moi, enfin apparaît la petite courette, comme mon frère l'avait dessinée. Un peu plus loin, l'échelle qu'il a déjà mise contre le mur. « Je me demandais ce que tu faisais, tu sais ? » me dit-il en me voyant la gueule noircie comme celle d'un charbonnier. Et il ajoute « Tu t'es mis dans un drôle d'état ». Il m'ordonne de passer le premier, à cause de mes blessures. Je monte comme je peux, en m'appuyant sur les coudes, les mains me font trop mal. En haut, je me retourne et l'appelle, pour lui dire que c'est son tour, il ne faut pas traîner.

À nouveau, Samuel s'est tu. Comme pour puiser la force de me raconter la fin de son histoire. Puis il ouvre les mains et me montre ses paumes ; ce sont celles d'un homme qui sa vie durant aurait travaillé la terre, un homme de cent ans ; Samuel n'en a que vingt.

– Mon frère est là, dans la cour, mais à mon appel, c'est la voix d'un autre homme qui répond. Le gardien de l'usine met son fusil en joue et crie « Halte, halte ». Je sors mon revolver de ma besace, j'en oublie la douleur dans mes mains, et je vise ; mais mon frère crie à son tour « Ne fais pas ça ! ». Je le regarde et l'arme glisse entre mes doigts. Quand elle tombe à ses pieds, il sourit, comme rassuré que je ne puisse pas faire de mal. Tu vois, je te l'ai dit, il a le cœur d'un ange. Les mains nues, il se retourne et sourit au gardien. « Ne tire pas, lui dit-il, ne tire pas, c'est la Résistance. » Il a parlé comme pour le rassurer, ce petit homme rondelet avec son fusil braqué, comme pour lui dire qu'on ne lui voulait pas de mal.

Mon frère ajoute « Après la guerre, ils te reconstruiront une usine toute neuve, elle sera encore plus belle à garder ». Et puis il se retourne et pose son pied sur le premier barreau de l'échelle. L'homme rondelet crie encore « Halte, halte », mais mon frère continue sa marche vers le ciel. Le gardien appuie sur la détente.

J'ai vu sa poitrine exploser, son regard se figer. Il m'a souri et ses lèvres imbibées de sang ont murmuré « Sauve-toi, je t'aime ». Son corps est retombé en arrière.

J'étais là-haut sur le mur, lui en bas, baignant dans cette mare rouge qui s'étalait sous lui, rouge de tout l'amour qui foutait le camp.

Samuel n'a plus rien dit de la nuit. Quand il a fini de me raconter son histoire, je suis allé me coucher près de Claude, qui a râlé un peu parce que je le réveillais.

De ma paillasse, j'ai vu par-delà les barreaux quelques étoiles briller enfin dans le ciel. Je ne crois pas en Dieu, mais ce soir-là j'imaginais que sur l'une d'elles, scintillait l'âme du frère de Samuel.

26.

Le soleil de mai réchauffe notre cellule. Au milieu de la journée, les barreaux aux lucarnes tracent trois raies noires sur le sol. Quand le vent est favorable, nous pouvons sentir les premières odeurs des tilleuls venir jusqu'à nous.

– Il paraît que les copains ont récupéré une voiture.

C'est la voix d'Étienne qui brise le silence. Étienne, je l'ai connu ici, il a rejoint la brigade quelques jours après que Claude et moi avons été arrêtés ; il est tombé comme les autres dans les filets du commissaire Gillard. Et pendant qu'il parle, j'essaye de m'imaginer dehors, dans une autre vie que la mienne. J'entends dans la rue les passants qui marchent sur les pas légers de leur liberté, ignorant qu'à quelques mètres d'eux, derrière un double mur, nous sommes prisonniers et attendons la mort. Étienne chantonne, comme pour tuer l'ennui. Et puis il y a l'enfermement, il est comme un serpent qui nous enserre sans relâche. Sa morsure indolore, son poison se diffuse. Alors les mots que chante notre ami nous rappellent à l'instant ; non, nous ne sommes pas seuls, mais tous ensemble ici.

Étienne est assis par terre, dos au mur, sa voix fragile est douce, c'est presque celle d'un enfant qui raconte une histoire, celle d'un môme courageux qui fredonne à l'espoir :

Sur c'te butte-là, y avait pas d'gigolette,
Pas de marlous, ni de beaux muscadins.
Ah, c'était loin du moulin d'la Galette,
Et de Paname, qu'est le roi des pat'lins.

C'qu'elle en a bu, du beau sang, cette terre,
Sang d'ouvrier et sang de paysan,
Car les bandits, qui sont cause des guerres,
N'en meurent jamais, on n'tue qu'les innocents.

À la voix d'Étienne se mêle celle de Jacques ; et les mains des copains qui battaient leur paillasse continuent leur besogne, mais maintenant au rythme du refrain.

La Butte Rouge, c'est son nom, l'baptême s'fit un matin
Où tous ceux qui grimpèrent, roulèrent dans le ravin
Aujourd'hui y a des vignes, il y pousse du raisin
Qui boira d'ce vin-là, boira l'sang des copains.

Dans la cellule voisine, j'entends l'accent de Charles et celui de Boris qui se joignent au chant. Claude, qui griffonnait des mots sur une feuille de papier, abandonne son crayon pour en fredonner d'autres. Le voilà qui se lève et qui chante à son tour.

Sur c'te butte-là, on n'y f'sait pas la noce,
Comme à Montmartre, où l'champagne coule à flots.
Mais les pauv' gars qu'avaient laissé des gosses,
I f'saient entendre de pénibles sanglots.

C'qu'elle en a bu, des larmes, cette terre,
Larmes d'ouvriers et larmes de paysans,
Car les bandits, qui sont cause des guerres,
Ne pleurent jamais, car ce sont des tyrans.

La Butte Rouge, c'est son nom, l'baptême s'fit un matin
Où tous ceux qui grimpèrent, roulèrent dans le ravin
Aujourd'hui y a des vignes, il y pousse du raisin
Qui boit de ce vin-là, boira les larmes des copains.

Dans mon dos, les Espagnols s'y mettent aussi, ils ne connaissent pas les paroles mais fredonnent avec nous. Bientôt, à l'unisson, c'est à l'étage entier que sonne la *Butte Rouge*. Maintenant, ils sont cent à chanter :

Sur c'te butte-là, on y r'fait des vendanges,
On y entend des cris et des chansons.
Filles et gars, doucement y échangent
Des mots d'amour, qui donnent le frisson.

Peuvent-ils songer dans leurs folles étreintes,
Qu'à cet endroit où s'échangent leurs baisers,
J'ai entendu, la nuit, monter des plaintes,
Et j'y ai vu des gars au crâne brisé ?

La Butte Rouge, c'est son nom, l'baptême s'fit un matin
Où tous ceux qui grimpèrent, roulèrent dans le ravin
Aujourd'hui y a des vignes, il y pousse du raisin
Mais moi j'y vois des croix, portant l'nom des copains.

Tu vois, Étienne avait raison, nous ne sommes pas seuls, mais tous ensemble ici. Le silence retombe et avec lui la nuit à la fenêtre. Chacun retourne à son ennui, à sa peur. Bientôt, il faudra sortir sur la passerelle, enlever les vêtements, sauf les caleçons puisque désormais, grâce à quelques copains espagnols, nous avons le droit de les garder.

*

Le petit jour est revenu. Les prisonniers sont rhabillés et tous attendent le repas. Sur la passerelle, deux corvettiers traînent la marmite, servant les gamelles qu'on leur tend. Les détenus rentrent dans les cellules, les portes se referment et le concert des verrous s'achève. Chacun s'isole, chacun part à sa solitude, se réchauffant les mains sur les bords de son bol en métal. Les lèvres avancent vers le bouillon et soufflent sur le liquide saumâtre. C'est la journée qui vient qu'ils boivent à petites gorgées.

Hier quand nous chantions, une voix manquait à l'appel. Enzo est à l'infirmerie.

– On attend là tranquillement qu'ils l'exécutent mais je pense que nous devons agir, dit Jacques.

– D'ici ?

– Tu vois, Jeannot, d'ici on ne peut pas faire grand-chose justement, c'est pour cela qu'il faudrait que nous lui rendions visite, me répond-il.

– Et... ?

– Tant qu'il ne tiendra pas debout, ils ne pourront pas le fusiller. Il faut que nous l'empêchions de guérir trop vite, tu comprends ?

À mon regard Jacques devine que je ne saisis pas encore le rôle qu'il me réserve ; il tire à la courte paille celui de nous deux qui devra se tordre de douleur.

Je n'ai jamais eu de chance au jeu, et l'adage selon lequel je devrais en avoir en amour est idiot, je sais de quoi je parle !

Me voilà donc, me roulant sur le sol, feignant des

246

maux que mon imagination n'a pas eu à aller chercher très loin.

Les gardiens mettront une heure avant de venir voir qui souffre au point de hurler comme je le fais ; et pendant que je poursuis mes plaintes, la conversation va bon train dans la cellule.

– C'est vrai que les copains ont des bagnoles ? demande Claude qui ne prête aucune attention à mes talents d'acteur.

– Oui, il paraît, répond Jacques.

– Tu te rends compte, eux dehors, en voiture pour partir à l'action, et nous, là, comme des cons à ne rien pouvoir faire.

– Oui, je me rends compte, maugrée Jacques.

– Tu crois qu'on y retournera ?

– Je ne sais pas, peut-être.

– Qui sait si nous aurons de l'aide ? demande mon petit frère.

– Tu veux dire de l'extérieur ? répond Jacques.

– Oui, reprend Claude, presque enjoué. Ils viendront peut-être tenter le coup.

– Ils ne pourront pas. Entre les Allemands sur les miradors et les gardiens français dans la cour, il faudrait une armée pour nous libérer.

Mon petit frère réfléchit, ses espoirs sont déçus, il se rassied dos au mur, la mine triste se joint à son teint pâle.

– Dis donc, Jeannot, tu voudrais pas gémir un peu moins fort, on s'entend à peine ! bougonne-t-il avant de se taire pour de bon.

Jacques regarde fixement la porte de la cellule. Nous entendons des bruits de godillots sur la coursive.

Le guichet se soulève et la tête rougeaude du gardien apparaît. Ses yeux semblent chercher d'où

247

viennent les râles. La serrure cliquette, deux gardiens me soulèvent de terre et me traînent au-dehors.

– Tu as intérêt à avoir quelque chose de grave, pour nous déranger en dehors des horaires ; sinon, on te fera passer le goût de la promenade, dit l'un.

– Tu peux compter sur nous ! ajoute l'autre.

Mais moi, je me fiche bien de quelques brimades supplémentaires, puisqu'ils m'emmènent voir Enzo.

Il dort sur son lit d'un sommeil agité. L'infirmier me reçoit et me fait allonger sur une civière, près d'Enzo. Il attend que les gardiens s'en aillent et se tourne vers moi.

– Tu fais semblant pour passer quelques heures de repos ou tu as vraiment mal quelque part ?

Je lui montre mon ventre en grimaçant, il palpe, hésitant.

– On t'a déjà ôté l'appendice ?

– Je ne crois pas, dis-je en balbutiant, sans vraiment réfléchir aux conséquences de ma réponse.

– Laisse-moi t'expliquer quelque chose, reprend l'homme d'un ton sec. Si la réponse à ma question est toujours non, il est possible que l'on t'ouvre le ventre pour te l'enlever, cet appendice enflammé. Bien sûr, il y a des avantages à cela. Tu vas troquer deux semaines de cellule contre autant de jours dans un bon lit et tu bénéficieras d'une meilleure nourriture. Si tu devais passer en jugement, il sera retardé d'autant et si ton copain est toujours là à ton réveil, vous pourrez même faire un brin de causette tous les deux.

L'infirmier sort un paquet de cigarettes de la poche de sa blouse, m'en offre une, en colle une autre entre ses lèvres, et reprend d'un ton plus solennel encore.

– Bien sûr, il y a aussi des inconvénients. D'abord, je ne suis pas chirurgien, tout juste externe ; sinon, tu t'en doutes, je ne travaillerais pas comme infirmier à la prison Saint-Michel. Attention, je ne dis pas que je n'ai aucune chance de réussir ton opération, je connais mes manuels par cœur ; mais tu comprends que ce n'est quand même pas pareil que d'être entre des mains expertes. Ensuite, je ne te cache pas que les conditions d'hygiène ici ne sont pas idéales. On n'est jamais à l'abri d'une infection, et dans ce cas, je ne peux pas te cacher non plus qu'une mauvaise fièvre pourrait t'emporter bien avant le peloton d'exécution. Alors, je vais aller faire un tour dehors, le temps de fumer cette cigarette. Toi, tu vas essayer pendant ce temps-là de te souvenir si la cicatrice que je vois en bas de ton ventre, à droite, ne serait pas justement celle d'une opération de l'appendicite !

L'infirmier a quitté la pièce, me laissant seul avec Enzo. J'ai secoué mon copain, le tirant probablement d'un rêve, puisqu'il me souriait.

– Qu'est-ce que tu fous là, Jeannot ? Tu t'es fait esquinter ?

– Non, je n'ai rien, je suis juste venu te rendre visite.

Enzo s'est redressé sur son lit et cette fois son sourire ne venait d'aucun songe.

– Ça c'est drôlement chouette ! Tu t'es donné tout ce mal rien que pour venir me voir ?

J'ai hoché la tête en guise de réponse, parce que pour tout te dire, j'étais drôlement ému de voir mon copain Enzo. Et plus je le regardais, plus l'émotion montait ; aussi parce que près de lui, je voyais

Marius au cinéma des Variétés et Rosine à ses côtés qui me souriait.

– Fallait pas te donner cette peine, Jeannot, je vais bientôt remarcher, je suis presque rétabli.

J'ai baissé les yeux, je ne savais pas comment lui dire.

– Eh ben, mon vieux, ça a l'air de te réjouir que j'aille mieux !

– Ben justement, Enzo, ce serait mieux que tu n'ailles pas aussi bien, tu comprends ?

– Pas vraiment, non !

– Écoute-moi. Dès que tu vas remarcher, ils t'emmèneront dans la cour pour te régler ton sort. Tant que tu ne pourras pas aller à pied au poteau, tu seras en sursis. Tu comprends cette fois ?

Enzo n'a rien dit. Moi j'avais honte, parce que mes mots étaient crus et parce que si j'avais été à sa place, je n'aurais pas aimé qu'il me les dise. Mais c'était pour lui rendre service et lui sauver la peau, alors j'ai ravalé ma gêne.

– Faut pas que tu guérisses, Enzo. Le débarquement finira bien par arriver, nous devons gagner du temps.

Enzo a relevé brusquement son drap pour découvrir sa jambe. Les cicatrices étaient immenses, mais presque refermées.

– Et qu'est-ce que je peux y faire ?

– Jacques ne m'a encore rien dit à ce sujet ; mais ne t'inquiète pas, nous trouverons un moyen. En attendant, essaie de feindre un regain de douleur. Si tu veux je peux te montrer, j'ai acquis un certain savoir-faire.

Enzo m'a dit que pour ça, il n'avait pas besoin de moi ; question douleur, il avait des souvenirs très frais. J'entendais l'infirmier revenir sur ses pas,

Enzo a fait semblant de repiquer un roupillon et moi je suis retourné sur ma civière.

Après mûre réflexion, j'ai préféré rassurer l'homme en blouse ; la mémoire m'était revenue à la faveur de ce court moment de repos ; j'en étais presque certain, à cinq ans, on m'avait déjà opéré de l'appendicite. De toute façon, le mal semblait s'en être allé, je pouvais même retourner en cellule. L'infirmier m'a glissé quelques pastilles de soufre dans la poche, pour allumer nos cigarettes. Aux gardiens qui me reconduisaient, il a dit qu'ils avaient bien fait de m'amener jusqu'ici, j'avais un début d'occlusion qui aurait pu mal tourner, et sans leur intervention, j'aurais même pu en mourir.

Au plus crétin de ces deux-là, qui sur la passerelle a osé me faire remarquer qu'il m'avait sauvé la vie, j'ai dû dire merci, et ce merci-là parfois me brûle encore la bouche ; mais quand je pense que c'était pour sauver Enzo, alors le feu s'éteint.

*

De retour en cellule, je donne des nouvelles d'Enzo et c'est bien la première fois que je vois des gens attristés que leur ami guérisse. C'est dire si l'époque est folle, si la vie a perdu tout sens logique et à quel point notre monde tourne à l'envers.

Alors chacun y va de ses cent pas, bras derrière le dos, cherchant une solution pour sauver la vie d'un copain.

— En fait, dis-je en m'aventurant un peu, il faut juste trouver un moyen pour que les cicatrices ne se referment pas.

— Merci, Jeannot, grommelle Jacques, jusque-là, nous sommes tous d'accord avec toi !

Mon petit frère, qui rêve de faire un jour des études de médecine, ce qui dans sa situation relève d'un certain optimisme, enchaîne aussitôt.

– Pour ça, il suffirait que les plaies s'infectent.

Jacques le toise, se demandant si chez les deux frères il n'y aurait pas une tare congénitale les prédisposant à l'énoncé de lieux communs.

– Le problème, ajoute Claude, c'est de trouver le moyen pour que les plaies s'infectent ; d'ici, c'est pas évident !

– Alors il nous faut gagner la complicité de l'infirmier.

Je sors de ma poche la cigarette et les pastilles de soufre qu'il m'a offertes tout à l'heure, et dis à Jacques que j'ai senti chez cet homme une certaine compassion à notre égard.

– Au point de prendre des risques pour sauver l'un d'entre nous ?

– Tu sais, Jacques, il y a des tas de gens qui sont encore prêts à prendre des risques pour épargner la vie d'un gamin.

– Jeannot, je me fiche de ce que font ou ne font pas les gens, ce qui m'intéresse, c'est cet infirmier que tu as rencontré. Comment évalues-tu nos chances avec lui ?

– Je n'en sais rien, enfin, je pense que ce n'est pas un mauvais type.

Jacques marche vers la fenêtre, il réfléchit ; sa main ne cesse de passer sur son visage décharné.

– Il faut retourner le voir, dit-il. Il faut lui demander de nous aider à ce que le copain Enzo retombe malade. Lui saura comment faire.

– Et s'il ne veut pas ? intervient Claude.

– On lui parlera de Stalingrad, on lui dira que les Russes sont aux frontières de l'Allemagne, que les

252

nazis sont en train de perdre la guerre, que le débarquement ne va pas tarder et que la Résistance saura le remercier quand tout sera fini.

– Et s'il ne se laisse pas convaincre ? insiste mon petit frère.

– Alors, nous le menacerons de lui régler son compte à la Libération, répond Jacques.

Et Jacques déteste ses propres mots, mais qu'importent les moyens, il faut que la plaie d'Enzo se gangrène.

– Et comment va-t-on lui dire tout ça, à l'infirmier ? demande Claude.

– Je n'en sais rien encore. Si nous refaisons le coup du malade, les matons flaireront l'arnaque.

– Je crois que je connais une façon, dis-je sans trop réfléchir.

– Comment comptes-tu t'y prendre ?

– Au moment de la promenade, les gardiens sont tous dans la cour. Je vais faire la seule chose à laquelle ils ne s'attendent pas : je vais m'évader à l'intérieur de la prison.

– Fais pas l'idiot, Jeannot, si tu te fais prendre, ils vont te dérouiller.

– Je croyais qu'il fallait sauver Enzo à tout prix !

La nuit revient et le matin suivant se lève, aussi gris que les autres. C'est l'heure de la promenade. Au bruit des bottes des gardiens qui avancent sur la passerelle, revient à ma mémoire la mise en garde de Jacques. « S'ils te prennent, ils vont te dérouiller », mais je pense à Enzo. Les verrous claquent, les portes s'ouvrent et les prisonniers s'alignent devant Touchin, qui les compte.

On salue le gardien-chef et la cohorte s'engage dans l'escalier en colimaçon qui mène au rez-dechaussée. Nous passons sous la verrière, elle éclaire tristement la galerie ; nos pas résonnent sur la pierre usée et nous entrons dans le couloir qui s'étire vers la cour.

Mon corps entier est tendu, c'est dans le virage qu'il faudra s'échapper, se glisser, invisible au milieu du cortège, vers la petite porte entrouverte. Je sais que de jour elle n'est jamais fermée, pour permettre au gardien de jeter un coup d'œil de sa chaise à la cellule des condamnés à mort. Je connais le chemin, hier je l'ai emprunté sous bonne garde. Devant moi, un sas d'un mètre à peine et au bout, quelques marches qui conduisent à l'infirmerie. Les matons sont dans la cour, la chance est avec moi.

Quand il me voit, l'infirmier sursaute. À mon air, il sait qu'il n'a rien à craindre. Je lui parle, il m'écoute sans m'interrompre, et soudain il s'assied sur un tabouret, l'air abattu.

– Je n'en peux plus de cette prison, dit-il, je n'en peux plus de vous savoir tous au-dessus de ma tête, je n'en peux plus de mon impuissance, de devoir dire bonjour, au revoir, chaque fois que je les croise ces salauds qui vous gardent et vous tabassent à la première occasion. Je n'en peux plus des fusillades dans la cour ; mais il faut que je vive, non ? Il faut que je nourrisse ma femme, l'enfant que nous attendons, tu comprends ?

Et me voilà qui réconforte l'infirmier ! C'est moi, le juif, roux et binoclard, en guenilles, la peau décharnée, couverte des cloques que me laissent les puces chaque matin en souvenir de leur nuit ; c'est moi, le prisonnier qui guette la mort comme on attend son tour chez le médecin, moi dont le ventre gargouille, moi qui le rassure sur son avenir !

Entends-moi lui dire tout ce à quoi je crois encore : les Russes à Stalingrad, les fronts de l'Est qui se dégradent, le débarquement qui se prépare et les Allemands qui tomberont bientôt du haut des miradors, comme les pommes à l'automne.

Et l'infirmier m'écoute ; il m'écoute comme un enfant qui n'a presque plus peur. À la fin du récit, nous voilà tous les deux, un peu complices, liés dans notre sort. Quand je sens son amertume passée, je lui redis qu'entre ses mains se trouve la vie d'un gamin qui n'a que dix-sept ans.

– Écoute-moi, dit l'infirmier. Demain, ils vont le descendre dans la cellule des condamnés ; d'ici là, s'il est d'accord, je lui ferai une bandelette autour de sa plaie, avec un peu de chance, l'infection reviendra et ils le remonteront ici. Mais dans les jours à venir, il faudra vous débrouiller pour entretenir le stratagème.

Dans ses armoires on trouve du désinfectant, mais le produit infectant, ça n'existe pas. Alors, cette chance dont parle l'infirmier, c'est d'uriner sur le pansement.

– Sauve-toi maintenant, me dit-il en regardant à la fenêtre, la promenade se termine.

J'ai rejoint les prisonniers, les matons n'ont rien vu et Jacques, pas à pas, s'est approché de moi.

– Alors ? m'a-t-il demandé.

– Alors, j'ai un plan !

*

Et le lendemain, le surlendemain et tous les jours suivants, au moment de la promenade, j'organisais la mienne, à l'écart des autres. En passant devant le sas, je m'éclipsais vite fait de la file des prisonniers. Je n'avais qu'à tourner la tête et voir Enzo, dans la cellule des condamnés à mort, qui dormait sur sa couche.

– Tiens, t'es encore là, Jeannot ? disait-il toujours en s'étirant.

Et chaque fois il se redressait, inquiet.

– Mais qu'est-ce que tu fous encore, t'es dingue, s'ils te piquent, tu vas te faire dérouiller.

– Je sais, Enzo, Jacques me l'a dit cent fois, mais faut refaire ton pansement.

– C'est bizarre votre histoire avec l'infirmier.

– T'inquiète de rien, Enzo, il est avec nous, il sait ce qu'il fait.

– Alors ? Vous avez des nouvelles ?

– De quoi ?

– Ben du débarquement ! Ils en sont où les Américains ? a questionné Enzo, comme un gamin demande au sortir d'un cauchemar si tous les monstres de sa nuit sont bien rentrés sous le plancher.

– Écoute, les Russes ont mis le paquet, les Allemands sont en déroute, on raconte même qu'ils seraient en train de libérer la Pologne.

– Ah dis donc, c'est drôlement chouette.

– Mais sur le débarquement, on n'en sait rien pour l'instant.

J'ai dit cela la voix triste et Enzo l'a senti ; ses yeux se sont plissés, comme si la mort tirait son drap vers lui, réduisant les distances.

Et le visage de mon copain se ferme pendant qu'il compte les jours.

Enzo a relevé la tête, à peine, juste de quoi me lancer un petit regard.

– Faut vraiment que tu t'en ailles, Jeannot, si tu te fais piquer, tu te rends compte ?

– Je veux bien me tirer, mais où tu veux que j'aille ?

Enzo a rigolé et c'était bon de voir mon ami sourire.

– Et ta jambe ?

Il a regardé sa guibole et a haussé les épaules.

– Ben, je peux pas te dire que ça sente très bon !

– Bien sûr, ça va te faire de nouveau mal, mais c'est mieux que le pire, non ?

– T'inquiète pas, Jeannot, je sais ; et puis ça sera toujours moins douloureux que les balles qui me feront éclater les os. Maintenant va-t'en avant qu'il ne soit trop tard.

Son visage devient blême, et je sens un coup de pied qui explose dans mes reins. Il a beau hurler que ce sont des salauds, les gardiens me tabassent, je suis plié en deux, mon épaule est au sol et les talonnades continuent. Mon sang se répand sur la dalle. Enzo s'est redressé, les mains accrochées aux barreaux de son cachot il supplie qu'on me laisse.

– Ben tu vois que tu tiens debout, ricane le gardien.

Je voudrais m'évanouir, ne plus sentir les coups qui pleuvent sur ma figure comme une averse d'août. Qu'il est loin le printemps dans ces jours froids de mai.

27.

Je m'éveille lentement. Ma figure me fait mal, mes lèvres sont collées par du sang séché. J'ai les yeux trop gonflés pour savoir si l'ampoule au plafond du mitard est déjà allumée. Mais j'entends des voix par le soupirail, je suis encore en vie. Les copains sont à la promenade dans la cour.

*

Un filet d'eau coule au robinet fiché sur un mur à l'extérieur. Les copains s'y succèdent. Les doigts glacés retiennent à peine la savonnette qui sert à se laver. La toilette achevée, ils échangent quelques mots et vont se réchauffer là où un rai de soleil s'étire sur le sol de la cour.

Les gardiens regardent l'un des nôtres. Ils portent dans leurs yeux le regard des vautours. Le môme a les jambes qui se mettent à trembler, les prisonniers se serrent autour de lui, l'encerclent pour faire rempart.

— Allez, viens avec nous ! dit le chef.

— Qu'est-ce qu'ils veulent ? demande le môme Antoine, la peur au visage.

— Viens, on te dit ! ordonne le maton en traçant son chemin au milieu des détenus.

Les mains se tendent pour serrer celles d'Antoine qu'on enlève à la vie.

– T'inquiète pas, murmure l'un des copains.

– Mais qu'est-ce qu'ils me veulent ? répète sans fin l'adolescent qu'on tire par les épaules.

Tous ici savent bien ce que veulent les vautours, et Antoine comprend. En délaissant la cour, il regarde ses amis, muet ; son au revoir est silencieux, mais les prisonniers immobiles entendent son adieu.

Les gardiens le reconduisent jusqu'à sa cellule. En entrant, ils lui ordonnent de prendre ses affaires, toutes ses affaires.

– Toutes mes affaires ? supplie Antoine.

– T'es sourd ? Qu'est-ce que je viens de dire !

Et pendant qu'Antoine roule sa paillasse, c'est sa vie qu'il emballe ; dix-sept ans de souvenirs, le paquetage est vite fait.

Touchin se balance sur ses jambes.

– Allez, viens, dit-il, un rictus dégueulasse à ses lèvres grossières.

Antoine s'approche de la fenêtre, prend un crayon pour griffonner un mot à ceux qui sont encore dans la cour, il ne les reverra plus.

– Et puis quoi encore, dit le chef en lui frappant les reins.

On tire Antoine par les cheveux, si fins qu'ils s'arrachent.

Le gamin se relève et prend son balluchon, le serre contre son ventre et suit les deux gardiens.

– On va où ? demande-t-il la voix frêle.

– Tu verras quand t'y seras !

Et quand le gardien-chef ouvre la grille de la cellule des condamnés à mort, Antoine relève les yeux et sourit au prisonnier qui l'accueille.

– Qu'est-ce que tu fiches là ? demande Enzo.

– Je ne sais pas, répond Antoine, je crois qu'ils m'ont envoyé ici pour que tu sois moins seul. Qu'est-ce que ça pourrait bien être d'autre ?

– Ben oui, Antoine, répond doucement Enzo, qu'est-ce que tu veux que ce soit d'autre ?

Antoine ne dit plus rien, Enzo lui tend la moitié de son pain mais le môme n'en veut pas.

– Faut que tu manges.

– À quoi bon ?

Enzo se lève, sautille en grimaçant et va s'asseoir par terre, contre le mur. Il pose sa main sur l'épaule d'Antoine et lui montre sa jambe.

– Tu crois vraiment que je me donnerais tout ce mal, s'il n'y avait pas d'espoir ?

Les yeux écarquillés, Antoine regarde la plaie d'où suinte le pus.

– Alors ils ont réussi ? bredouille-t-il.

– Ben oui, tu vois, ils ont réussi. J'ai même des nouvelles du débarquement, si tu veux tout savoir.

– Toi, dans la cellule des condamnés à mort, tu as ce genre de nouvelles ?

– Parfaitement ! Et puis, mon petit Antoine, tu n'as rien compris. Ici, ce n'est pas la cellule dont tu parles, mais celle de deux résistants, encore vivants. Viens, il faut que je te montre quelque chose.

Enzo fouille sa poche et sort une pièce de quarante sous tout écrasée.

– Je l'avais dans ma doublure, tu sais.

– Tu l'as mise dans un drôle d'état, ta pièce, soupire Antoine.

– Fallait d'abord que j'enlève la francisque de Pétain. Maintenant qu'elle est toute lisse, regarde ce que j'avais commencé à graver.

Antoine se penche sur la pièce et lit les premières lettres.

– Qu'est-ce que ça dit ta phrase ?

– C'est pas encore fini, mais ça dira : « Il reste des bastilles à prendre. »

– Tu vois, Enzo, pour être très honnête, je sais pas si ton truc c'est beau, ou si c'est très con.

– C'est une citation. Elle est pas de moi, c'est Jeannot qui me l'a dite un jour. Tu vas m'aider à finir, parce que pour être aussi honnête que toi, avec la fièvre qui revient, j'ai plus trop de forces, Antoine.

Et pendant qu'Antoine trace des lettres avec un vieux clou sur la pièce de quarante sous, Enzo, allongé sur le bat-flanc, lui invente des nouvelles de la guerre.

Émile est commandant, il a levé une armée, maintenant ils ont des voitures, des mortiers et bientôt des canons. La brigade s'est reformée, ils attaquent partout.

– Tu vois, conclut Enzo, ce n'est pas nous qui sommes foutus, crois-moi ! Et encore, je ne t'ai pas parlé du débarquement. C'est pour bientôt, tu sais. Quand Jeannot sortira du mitard, les Anglais et les Américains seront là, tu verras.

La nuit, Antoine ne sait pas bien si Enzo lui dit vrai ou si la fièvre et son délire confondent rêve et réalité.

Au matin, il défait les bandelettes, les trempe dans la tinette avant de les lui remettre. Le reste de la journée, il veille Enzo, guette sa respiration. Quand il n'ôte pas ses poux, il travaille sa pièce sans relâche et chaque fois qu'il grave un nouveau mot, il murmure à Enzo que finalement, c'est lui qui doit avoir raison ; ensemble, ils verront la Libération.

Un jour sur deux, l'infirmier vient leur rendre visite. Le gardien-chef ouvre la grille et l'enferme avec eux, lui laissant un quart d'heure pour s'occuper d'Enzo, pas une minute de plus.

Antoine avait commencé à défaire le bandage et s'en excuse.

L'infirmier pose sa boîte de soins et ouvre le couvercle.

– À ce train-là, nous l'aurons tué avant que le peloton ne s'en occupe.

Il leur a apporté de l'aspirine et un peu d'opium.

– Ne lui en donne pas trop ; je ne reviens que dans deux jours et demain la douleur sera encore plus forte.

– Merci, chuchote Antoine, alors que l'infirmier se lève.

– De rien, dit l'infirmier. Je vous offre tout ce que j'ai, dit-il désolé.

Il enfonce ses mains dans les poches de sa blouse et se tourne vers la grille de la cellule.

– Dis, l'infirmier, c'est quoi votre prénom ? demande Antoine.

– Jules, je m'appelle Jules.

– Alors merci, Jules.

Et l'infirmier se retourne à nouveau pour faire face à Antoine.

– Tu sais, votre copain Jeannot est remonté à l'étage.

– Ah ! C'est une bonne nouvelle, dit Antoine. Et les Anglais ?

– Quels Anglais ?

– Ben les Alliés, le débarquement, vous êtes au courant de rien ? interroge Antoine stupéfait.

– J'ai entendu des choses mais rien de précis.

– Rien de précis ou rien qui se précise ? Parce que dans notre cas à tous les deux, c'est pas pareil, tu comprends ça, Jules ?

– Et toi, c'est quoi ton prénom ? demande l'infirmier.

– Antoine !

– Alors écoute, Antoine, ce Jeannot dont je te parlais tout à l'heure, je lui ai menti quand il est venu me trouver pour aider ton copain avec sa jambe que j'avais trop bien soignée. Je ne suis pas médecin, juste infirmier, et si je suis ici, c'est parce que je me suis fait surprendre pendant que je chapardais des draps et d'autres bricoles dans les armoires de l'hôpital où je travaillais. J'en ai pris pour cinq ans ; je suis comme toi, un prisonnier. Vous, politiques, moi de droit commun, enfin, pas comme vous ; moi, je ne suis rien.

– Ben si, vous êtes un chic type, dit Antoine pour le consoler, parce qu'il sent bien que l'infirmier en a gros sur le cœur.

– J'ai tout raté, je voudrais être comme toi. Tu vas me dire qu'il n'y a rien à envier à celui qu'on va fusiller, mais je voudrais un instant connaître ta fierté, avoir ton courage. J'en ai tant rencontré des gars comme vous. Tu sais, j'étais déjà là quand ils ont guillotiné Langer. Qu'est-ce que je dirai, moi, après la guerre ? Que j'étais en taule pour avoir piqué des draps ?

– Écoute, Jules, déjà, tu pourras dire que tu nous as soignés et c'est beaucoup. Tu pourras dire aussi que tous les deux jours, tu prenais des risques pour venir refaire le pansement d'Enzo. Enzo c'est lui, le copain dont tu t'occupes, au cas où tu ne le saurais pas. C'est important les prénoms, Jules. C'est comme ça qu'on se souvient des gens ; même quand ils sont morts, on continue parfois à les appeler par leur prénom ; parce que sinon, on ne peut pas. Tu vois Jules, il y a une raison à tout, c'est ma mère qui disait ça. Tu n'as pas piqué tes draps parce que tu es un voleur, mais parce qu'il fallait que tu sois pris, pour te trouver ici à nous apporter de l'aide. Bon, maintenant que ça va mieux, Jules, je le vois à ton visage, tu as repris des couleurs, dis-moi, pour le débarquement, alors, ça s'annonce comment ?

Jules s'est avancé vers la grille et appelle pour qu'on vienne le chercher.

– Pardonne-moi, Antoine, mais je peux plus mentir, je n'ai plus la force. Pour ton débarquement, je n'ai rien entendu.

Cette nuit-là, pendant qu'Enzo gémit sa douleur, emporté par la fièvre, Antoine, accroupi par terre, achève de graver le mot « bastilles » sur une pièce de quarante sous.

Au matin gris, Antoine reconnaît les verrous de la cellule voisine qu'on ouvre et qu'on referme. Les pas s'éloignent en cadence. Quelques instants plus tard, accroché aux barreaux de la fenêtre, il entend douze coups sourds qui frappent le mur des fusillés. Antoine lève la tête ; au loin, le *Chant des partisans* s'élève. Un chant immense, qui traverse les murs de la prison Saint-Michel et vient à lui, comme un hymne à l'espoir.

Enzo ouvre un œil, et murmure :

– Antoine, tu crois que les copains chanteront aussi quand on me fusillera ?

– Oui, Enzo, plus fort encore, répond doucement Antoine. Si fort, même, qu'on entendra leurs voix jusqu'au bout de la ville.

28.

Je suis sorti du mitard et j'ai retrouvé les copains. Ils se sont réunis pour m'offrir du tabac, de quoi rouler trois cigarettes au moins.

Au milieu de la nuit, des bombardiers anglais survolent notre prison. Au loin, on entend les sirènes ; je m'accroche aux barreaux et regarde le ciel.

Le vrombissement lointain des moteurs ressemble à la venue d'un orage ; il envahit l'espace et résonne jusqu'à nous.

Dans les rais de lumière qui balaient le ciel, je vois se dessiner les toits de notre ville. Toulouse, la ville rose. Je pense à la guerre qui se mène de l'autre côté des murs, je pense aux villes d'Allemagne et aux villes d'Angleterre.

– Où vont-ils ? demande Claude assis sur sa paillasse.

Je me retourne et, dans l'ombre, regarde les copains et leurs corps amaigris. Jacques est adossé au mur, Claude ramassé en boule. Les gamelles cognent aux murs et, des autres cellules, des voix s'élèvent pour nous dire « Vous entendez, les gars ? »

Oui, tous nous entendons ces bruits de la liberté,

si près et si loin à la fois, à quelques milliers de mètres au-dessus de nos têtes.

Dans les avions, là-haut, il y a des types libres, des thermos de café, des biscuits et plein de cigarettes ; juste au-dessus de nous, te rends-tu compte ? Et les pilotes, dans leurs blousons de cuir, traversent les nuages, flottent au milieu des étoiles. Sous leurs ailes, la terre est sombre, pas une lumière, pas même celle des prisons, et ils emplissent nos cœurs d'une bouffée d'espoir. Dieu que je voudrais être des leurs, j'aurais donné ma vie pour être assis près d'eux, mais ma vie, je l'ai déjà donnée à la liberté, ici, dans un cachot de pierre à la prison Saint-Michel.

— Alors, ils vont où ? répète le petit frère.

— J'en sais rien !

— En Italie ! affirme l'un des nôtres.

— Non, quand ils vont là-bas, ils partent de l'Afrique, répond Samuel.

— Alors où ? redemande Claude. Qu'est-ce qu'ils font là ?

— Je ne sais pas, je ne sais pas, mais tiens-toi loin de la fenêtre, on ne sait jamais.

— Et toi alors, t'es collé aux barreaux !

— Moi je regarde et je te raconte...

Des sifflements déchirent la nuit, les premières explosions font trembler la prison Saint-Michel et tous les prisonniers se lèvent, crient des hourras. « Vous entendez, les gars ? »

Oui, on entend. C'est Toulouse qu'on bombarde et le ciel rougit dans le lointain. Les canons antiaériens se mettent à répondre, mais les sifflements continuent. Les copains m'ont rejoint sous les barreaux. Quel feu d'artifice !

— Mais qu'est-ce qu'ils font ? supplie Claude.

— Je ne sais pas, murmure Jacques.

La voix d'un copain s'élève et se met à chanter. Je reconnais l'accent de Charles, et me souviens de la gare de Loubers.

Mon petit frère est près de moi, Jacques en face, François et Samuel sur leur paillasse ; en bas, il y a Enzo et Antoine. La 35e brigade n'a pas fini d'exister.

– Si seulement l'une de ces bombes pouvait faire tomber les murs de cette taule..., dit Claude.

Et demain au réveil, nous apprendrons que cette nuit, les avions dans le ciel étiraient sous leurs ailes l'aube du débarquement.

Jacques avait raison, le printemps revient, Enzo et Antoine sont peut-être sauvés.

*

À l'aube du jour suivant, trois hommes en noir sont entrés dans la cour. Un officier en uniforme les suivait.

Le gardien-chef les accueille, même lui est stupéfait.

– Attendez-moi dans le bureau, dit-il, il faut que je les prévienne, on ne vous attendait pas.

Et pendant que le surveillant revient sur ses pas, un camion franchit le porche et douze hommes casqués en descendent tour à tour.

Ce matin, Touchin et Theil sont de repos, Delzer est de service.

– Il fallait que ça tombe sur moi, grommelle le suppléant du gardien-chef.

Il franchit le sas et s'approche de la cellule. Antoine entend les pas et se dresse.

– Qu'est-ce que vous faites là, il fait nuit encore, c'est pas l'heure de la gamelle ?

– Ça y est, dit Delzer, ils sont là.

– Quelle heure est-il ? interroge le môme.

Le gardien regarde sa montre, il est cinq heures.

– C'est pour nous ? demande Antoine.

– Ils n'ont rien dit.

– Alors, on va venir nous chercher ?

– Dans une demi-heure, je pense. Ils ont des papiers à remplir, et puis il faudra enfermer les corvettiers.

Le gardien fouille sa poche et sort un paquet de gauloises, il le passe au travers des barreaux.

– Il vaudrait mieux quand même que tu réveilles ton copain.

– Mais il ne peut pas tenir debout, ils ne vont pas faire ça ! Ils n'ont pas le droit, putain ! s'insurge Antoine.

– Je sais, dit Delzer, en baissant la tête. Je te laisse, peut-être que c'est moi qui reviendrai tout à l'heure.

Antoine s'approche de la paillasse d'Enzo. Il lui tapote l'épaule.

– Réveille-toi.

Enzo sursaute, il ouvre les yeux.

– C'est pour maintenant, murmure Antoine, ils sont là.

– Pour nous deux ? demande Enzo dont les yeux se mouillent.

– Non, toi ils ne peuvent pas, ce serait trop dégueulasse.

– Dis pas ça, Antoine, j'ai pris l'habitude que nous soyons ensemble, j'irai avec toi.

– Tais-toi, Enzo ! Toi tu peux plus marcher, je te défends de te lever, tu m'entends ? Je peux y aller seul, tu sais.

– Je sais, l'ami, je sais.

– Tiens, on a deux cigarettes, des vraies, on a le droit de les griller.

Enzo se redresse et craque une allumette. Il tire une longue bouffée et regarde les volutes de fumée.

– Alors les Alliés n'ont toujours pas débarqué ?

– Faut croire que non, mon vieux.

*

Dans la cellule dortoir, chacun attend à sa manière. Ce matin, la soupe est en retard. Il est six heures et les corvettiers ne sont pas encore entrés dans la galerie. Jacques fait les cent pas ; à son visage, on voit qu'il est inquiet. Samuel reste prostré contre le mur, Claude se dresse aux barreaux mais la cour est encore grise, il retourne s'asseoir.

– Qu'est-ce qu'ils foutent, bon sang ? rumine Jacques.

– Les salauds ! répond mon petit frère.

– Tu crois que... ?

– Tais-toi, Jeannot ! ordonne Jacques, et il retourne s'asseoir, dos à la porte, la tête sur les genoux.

*

Delzer est revenu dans la cellule des condamnés. Il a le visage défait.

– Je suis désolé, les gars.

– Et comment ils vont l'emmener ? supplie Antoine.

– On le portera sur une chaise. C'est à cause de ça, le retard. J'ai essayé de les en dissuader, de leur dire que ces choses-là ne se font pas, mais ils en ont assez d'attendre qu'il guérisse.

– Les salauds ! hurle Antoine.

Et c'est Enzo qui le réconforte.

– Je veux y aller debout !

Il se lève, trébuche et tombe. Le bandage se défait, sa jambe est toute pourrie.

– Ils vont t'apporter une chaise, soupire Delzer. Pas la peine que tu souffres en plus.

Et derrière ces mots, Enzo entend les pas qui viennent à eux.

*

– Tu as entendu ? dit Samuel en se redressant.

– Oui, murmure Jacques.

Dans la cour, résonnent les pas des gendarmes.

– Va à la fenêtre, Jeannot, et dis-nous ce qu'il se passe.

J'avance jusqu'aux barreaux, Claude me fait la courte échelle. Dans mon dos, les copains attendent que je leur conte la triste histoire d'un monde où deux gamins perdus dans le petit matin sont traînés vers la mort, celle où l'un d'entre eux vacille sur une chaise que portent deux gendarmes.

L'un debout qu'on attache au poteau, l'autre que l'on pose, juste à côté de lui.

Douze hommes s'alignent. J'entends les doigts de Jacques qui craquent tant il les serre, et douze coups de feu qui claquent dans l'aube d'un dernier jour. Jacques hurle un « Non ! » plus fort encore que les chants qui s'élèvent, plus long que les couplets de la *Marseillaise* qu'on entonne.

Les têtes de nos copains dodelinent et retombent, les poitrines percées se vident de leur sang ; la jambe d'Enzo gigote encore, elle se tend et la chaise roule sur le côté.

Son visage est dans le sable, et dans le silence revenu, je te jure qu'il sourit.

*

Cette nuit-là, cinq mille navires qui venaient d'Angleterre ont traversé la Manche. Au lever du jour, dix-huit mille parachutistes sont descendus du ciel et les soldats américains, anglais et canadiens débarquaient par milliers sur les plages de France ; trois mille y ont laissé la vie aux premières heures du matin, la plupart reposent dans les cimetières de Normandie.

Nous sommes le 6 juin 1944, il est six heures. À l'aube, dans la cour de la prison Saint-Michel, à Toulouse, Enzo et Antoine ont été fusillés.

29.

Pendant les trois semaines qui suivirent, les Alliés connurent l'enfer en Normandie. Chaque jour apportait son lot de victoires et d'espoir ; Paris n'était pas encore libéré, mais le printemps que Jacques avait tant attendu s'annonçait, et quand bien même il était en retard, personne ne pouvait lui en vouloir.

Tous les matins, au moment de la promenade, nous échangeons avec nos copains espagnols des nouvelles de la guerre. Maintenant, nous en sommes certains, on ne tardera pas à nous libérer. Mais l'intendant de police Marty, que la haine n'a jamais quitté, en a décidé autrement. À la fin du mois, il donne l'ordre à l'administration pénitentiaire de remettre tous les prisonniers politiques aux mains des nazis.

À l'aube, on nous réunit dans la galerie, sous la verrière grise. Chacun porte son paquetage, sa gamelle et ses maigres affaires.

La cour s'est emplie de camions et les Waffen-SS aboient pour nous faire mettre en rangs. La prison est en état de siège. On nous encadre. Les soldats hurlent, et nous font avancer à coups de crosse de fusil. Dans la file, je rejoins Jacques, Charles, François, Marc, Samuel, mon petit frère et tous les copains survivants de la 35e brigade.

Bras dans le dos, le surveillant-chef Theil, entouré de quelques gardiens, nous regarde, et ses yeux pétillent de hargne.

Je me penche à l'oreille de Jacques et murmure :

— Regarde-le, il est blafard. Tu vois, j'aime encore mieux être à ma place qu'à la sienne.

— Mais tu réalises où on va, Jeannot !

— Oui, mais nous irons la tête haute et lui vivra toujours à voix basse.

Tous, nous espérions la liberté et tous, nous partons en rang, enchaînés quand s'ouvrent les portes de la prison. Nous traversons la ville, sous escorte, et les rares passants, silencieux dans ce matin blême, regardent la cohorte de prisonniers qu'on emmène à la mort.

À la gare de Toulouse, où reviennent les souvenirs, un convoi de wagons de marchandises nous attend.

En s'alignant sur le quai, chacun de nous devine bien où ce train nous conduit. Il fait partie de ceux qui, depuis de longs mois, traversent l'Europe, ceux dont les passagers ne reviennent jamais.

Terminus à Dachau, Ravensbrück, Auschwitz, Birkenau. C'est dans le train fantôme que l'on nous pousse, tels des animaux.

TROISIÈME PARTIE

30.

Le soleil n'est pas encore bien haut dans le ciel, les quatre cents prisonniers du camp du Vernet attendent sur le quai pourtant déjà empreint de la tiédeur du jour. Les cent cinquante détenus de la prison Saint-Michel se joignent à eux. Au convoi, sont couplés entre les wagons de marchandises qui nous sont réservés quelques wagons de passagers. Y embarquent des Allemands coupables de menus délits. Ils retournent chez eux, sous escorte. Des membres de la Gestapo, qui ont obtenu d'être rapatriés avec leurs familles, grimpent à leur tour. Les Waffen-SS s'asseyent sur les marchepieds, fusil sur les genoux. Près de la locomotive, le chef du train, le lieutenant Schuster, donne des ordres à ses soldats. En queue de convoi, on arrime un plateau sur lequel sont montés un immense projecteur et une mitrailleuse. Les SS nous bousculent. La tête d'un prisonnier ne revient pas à l'un d'entre eux. Il lui assène un coup de crosse. L'homme roule à terre et se relève en se tenant le ventre. Les portes des bétaillères s'ouvrent. Je me retourne et regarde une dernière fois la couleur du jour. Pas un nuage, c'est une chaude journée d'été qui s'annonce, et je pars pour l'Allemagne.

Le quai est pourtant noir de monde, les files de déportés se sont formées devant chaque wagon, et moi, étrangement, je n'entends plus aucun bruit. Alors qu'on nous pousse, Claude se penche à mon oreille.

– Cette fois, c'est le dernier voyage.

– Tais-toi !

– Combien de temps crois-tu que nous tiendrons là-dedans ?

– Le temps qu'il faudra. Je te défends de mourir !

Claude hausse les épaules, c'est à son tour de monter, il me tend la main, je le suis. Derrière nous, la porte du wagon se referme.

Il faut un peu de temps à mes yeux pour s'habituer à l'obscurité. Des planches entourées de barbelés sont clouées à la lucarne. Nous sommes soixante-dix entassés dans ce wagon, peut-être un peu plus. Je comprends que pour se reposer, il faudra s'allonger à tour de rôle.

Il est bientôt midi, la chaleur est intenable et le convoi ne bouge toujours pas. Si nous roulions, nous aurions peut-être un peu d'air, mais rien ne se passe. Un Italien qui n'en peut plus de soif, pisse entre ses mains et boit sa propre urine. Le voilà qui vacille et s'évanouit. À trois, nous le soutenons sous le mince filet d'air qui passe par la lucarne. Mais pendant que nous le réanimons, d'autres perdent conscience et s'écroulent.

– Écoutez ! murmure mon petit frère.

Nous tendons l'oreille et le regardons tous, dubitatifs.

– Chut, insiste-t-il.

C'est le grondement de l'orage qu'il entend, et déjà de grosses gouttes éclatent sur le toit. Meyer se précipite, il tend les bras vers les barbelés et se blesse ; qu'importe, à son sang qui coule sur sa peau se mêle un peu d'eau de pluie, il la lèche. Sa place est disputée par d'autres. Assoiffés, épuisés, apeurés, les hommes sont en train de devenir des animaux ; mais après tout, comment leur en vouloir de perdre la raison, ne sommes-nous pas parqués dans des wagons à bestiaux ?

Une secousse, le convoi s'ébranle. Il parcourt quelques mètres et s'immobilise.

C'est mon tour d'être assis. Claude est à côté de moi. Dos à la paroi, genoux recroquevillés pour prendre le moins de place possible. Il fait quarante degrés et je sens sa respiration haletante, comme celle des chiens qui s'abandonnent à la sieste sur la pierre chaude.

Le wagon est silencieux. Parfois, un homme tousse avant de s'évanouir. Dans l'antichambre de la mort, je me demande à quoi pense celui qui conduit la locomotive, à quoi pensent les familles allemandes qui ont pris place sur les banquettes confortables de leurs compartiments, à ces hommes et ces femmes qui, à deux wagons de nous, boivent à leur soif et mangent à leur faim. Y en a-t-il parmi eux quelques-uns qui imaginent ces prisonniers qui suffoquent, ces adolescents inanimés, tous ces êtres humains à qui l'on veut enlever leur dignité avant de les assassiner ?

– Jeannot, il faut se tirer d'ici avant qu'il ne soit trop tard.

– Et comment ?

– Je ne sais pas, mais je voudrais que tu y réfléchisses avec moi.

J'ignore si Claude a dit cela parce qu'il croit vraiment qu'une évasion est possible, ou bien simplement parce qu'il sentait que je désespérais.

Maman nous disait toujours que la vie ne tenait qu'à l'espoir qu'on lui accorde. Je voudrais sentir son parfum, entendre sa voix et me souvenir qu'il y a quelques mois encore, j'étais un enfant. Je revois son sourire se figer, elle me dit des mots que je n'entends pas. « Sauve la vie de ton petit frère, articulent ses lèvres, ne renonce pas, Raymond, ne renonce pas ! »

– Maman ?

Une gifle claque sur ma joue.

– Jeannot ?

Je secoue la tête et dans mon brouillard, je vois la bouille confuse de mon petit frère.

– Je crois que tu étais à deux doigts de tourner de l'œil, me dit-il en s'excusant.

– Arrête de m'appeler Jeannot, ça n'a plus de sens !

– Tant que nous n'aurons pas gagné la guerre, je continuerai de t'appeler Jeannot !

– Comme tu voudras.

Le soir vient. Le train n'a plus bougé de la journée. Demain, il changera plusieurs fois de voie, mais sans jamais quitter la gare. Les soldats crient, on accroche de nouveaux wagons. À la tombée du jour suivant, les Allemands distribuent à chacun, une pâte de fruits et une boule de pain de seigle pour trois jours, mais toujours pas d'eau.

Le lendemain, quand le convoi s'en va enfin, aucun de nous n'a la force de s'en rendre compte dans l'instant.

Álvarez s'est redressé. Il observe les traits que la lumière dessine sur le sol en passant au travers des planches clouées à la lucarne. Il se retourne et nous regarde, avant de se déchirer les mains en repoussant les fils de fer barbelés.

– Qu'est-ce que tu fais ? demande un homme apeuré.

– À ton avis ?

– Tu ne vas pas t'évader, j'espère ?

– Qu'est-ce que ça peut bien te faire ? répond Álvarez en suçant le sang qui coule de ses doigts.

– Ça me fait que si tu es pris, ils fusilleront dix d'entre nous en guise de représailles. Tu ne l'as pas entendu quand ils l'ont dit à la gare ?

– Alors si tu es décidé à rester ici et qu'ils te choisissent, remercie-moi. J'aurai abrégé tes souffrances. Où crois-tu que ce train nous conduise ?

– Je n'en sais rien et je ne veux pas le savoir ! gémit l'homme en s'accrochant à la veste d'Álvarez.

– Aux camps de la mort ! C'est là que se retrouveront tous ceux qui n'auront pas suffoqué avant, étouffés par le gonflement de leur propre langue. Tu comprends ? hurle Álvarez en se dégageant de l'emprise du déporté.

– Évade-toi et fiche-lui donc la paix, s'interpose Jacques ; et il aide Álvarez à chasser les planches de la lucarne.

Álvarez est à bout de forces, il n'a que dix-neuf ans et le désespoir se mêle à sa colère.

Les lattes sont ramenées à l'intérieur du wagon. L'air entre enfin, et même si certains ont peur de ce que va tenter notre ami, tout le monde goûte la fraîcheur qui pénètre.

– Saloperie de lune ! grommelle Álvarez. Regarde-moi cette clarté de merde, on se croirait en plein jour.

Jacques regarde à la fenêtre, au loin un virage, une forêt s'y dessine dans la nuit.

– Dépêche-toi, si tu veux sauter c'est maintenant !

– Qui veut me suivre ?

– Moi, répond Titonel.

– Moi aussi, ajoute Walter.

– Nous verrons après, ordonne Jacques, allez, grimpe, je te fais la courte échelle.

Et voilà le copain qui se prépare à exécuter le plan qu'il a en tête depuis que les portes du wagon se sont refermées il y a deux jours. Deux journées et deux nuits, plus longues que toutes celles de l'enfer.

Álvarez se hisse à la lucarne et passe d'abord les jambes avant de se retourner. Il faudra s'accrocher à la paroi, et faire glisser le corps. Le vent gifle ses joues et lui redonne quelques forces, à moins qu'elles ne renaissent de l'espoir du salut. Il suffit que le soldat allemand en queue de convoi, celui posté derrière sa mitrailleuse, ne le voie pas ; il suffit qu'il ne regarde pas dans sa direction. Quelques secondes seulement, le temps que le petit bois se rapproche, c'est là qu'il sautera. Et s'il ne se rompt pas le cou en tombant sur le ballast, alors c'est dans l'ombre de la forêt qu'il le trouvera, ce salut. Encore quelques secondes, et Álvarez lâche prise. Aussitôt, le crépitement des mitrailleuses retentit ; on tire de partout.

– Je vous l'avais dit ! crie l'homme. C'était une folie.

– Tais-toi ! ordonne Jacques.

Álvarez roule sur le sol. Les balles déchirent la terre autour de lui. Il a des côtes cassées, mais il est en vie. Le voilà qui court à toutes jambes. Dans son dos, il entend crisser les freins du train. Une meute s'élance déjà à sa poursuite ; et pendant qu'il se faufile entre les arbres, détalant à perdre haleine, les coups de feu fusent autour de lui, faisant éclater les écorces des pins qui l'entourent.

La forêt s'éclaircit ; devant s'étire la Garonne comme un long ruban argenté dans la nuit.

Huit mois de prison, huit mois de privation de nourriture, auxquels viennent s'ajouter ces terribles journées de train ; mais Álvarez a l'âme d'un battant. Il a en lui la force que donne la liberté. Et alors qu'il se jette dans le fleuve, Álvarez se dit que s'il réussit, d'autres suivront ; alors il ne périra pas noyé, les copains valent ce voyage. Non, Álvarez ne mourra pas ce soir.

Quatre cents mètres plus loin, il se hisse sur la berge opposée. Titubant, il marche vers la seule lumière qui brille devant lui. C'est la fenêtre éclairée d'une maison qui borde un champ. Un homme vient à sa rencontre, il le prend sous son bras et le porte jusqu'à sa demeure. Il avait entendu la fusillade. Sa fille et lui lui offrent l'hospitalité.

De retour sur la voie, les SS qui n'ont pas trouvé leur proie sont furieux, ils donnent coups de pied et de crosse sur les flancs des wagons, comme pour y interdire tout murmure. Il y aura probablement des représailles, mais pas pour l'instant. Le lieutenant Schuster a décidé de remettre son convoi en marche. Avec la Résistance qui s'étend désormais dans la région, il ne fait pas bon traîner ici. Le train pourrait être attaqué. Les soldats remontent à bord et la locomotive s'ébranle.

Nuncio Titonel, qui devait sauter juste après Álvarez, a dû y renoncer. Il promet de tenter le coup une prochaine fois. Dès qu'il parle, Marc baisse la tête. Nuncio c'est le frère de Damira. Après leur arrestation, Marc et Damira ont été séparés et depuis leurs interrogatoires, il ne sait pas ce qu'elle est devenue. À la prison Saint-Michel, il n'a jamais eu de nouvelles et ses pensées ne peuvent se détacher d'elle. Nuncio le regarde, il soupire et vient s'asseoir auprès de lui. Jamais ils n'ont encore osé parler de la femme qui aurait pu faire d'eux des frères si la liberté de s'aimer leur avait été donnée.

– Pourquoi ne m'as-tu pas dit que vous étiez ensemble ? demande Nuncio.

– Parce qu'elle me l'avait interdit.

– Quelle drôle d'idée !

– Elle craignait ta réaction, Nuncio. Je ne suis pas italien...

– Si tu savais ce que je m'en fous que tu ne sois pas de chez nous, du moment que tu l'aimes et que tu la respectes. On est tous l'étranger de quelqu'un.

– Oui, on est tous l'étranger de quelqu'un.

– De toutes les façons, je le savais depuis le premier jour.

– Qui te l'a dit ?

– Tu aurais vu sa tête quand elle rentrée à la maison, la première fois que vous avez dû vous embrasser ! Et dès qu'elle partait en mission avec toi, ou quelque part où elle devait te rencontrer, elle passait un sacré temps à se préparer. Il ne fallait pas être bien malin pour comprendre.

– Je t'en prie, Nuncio, ne parle pas d'elle à l'imparfait.

– Tu sais, Marc, à l'heure qu'il est, elle doit être en Allemagne, je ne me fais plus trop d'illusions.

– Alors, pourquoi m'en parles-tu maintenant ?

– Parce que, avant, je pensais que l'on s'en sortirait, que nous serions libérés, je ne voulais pas que tu renonces.

– Si tu t'évades, je viens avec toi, Nuncio !

Nuncio regarde Marc. Il pose sa main sur son épaule et le serre contre lui.

– La chose qui me rassure, c'est qu'Osna, Sophie et Marianne sont avec elle ; tu verras, elles se tiendront les coudes. Osna veillera à ce qu'elles s'en sortent, jamais elle n'abandonnera, tu peux me faire confiance !

– Tu crois qu'Álvarez s'en est tiré ? poursuit Nuncio.

Nous ne savions pas si notre copain avait survécu, mais en tout cas, il avait réussi à s'évader et pour nous tous, l'espoir renaissait.

Quelques heures plus tard, nous arrivions à Bordeaux.

*

Au petit matin, les portes s'ouvrent. On nous distribue enfin un peu d'eau, qu'il faut boire d'abord en s'humectant les lèvres, puis par petits traits, avant que la gorge n'accepte de s'ouvrir pour laisser passer le liquide. Le lieutenant Schuster nous autorise à descendre par groupes de quatre ou cinq. Le temps de nous soulager à l'écart de la voie. Chaque sortie est encadrée de soldats armés ; certains portent des grenades pour parer à une fuite collective. C'est devant eux que nous nous accroupissons ; ce n'est là qu'une humiliation de plus, il faut vivre avec. Mon petit frère me regarde, la mine triste. Je lui souris tant bien que mal, plutôt mal je crois.

31.

4 juillet

Les portes sont à nouveau closes et la chaleur monte aussitôt. Le convoi se met en marche. À bord du wagon, les hommes se sont couchés sur le sol. Nous, les copains de la brigade, sommes assis contre la paroi du fond. À nous regarder ainsi, on pourrait croire que nous sommes leurs enfants, et pourtant, pourtant...

Nous discutons itinéraire, Jacques parie pour Angoulême, Claude rêve de Paris, Marc est certain que nous roulons vers Poitiers, la plupart s'accordent pour Compiègne. Là-bas, il y a un camp de transit qui sert de gare de correspondance. Nous savons tous que la guerre se poursuit en Normandie, il paraît que l'on se bat dans la région de Tours. Les armées alliées avancent vers nous, et nous avançons vers la mort.

– Tu sais, dit mon petit frère, je crois que nous sommes plus otages que prisonniers. Peut-être qu'ils nous lâcheront à la frontière. Tous ces Allemands veulent rentrer chez eux, et si le train n'arrive pas jusqu'en Allemagne, Schuster et ses hommes seront capturés. En fait, ils redoutent que la Résistance ne les retarde trop en faisant sauter les voies. C'est pour cela que le train n'avance pas. Schuster essaie de passer entre les mailles du filet. D'un côté, il est pris en étau par les copains des maquis, et de l'autre, il a une trouille bleue d'un bombardement de l'aviation anglaise.

– D'où sors-tu cette idée ? Tu as imaginé cela tout seul ?

– Non, avoue-t-il. Pendant qu'on pissait sur les voies, Meyer a entendu deux soldats qui parlaient entre eux.

– Et Meyer comprend l'allemand ? questionne Jacques.

– Il parle le yiddish...

– Et où est Meyer, maintenant ?

– Dans le wagon voisin, répond Claude.

Et à peine a-t-il achevé sa phrase qu'à nouveau le convoi s'immobilise. Claude se hisse à la lucarne. Au loin, on voit le quai d'une petite gare, c'est Parcoul-Médillac.

Il est dix heures du matin, pas l'ombre d'un voyageur, ni celle d'un cheminot. Le silence enveloppe la campagne avoisinante. La journée s'étire dans une chaleur insoutenable. Nous suffoquons. Pour nous aider à tenir, Jacques nous raconte une histoire, François assis à ses côtés l'écoute, perdu dans ses pensées. Un homme gémit au fond du wagon, il perd connaissance. À trois, nous le portons vers la lucarne. Il y souffle un peu d'air. Un autre tourne en rond sur lui-même, il semble que la folie le gagne, il se met à hurler, sa plainte est lancinante et à son tour il tombe. Ainsi passe la journée, à quelques mètres de la petite gare, un 4 juillet, à Parcoul-Médillac.

32.

Il est quatre heures de l'après-midi. Jacques n'a plus de salive, il s'est tu. Quelques murmures troublent l'attente insupportable.

– Tu as raison, il va falloir penser à notre évasion, dis-je en m'asseyant près de Claude.

– Nous ne tenterons le coup que lorsque nous serons sûrs de pouvoir nous échapper tous ensemble, ordonne Jacques.

– Chut ! murmure mon petit frère.

– Qu'est-ce qu'il y a ?

– Tais-toi et écoute !

Claude se redresse, je fais de même. Il avance à la lucarne et regarde devant lui. Est-ce à nouveau le bruit de l'orage que mon petit frère entend avant les autres ?

Les Allemands quittent le train et courent vers les champs, Schuster en tête. Les membres de la Gestapo et leurs familles se précipitent à l'abri des talus. Les soldats y plantent des fusils-mitrailleurs qui nous visent, comme pour prévenir toute évasion. Claude regarde maintenant le ciel, tendant l'oreille.

– Des avions ! Recule ! Reculez tous et allongez-vous, hurle-t-il.

On entend le vrombissement des avions qui se rapprochent.

Le jeune capitaine de l'escadrille de chasseurs a fêté ses vingt-trois ans, hier, au mess des officiers sur un aérodrome du sud de l'Angleterre. Aujourd'hui, il glisse dans les airs. Sa main retient le manche, le pouce sur le bouton qui actionne les mitrailleuses d'ailes. Devant lui, un train immobile sur la voie de chemin de fer, l'attaque sera facile. Il donne l'ordre à ses équipiers de se mettre en formation, parés pour l'attaque, et son avion plonge vers le sol. Les wagons se dessinent dans son viseur, nul doute qu'il s'agit là d'un transport de marchandises allemandes destinées à ravitailler le front. L'ordre est donné de tout détruire. Derrière lui, ses ailiers s'alignent dans le ciel bleu, ils sont prêts. Le convoi est à portée de feu. Le pouce du pilote effleure la gâchette. Dans son cockpit, la chaleur aussi se fait sentir.

Maintenant ! Les ailes crépitent et les balles traçantes longues comme des couteaux fusent vers le train que l'escadrille survole, sous la riposte des soldats allemands.

Dans notre wagon, les parois de bois éclatent sous les impacts. Les projectiles sifflent de toutes parts ; un homme hurle et s'écroule, un autre retient ses entrailles qui dégueulent de son ventre déchiré, un troisième a la jambe arrachée ; c'est un carnage. Les prisonniers tentent de se protéger derrière leurs minces bagages ; espoir dérisoire de survivre à l'assaut. Jacques s'est jeté sur François, lui offrant son corps pour rempart. Les quatre avions anglais se succèdent, le grondement de leurs moteurs bat sourdement jusqu'à nos tempes, mais déjà les voilà qui s'éloignent et grimpent vers le ciel. Par la lucarne, on les voit virer au loin et remonter le convoi, à haute altitude cette fois.

Je m'inquiète de Claude et le serre dans mes bras. Son visage est si pâle.

– Tu n'as rien ?

– Non, mais toi, tu saignes au cou, dit mon petit frère en passant sa main sur ma blessure.

Ce n'est qu'un éclat qui a entaillé la peau. Autour de nous règne la désolation. Il y a six morts dans le wagon et autant de blessés. Jacques, Charles et François sont saufs. Nous ne savons rien des pertes dans les autres wagons. Sur le talus, un soldat allemand baigne dans son sang.

Au loin, nous guettons le bruit des appareils qui se rapprochent.

– Ils reviennent, annonce Claude.

J'ai regardé le sourire désolé qui se dessinait sur ses lèvres, comme s'il voulait me dire adieu sans oser désobéir à l'ordre que je lui avais donné de rester en vie. Je ne sais pas ce qui m'a pris. Mes gestes se sont juste enchaînés, mus par cet autre ordre que m'avait donné maman dans un cauchemar récent. « Sauve la vie de ton petit frère. »

– Passe-moi ta chemise ! ai-je crié à Claude.

– Quoi ?

– Enlève-la tout de suite et file-la-moi.

J'ai fait de même avec la mienne, elle était bleue, celle de mon petit frère, vaguement blanche, et sur le corps d'un homme qui gisait devant moi, j'ai arraché le tissu rougi de sang.

Les trois étoffes en main, je me suis précipité à la lucarne, Claude m'a fait la courte échelle. J'ai passé le bras au-dehors et, regardant les avions qui piquaient sur nous, j'ai agité la main et mon drapeau de fortune.

Dans son cockpit, le jeune chef d'escadrille est gêné par le soleil. Il tourne la tête légèrement de côté, pour ne pas se laisser éblouir. Son pouce caresse la détente. Le train est encore hors de portée, mais dans quelques secondes, il pourra donner l'ordre de tirer la seconde salve. Au loin, la locomotive fume par son travers. Preuve que les balles ont transpercé sa chaudière.

Encore un passage peut-être, et jamais ce convoi ne pourra repartir.

Au bout de son aile gauche, semble se fondre celle de son ailier. Il lui fait signe, l'attaque est imminente. Il regarde dans son viseur et s'étonne d'une tache de couleur qui apparaît sur le flanc d'un wagon. On dirait qu'elle s'agite. Est-ce le miroitement du canon d'un fusil ? Le jeune pilote connaît les étranges diffractions de la lumière. Combien de fois, là-haut dans les airs, a-t-il traversé ces arcs-en-ciel qu'on ne voit pas depuis la terre, comme des traits multicolores qui relieraient les nuages.

L'appareil entame sa plongée, et sur le manche la main du pilote se prépare. Devant lui, la tache rouge et bleu continue de s'agiter. Les fusils de couleur ça n'existe pas, et puis cette étoffe blanche au milieu, n'achève-t-elle pas de former un drapeau français ? Son regard se fige sur ces bouts de tissu qu'on agite depuis l'intérieur d'un wagon. Le sang du capitaine anglais ne fait qu'un tour, son pouce s'immobilise.

– *Break, break, break !* hurle-t-il dans la radio de bord, et pour s'assurer que ses ailiers ont entendu son ordre, il remet les gaz en battant des ailes à tout-va et reprend de l'altitude.

Derrière lui, les avions rompent leur formation et tentent de le suivre ; on dirait un escadron de bourdons affolés qui grimpent vers le ciel.

De la lucarne, je vois les avions s'éloigner. Je sens bien les bras de mon petit frère qui fléchissent sous mes pieds, mais je m'accroche à la paroi, pour voir les aviateurs continuer de voler.

Je voudrais être l'un d'eux ; ce soir, ils rejoindront l'Angleterre.

– Alors ? supplie Claude.

– Alors, je crois qu'ils ont compris. Leur battement d'ailes est un salut.

Là-haut, les appareils se regroupent. Le jeune chef d'escadrille informe les autres pilotes. Le convoi qu'ils ont mitraillés, n'est pas un train de marchandises. À bord, ce sont des prisonniers. Il a vu l'un d'entre eux qui agitait un drapeau pour le leur faire savoir.

Le pilote incline son manche, l'avion se penche et glisse sur son aile. D'en bas, Jeannot le voit faire demi-tour et rebrousser chemin pour se positionner à l'arrière du convoi. Et puis, à nouveau le voilà qui plonge vers le sol ; cette fois, son allure est calme. L'appareil remonte sur le travers du train. On dirait presque qu'il plane en rase-mottes, à quelques mètres seulement du sol.

Le long des talus, les soldats allemands n'en reviennent pas, aucun n'ose bouger. Le pilote, lui, ne quitte pas des yeux ce drapeau de fortune qu'un prisonnier continue d'agiter à la lucarne d'un wagon. Quand il arrive à sa hauteur, il ralentit encore, à la limite du décrochage. Son visage se tourne. L'espace de quelques secondes, deux paires d'yeux bleus se fixent. Ceux d'un jeune lieutenant anglais à bord d'un chasseur de la Royal Air Force et ceux d'un jeune prisonnier juif qu'on déporte en

Allemagne. La main du pilote se porte à sa visière et elle honore le prisonnier qui lui rend son salut.

Puis l'avion s'élève, accompagnant son envol d'un dernier salut d'ailes.

– Ils sont partis ? demande Claude.
– Oui. Ce soir, ils seront en Angleterre.
– Un jour tu piloteras, Raymond, je te le jure !
– Je croyais que tu voulais m'appeler Jeannot jusqu'à...
– On l'a presque gagnée la guerre, frérot, regarde les traînées dans le ciel. Le printemps est revenu. C'est Jacques qui avait raison.

Ce 4 juillet 1944, à quatre heures dix de l'après-midi, deux regards se croisaient au milieu de la guerre ; quelques secondes à peine, mais pour deux jeunes hommes, le temps d'une éternité.

*

Les Allemands se sont relevés et réapparaissent au milieu des herbes folles. Ils reviennent vers le train. Schuster se précipite vers la locomotive pour évaluer les dégâts. Pendant ce temps quatre hommes sont conduits vers le mur d'un dépôt construit près de la gare. Quatre prisonniers qui avaient tenté de s'évader, profitant de l'attaque aérienne. On les aligne et les abat aussitôt à la mitrailleuse. Étendus sur le quai, leurs corps inertes baignent dans le sang, leurs yeux vitreux semblent nous observer et nous dire que pour eux, l'enfer s'est achevé aujourd'hui, le long de cette voie de chemin de fer.

La porte de notre wagon s'ouvre, le Feldgendarme a un haut-le-cœur. Il fait un pas en arrière et vomit. Deux autres soldats le rejoignent, une main devant la bouche pour ne pas sentir l'air putride qui règne ici. L'odeur âcre de l'urine se mélange à celle des excréments, à la pestilence des entrailles de Bastien, celui qui a eu le ventre déchiré.

Un interprète annonce que les morts seront sortis des wagons d'ici quelques heures, et nous savons que par la chaleur qui règne, chaque minute à venir sera invivable.

Je me demande s'ils prendront la peine d'enterrer les quatre hommes assassinés qui gisent encore, à quelques mètres.

On appelle à l'aide dans les voitures voisines. Il y a de tous les métiers dans ce train. Les fantômes qui le peuplent sont ouvriers, notaires, menuisiers, ingénieurs, enseignants. Un médecin, prisonnier lui aussi, est autorisé à porter secours aux nombreux blessés. Il s'appelle Van Dick, un chirurgien espagnol qui a servi de médecin pendant trois ans dans le camp du Vernet lui prête main-forte. Ils ont beau passer les heures qui viennent à tout essayer pour sauver quelques vies, rien n'y fait ; ils n'ont aucun matériel et la chaleur accablante ne tardera pas à achever ceux qui gémissent encore. Certains supplient que l'on prévienne leur famille, d'autres en s'éteignant semblent sourire, comme délivrés de leurs souffrances. Ici à Parcoul-Médillac, à la tombée du jour, on meurt par dizaines.

La locomotive est hors d'usage. Le train ne repartira pas ce soir. Schuster en commande une autre, elle arrivera dans la nuit.

D'ici là les cheminots auront eu le temps de la saboter un peu, son réservoir d'eau fuira, et le convoi devra s'arrêter plus souvent pour refaire le plein.

La nuit est silencieuse. Nous devrions nous révolter mais nous n'en avons plus la force. La canicule pèse sur nous comme une chape de plomb et nous plonge tous dans une semi-inconscience. Nos langues commencent à gonfler, rendant la respiration difficile. Álvarez ne s'était pas trompé.

33.

– Tu crois qu'il s'en est tiré ? demande Jacques.

Álvarez était digne de la chance que la vie lui avait donnée. L'homme et sa fille qui l'avaient hébergé lui avaient proposé de rester chez eux jusqu'à la Libération. Pourtant, à peine remis de ses blessures, Álvarez les remercia de l'avoir soigné et nourri, il devait retourner au combat. L'homme n'insista pas, il savait son interlocuteur résolu. Alors, il découpa un plan de la région qui figurait sur son calendrier des PTT et le donna au copain. Il lui offrit aussi un couteau et l'invita à se rendre à Sainte-Bazeille. Là-bas, le chef de gare faisait partie de la résistance. Quand Álvarez arriva au lieu dit, il s'assit sur le banc en face du quai. Le chef en question ne tarda pas à le repérer et le fit venir aussitôt dans son bureau. Il l'informa que les SS du coin le recherchaient encore. Il le conduisit vers un réduit où étaient rangés quelques outils et des vêtements de cheminot, lui fit passer une veste grise, ajusta une casquette sur sa tête et lui confia une masse légère. Après avoir vérifié la bonne tenue de son habit, il le pria de le suivre le long de la voie. En route, ils croisèrent deux patrouilles allemandes.

La première ne leur prêta aucune attention, la seconde les salua.

Ils arrivèrent à la maison de son guide à la tombée du jour. Álvarez y fut accueilli par la femme du chef de gare et par ses deux enfants. La famille ne lui demanda rien. Trois jours durant, il fut nourri et soigné avec un amour infini. Ses sauveurs étaient basques. Au troisième matin, une traction avant noire s'arrêta devant la petite maison, où Álvarez reprenait des forces. À son bord, trois francs-tireurs partisans venaient le chercher pour repartir avec lui au combat.

*

6 juillet

À l'aube, le train reprend son chemin. Nous passons bientôt devant la petite gare d'un village qui porte un drôle de nom. Sur les panneaux, on peut lire « Charmant ». Vu les circonstances, l'ironie de cette géographie nous fait marrer. Mais brusquement, le convoi s'immobilise à nouveau. Pendant que nous suffoquons dans nos wagons, Schuster enrage de ce énième arrêt et réfléchit à un nouvel itinéraire. Le lieutenant allemand sait la progression vers le nord impossible. Les Alliés avancent inexorablement et il redoute de plus en plus les actions de la Résistance, qui fait sauter les voies pour retarder notre déportation.

*

Soudain la porte s'ouvre et roule avec fracas. Éblouis, nous voyons dans son encadrement le soldat allemand qui aboie. Claude me regarde, dubitatif.

– La Croix-Rouge est là, il faut aller chercher un seau sur le quai, dit un déporté qui nous sert d'interprète.

Jacques me désigne. Je saute du wagon et tombe à genoux. Il faut croire que ma tête de rouquin déplaît au Feldgendarme qui se tient devant moi : le temps que nos regards se croisent et le voilà qui me frappe le visage d'un magistral coup de crosse. Je pars en arrière et retombe cul à terre. À tâtons, je cherche mes lunettes. Enfin, les voilà sous ma main. J'en ramasse les débris et les fourre dans ma poche, et dans un brouillard épais, je colle aux pas du soldat qui m'entraîne derrière une haie. Du canon de son fusil, il me désigne un seau d'eau et une boîte en carton qui contient des boules de pain noir à se partager. C'est ainsi que pour chaque wagon s'organise le ravitaillement. Et je comprends que les gens de la Croix-Rouge et nous ne devons jamais nous voir.

Lorsque je reviens au wagon, Jacques et Charles se précipitent à la porte pour m'aider à monter. Autour de moi, je ne vois qu'un épais brouillard colorié de rouge. Charles me nettoie la figure, mais la brume ne se dissipe pas. Alors je comprends ce qui vient de m'arriver. Je te l'ai dit, la nature n'a pas eu son compte d'humour en donnant à mes cheveux la couleur des carottes, il a fallu aussi qu'elle me rende myope comme une taupe. Sans mes binocles, le monde est flou, je suis aveugle, tout juste apte à savoir si c'est le jour ou la nuit, à peine capable de discerner les formes qui se meuvent autour de moi. Pourtant, je reconnais la présence de mon petit frère à mes côtés.

– Dis donc, ce salaud t'a salement amoché.

Je tiens entre mes mains ce qui reste de mes lunettes. Un petit morceau de verre à droite de la monture, un autre à peine plus grand pendouille du côté gauche. Claude doit être bien fatigué, pour ne pas voir que son frère ne porte rien sur le nez. Et je sais qu'il ne mesure pas encore l'ampleur du drame. Désormais, il devra s'évader sans moi ; pas question de s'encombrer d'un infirme. Jacques, lui, a tout compris ; il demande à Claude de nous laisser et vient s'asseoir près de moi.

– Ne renonce pas ! chuchote-t-il.

– Et comment veux-tu que je fasse maintenant ?

– Nous trouverons bien une solution.

– Jacques, je t'ai toujours trouvé optimiste mais là, tu dépasses les bornes !

Claude s'impose à nous et me pousse presque pour que je lui cède un peu de place.

– Dis donc, j'ai pensé à une chose pour tes lunettes. Il va bien falloir le rendre, le seau ?

– Et alors ?

– Alors comme ils n'autorisent aucun contact entre la Croix-Rouge et nous, il faudra bien qu'on le redépose derrière la haie, une fois vidé.

Je m'étais trompé, non seulement Claude avait compris ma situation, mais il était déjà en train d'échafauder un plan. Et aussi improbable cela soit-il, j'en venais à me demander si désormais, des deux, le petit frère ne serait pas moi.

– Je ne comprends toujours pas où tu veux en venir ?

– Il reste un morceau de verre de chaque côté de ta monture. Assez pour qu'un opticien reconnaisse ton degré de myopie.

À l'aide d'un éclat de bois et d'un bout de fil

arraché à ma chemise, je m'efforçais de réparer l'ir-réparable. Claude avait posé ses mains sur les miennes, exaspéré.

– Arrête d'essayer de les rafistoler ! Écoute-moi, bon sang. Tu ne pourras jamais sauter par la lucarne, ni prendre tes jambes à ton cou avec des lunettes dans cet état. En revanche, si on déposait ce qui en reste au fond du seau, peut-être que quelqu'un comprendrait et nous viendrait en aide.

J'avais les yeux mouillés, je l'avoue. Non parce que la solution de mon frère débordait de tout son amour, mais parce qu'à ce moment-là, au fond du désarroi qui était le nôtre, Claude avait encore assez de force pour croire à l'espoir. J'étais si fier de lui ce jour-là, je l'ai aimé si fort que je me demande encore si j'ai pris le temps de le lui dire.

– Ça tient la route son idée, a dit Jacques.

– C'est même loin d'être con, a ajouté François, et tous les autres l'approuvaient.

Je n'y croyais pas une seconde. Imaginer que le seau échapperait à la fouille avant que la Croix-Rouge ne le récupère. Rêver que quelqu'un ou quelqu'une y découvre mes morceaux de lunettes et s'intéresse à mon sort, au problème de vue d'un prisonnier en déportation pour l'Allemagne, c'était plus qu'invraisemblable. Mais même Charles trouvait le plan de mon frère « espatant ».

Alors, faisant fi de mes doutes et de mon pessimisme, j'ai accepté de me séparer des deux infimes morceaux de verre qui m'auraient tout juste permis de distinguer les parois du wagon.

Pour rendre à mes copains un peu de cet espoir qu'ils m'offraient avec tant de générosité, ainsi que Claude l'avait proposé, j'ai déposé en fin d'après-midi, dans le seau vide qui quitterait le wagon, ce qui restait de mes lunettes. Et quand la porte s'est refermée, j'ai vu dans l'ombre de l'infirmière de la Croix-Rouge qui s'éloignait le noir de la mort m'envahir.

Cette nuit-là, un orage a éclaté au-dessus de Charmant. La pluie ruisselait du toit et s'écoulait dans le wagon par les trous qu'avaient laissés les balles des avions anglais. Ceux qui avaient encore assez de force se tenaient debout, tête en l'air, pour en récupérer les gouttes dans leurs bouches grandes ouvertes.

34.

8 juillet

Nous sommes repartis, c'est foutu, je ne reverrai jamais mes lunettes.

À l'aube, nous arrivons à Angoulême. Autour de nous, tout est désolation ; la gare a été détruite par les bombardements alliés. Alors que le convoi ralentit, nous regardons, stupéfaits, les bâtiments éventrés, les carcasses calcinées de wagons encastrés les uns dans les autres. Des locomotives se consument encore sur les voies, parfois couchées sur le flanc. Des grues sinistres gisent, tels des squelettes. Et le long des rails arrachés qui pointent vers le ciel, quelques ouvriers, incrédules, pelle et pioche en main, regardent avec effroi passer notre convoi. Sept cents fantômes qui traversent un paysage d'apocalypse.

Les freins crissent, le train s'immobilise. Les Allemands interdisent aux cheminots de s'approcher. Personne ne doit savoir ce qui se passe à l'intérieur des wagons, nul ne doit témoigner de l'horreur. Schuster redoute de plus en plus une attaque. La peur des maquisards est devenue chez lui obsessionnelle. Il faut dire que depuis notre embarquement, le train n'a jamais pu parcourir plus de cinquante kilomètres par jour et le front de la bataille de la Libération avance vers nous.

Il nous est strictement défendu de communiquer d'un wagon à l'autre, mais les nouvelles circulent quand même. Surtout celles qui parlent de la guerre et de l'avancement des Alliés. Chaque fois qu'un cheminot courageux réussit à approcher le convoi, chaque fois qu'un civil généreux vient, à la faveur de la nuit, nous apporter un peu de réconfort, nous glanons des informations. Et chaque fois, renaît l'espoir que Schuster ne réussisse pas à gagner la frontière.

Nous sommes le dernier train à partir pour l'Allemagne, le dernier convoi de déportés, et certains veulent croire que nous finirons par être libérés par les Américains ou par la Résistance. C'est grâce à elle que nous n'avançons pas, c'est grâce à elle que les voies sautent. Au loin, les Feldgendarmes prennent à partie deux cheminots qui tentent de venir vers nous. Désormais, pour ce bataillon en retraite, l'ennemi est partout. En chaque civil qui veut nous venir en aide, en chaque ouvrier, les nazis voient des terroristes. Pourtant, ce sont eux qui hurlent fusil au poing, grenades à la ceinture, eux qui tabassent les plus faibles d'entre nous, brutalisent les plus vieux, juste pour se défouler de la tension qui les harcèle.

Aujourd'hui, nous ne repartirons pas. Les wagons restent fermés sous bonne garde. Et toujours cette chaleur qui ne cesse d'augmenter et nous tue lentement. Dehors, il fait trente-cinq degrés ; dedans, personne ne peut le dire, nous sommes presque tous inconscients. Le seul réconfort dans cette horreur est d'entrevoir le visage familier des copains. Je devine le sourire qu'esquisse Charles quand je le regarde, Jacques semble toujours veiller sur nous. François reste à ses côtés, comme un fils auprès d'un père qu'il n'a plus. Moi, je rêve de Sophie et de Marianne ; j'imagine la fraîcheur du canal du Midi et je revois le petit banc où nous nous asseyions pour échanger des messages. En face de moi, Marc semble si triste ; pourtant c'est lui qui a de la chance. Il songe à Damira, et je suis certain qu'elle aussi pense à lui, si elle est encore en vie. Aucun geôlier, aucun tortionnaire ne pourra retenir prisonnières ces pensées-là. Les sentiments voyagent à travers les barreaux les plus étroits, ils s'en vont sans peur de la distance, et ne connaissent ni les frontières des langues, ni celles des religions, ils se rejoignent au-delà des prisons inventées par les hommes.

Marc a cette liberté-là. Je voudrais croire que là où se trouve Sophie, elle pense un peu à moi ; quelques secondes suffiraient, quelques pensées pour l'ami que j'étais... à défaut d'être pour elle davantage.

Aujourd'hui, nous n'aurons ni eau ni pain. Certains d'entre nous ne peuvent plus parler, ils n'en ont plus la force. Claude et moi ne nous quittons pas, vérifiant à chaque instant que l'un ou l'autre ne s'est pas évanoui, que la mort n'est pas en train de l'emporter, et de temps en temps, nos mains se rejoignent, juste pour vérifier...

*

Schuster a décidé de rebrousser chemin. La Résistance a fait sauter un pont, interdisant notre passage. Nous repartons vers Bordeaux. Et pendant que le train s'éloigne d'Angoulême et de sa gare dévastée, je repense à un seau où j'ai laissé filer ma dernière chance d'y voir clair. Déjà deux jours dans la brume et la nuit toujours devant moi.

Nous arrivons au début de l'après-midi. Nuncio et son ami Walter ne pensent qu'à s'évader. Le soir, pour passer le temps, nous faisons la chasse aux puces et aux poux qui rongent le peu de chair qui nous reste. Les parasites se logent dans les coutures de nos chemises et de nos pantalons. Il faut beaucoup d'adresse pour les déloger, et à peine une colonie chassée, une autre prolifère. À tour de rôle, les uns s'allongent pour essayer de se reposer tandis que d'autres s'accroupissent pour leur faire de la place. C'est au milieu de cette nuit-là, que me vient cette drôle de question : si nous survivons à cet enfer, pourrons-nous un seul jour l'oublier ? Aurons-nous le droit de revivre comme des gens normaux ? Peut-on gommer la part de mémoire qui trouble l'esprit ?

*

Claude me regarde étrangement.
– À quoi penses-tu ? me demande mon frère.
– À Chahine, tu te souviens de lui ?
– Je crois. Pourquoi penses-tu à lui maintenant ?
– Parce que ses traits ne s'effaceront jamais.
– À quoi penses-tu vraiment, Jeannot ?
– Je cherche une raison de survivre à tout cela.
– Tu l'as en face de toi, imbécile ! Un jour, nous

retrouverons la liberté. Et puis, je t'ai promis que tu voleras, ça tu t'en souviens j'espère ?

– Et toi, qu'est-ce que tu voudras faire après la guerre ?

– Faire le tour de la Corse à moto, avec la plus belle gonzesse du monde accrochée à ma taille.

Le visage de mon frère se penche vers moi pour que je distingue mieux ses traits.

– J'en étais sûr ! J'avais repéré ton petit ricanement. Quoi ? Tu me crois incapable de séduire une fille et de l'emmener en voyage ?

J'ai beau tout faire pour me contenir, je sens le rire qui me gagne et mon frère qui s'impatiente. Charles rigole à son tour, même Marc se joint à nous.

– Mais qu'est-ce que vous avez tous ? demande Claude, agacé.

– C'est terrible ce que tu pues, mon vieux, si tu voyais ton allure ! Je doute que dans ton état, même un cafard veuille te suivre où que ce soit.

Claude me renifle et se joint à ce fou rire absurde qui ne nous quitte pas.

*

10 juillet

Aux premières heures du jour, la chaleur est déjà intenable. Et ce fichu train qui ne bouge toujours pas. Pas le moindre nuage à l'horizon, pas l'espoir d'une goutte de pluie qui viendrait apaiser les souffrances des prisonniers. On dit que les Espagnols chantent quand ça va mal. Une mélopée s'élève, c'est la belle langue de Catalogne qui s'évade par les planches du wagon voisin.

– Regardez ! dit Claude qui s'est hissé à la lucarne.

– Qu'est-ce que tu vois ? demande Jacques.

– Les soldats s'agitent le long de la voie. Des camionnettes de la Croix-Rouge arrivent, des infirmières en descendent, elles portent de l'eau et viennent vers nous.

Elles avancent jusqu'au quai mais les Feldgendarmes leur ordonnent de s'arrêter, de déposer leurs seaux et de se retirer. Les prisonniers viendront les chercher dès qu'elles seront parties. Aucun contact avec les terroristes n'est autorisé !

L'infirmière en chef repousse le soldat d'un geste de la main.

– Quels terroristes ? demande-t-elle outrée. Les vieux ? Les femmes ? Les hommes affamés dans ces wagons à bestiaux ?

Elle l'invective et lui dit qu'elle en a assez des ordres. Dans quelque temps, il faudra rendre des comptes. Ses infirmières iront porter le ravitaillement jusqu'aux wagons, c'est ainsi et pas autrement ! Et elle ajoute que ce n'est pas parce qu'il porte un uniforme qu'il va l'impressionner.

Et quand le lieutenant brandit son revolver en lui demandant si cela l'impressionne un peu plus, l'infirmière en chef toise Schuster et sollicite courtoisement une faveur. S'il avait le courage de tirer sur une femme, et de surcroît de dos, elle le prierait d'avoir l'amabilité de viser le centre de la croix qu'elle porte sur son uniforme. Elle ajoute que par chance, cette dernière est suffisamment grande pour que même un imbécile comme lui soit capable d'ajuster le tir. Cela lui fera de beaux états de service quand il rentrera chez lui, et de meilleurs encore s'il venait à être arrêté par les Américains ou la Résistance.

Profitant de la stupeur de Schuster, l'infirmière en chef ordonne à sa drôle de troupe d'avancer vers les wagons. Sur le quai, les soldats semblent s'amuser de son autorité. Peut-être sont-ils simplement soulagés que quelqu'un force leur chef à un peu d'humanité.

Elle est la première à ouvrir le loquet d'une porte, les autres femmes l'imitent.

L'infirmière en chef de la Croix-Rouge de Bordeaux pensait avoir tout vu dans sa vie. Deux guerres et des années à donner des soins aux plus démunis l'avaient convaincue que plus rien ne la surprendrait. Pourtant, en nous découvrant, ses yeux s'écarquillent, elle a un haut-le-cœur et ne peut réprimer le « Mon Dieu » qui s'échappe de sa bouche.

Les infirmières, tétanisées, nous regardent ; sur leur visage les copains peuvent voir le dégoût et la révolte que notre condition leur inspire. Nous avions beau nous être rhabillés du mieux que nous le pouvions, nos figures émaciées trahissaient notre état.

Dans chaque wagon, une infirmière apporte un seau, offre des biscuits et échange quelques mots avec les prisonniers. Mais Schuster hurle déjà pour que la Croix-Rouge se retire et l'infirmière en chef juge avoir suffisamment joué de sa chance aujourd'hui. Les portes se referment.

– Jeannot ! Viens voir, dit Jacques qui assure la distribution des biscuits et à chacun sa ration d'eau.

– Qu'est-ce qu'il y a ?

– Il y a qu'il faut que tu te dépêches !

Se lever demande beaucoup d'effort et dans le flou où je vis depuis quelques jours, l'exercice est encore plus pénible. Mais je sens chez les copains une urgence qui me force à les rejoindre. Claude me prend par l'épaule.

– Regarde ! dit-il.

Il en a de bonnes, Claude ! À part le bout de mon nez, je ne vois pas grand-chose, quelques silhouettes parmi lesquelles je reconnais celle de Charles, et je devine Marc et François qui se tiennent derrière lui.

Je distingue les contours du seau que Jacques soulève vers moi, et soudain, au fond, j'aperçois la monture d'une paire de lunettes neuves. Je tends ma main qui disparaît dans l'eau, et saisis ce à quoi je ne veux croire encore.

Les copains, silencieux, attendent en retenant leur souffle que je pose les lunettes sur mon nez. Et tout à coup, le visage de mon petit frère redevient clair comme aux premiers jours, je vois l'émotion dans les yeux de Charles, la mine réjouie de Jacques, celles de Marc et François qui me serrent dans leurs bras.

Qui a pu comprendre ? Qui a su deviner le destin d'un déporté sans espoir, en découvrant dans le fond d'un seau des lunettes brisées ? Qui a eu le cœur d'en faire fabriquer de nouvelles, de suivre le train pendant plusieurs jours, de repérer sans erreur le wagon d'où elles provenaient et de faire le nécessaire pour qu'une paire neuve s'y retrouve ?

– L'infirmière de la Croix-Rouge, répond Claude. Qui d'autre ?

Je veux revoir le monde, je ne suis plus aveugle, la brume s'est envolée. Alors je tourne la tête et regarde autour de moi. Le premier décor qui s'offre à ma vue recouvrée est d'une tristesse infinie. Claude m'entraîne vers la lucarne.

– Regarde comme il fait beau dehors.

– Oui, il a raison mon petit frère, il fait si beau dehors.

*

– Tu crois qu'elle est jolie ?
– Qui ça ? demande Claude.
– L'infirmière !

Ce soir-là, je me dis que, peut-être, mon destin se dessinait enfin. Les refus de Sophie, de Damira et, pour tout dire, de toutes les filles de la brigade à vouloir m'embrasser avaient finalement un sens. La femme de ma vie, la vraie, serait donc celle qui m'avait sauvé la vue.

En découvrant les lunettes au fond du seau, elle avait aussitôt compris l'appel au secours que je lui avais lancé du fond de mon enfer. Elle avait caché la monture dans son mouchoir, prenant un soin infini des éclats de verre qui s'y trouvaient accrochés. Elle s'était rendue en ville chez un opticien proche de la Résistance. Ce dernier avait cherché sans relâche des verres correspondant aux fragments qu'il avait étudiés. La monture recons-truite, elle était repartie à vélo, longeant les rails jusqu'à ce qu'elle repère le convoi. En le voyant rebrousser chemin vers Bordeaux, elle sut qu'elle réussirait à livrer son colis. Avec la complicité de l'infirmière en chef de la Croix-Rouge, elle choisit avant d'arriver sur le quai le wagon qu'elle recon-naissait aux éclats de balles qui striaient son flanc. C'est ainsi que mes lunettes me revinrent.

Il avait fallu à cette femme tant de cœur, de géné-rosité et de courage, que je me promettais, si je m'en sortais, de la retrouver dès la fin de la guerre et de la demander en mariage. Je m'imaginais déjà,

313

roulant cheveux au vent, sur une route de campagne, à bord d'une Chrysler décapotable, ou pourquoi pas sur une bicyclette, ce qui n'en aurait que plus de charme. Je frapperais à la porte de sa maison, je frapperais deux petits coups, et quand elle m'ouvrirait, je lui dirais « Je suis celui à qui tu as sauvé la vie et ma vie désormais t'appartient ». Nous dînerions devant l'âtre, et nous nous raconterions chacun les dernières années écoulées, tous ces mois de souffrance sur ce long chemin où nous avions enfin fini par nous rencontrer. Et nous refermerions ensemble les pages du passé pour écrire à deux les jours à venir. Nous aurions trois enfants ou plus si elle le souhaitait et nous vivrions heureux. Je prendrais des cours de pilotage comme Claude me l'avait promis et quand je serais diplômé, je l'emmènerais le dimanche, survoler la campagne française. Voilà, tout était désormais logique ; maintenant, la vie pour moi avait enfin un sens.

Compte tenu du rôle qu'avait joué mon petit frère dans mon sauvetage, et vu la relation qui nous liait, il était tout à fait normal que je lui demande aussitôt d'être mon témoin.

Claude m'a regardé en toussotant.

– Écoute, mon vieux, je n'ai rien contre le principe d'être témoin à ton mariage, j'en suis même honoré, mais il faut quand même que je te dise quelque chose avant que ta décision ne soit définitive.

L'infirmière qui a rapporté tes lunettes est mille fois plus myope que toi, enfin, vu l'épaisseur des verres qu'elle portait sur le nez. Bon, ça, tu vas me dire qu'on s'en fiche ; mais il faut aussi que je te dise, puisque tu étais encore dans le brouillard quand elle est repartie : elle a quarante ans de plus que toi, elle doit déjà être mariée et avoir au moins douze enfants. Je ne dis pas que dans notre état nous ayons les moyens d'être exigeants, mais enfin, là...

*

Nous sommes restés trois jours parqués dans ces wagons immobiles sur un quai de la gare de Bordeaux. Les copains suffoquaient, parfois l'un d'entre eux se levait, à la recherche d'un peu d'air, mais il n'y en avait pas.

L'homme s'habitue à tout, c'est l'un de ses grands mystères. Nous ne sentions plus notre propre puanteur, personne ne se souciait de celui qui se penchait au-dessus du minuscule trou dans le plancher pour s'y soulager. La faim était oubliée depuis longtemps, seule durait l'obsession de la soif ; surtout quand une nouvelle boursouflure se formait sur nos langues. L'air se raréfiait non seulement dans le wagon mais aussi dans nos gorges ; il était de plus en plus difficile de déglutir. Mais nous avions pris l'habitude de cette souffrance du corps qui ne nous quittait plus ; nous nous accoutumions à toutes les privations, y compris à celle du sommeil. Et les seuls qui, par courts instants, trouvaient une délivrance, c'était dans la folie qu'ils s'évadaient. Ils se levaient, se mettaient à gémir ou à hurler, parfois certains pleuraient avant de s'écrouler, inanimés.

Quant à ceux qui tenaient encore le coup, ils essayaient tant bien que mal de rassurer les autres.

Dans un wagon voisin, Walter expliquait à qui voulait l'entendre que les nazis n'arriveraient jamais à nous emmener jusqu'en Allemagne, les Américains nous délivreraient avant. Dans le nôtre, Jacques s'épuisait à nous raconter des histoires, pour faire passer le temps. Quand sa bouche était trop sèche pour qu'il continue à parler, l'angoisse renaissait dans le silence qui s'installait.

Et pendant que les copains mouraient en silence, moi je revivais d'avoir recouvré la vue ; et quelque part, je m'en sentais coupable.

*

12 juillet

Il est deux heures et demie du matin. Soudain, les portes sont déverrouillées. La gare de Bordeaux grouille de soldats, la Gestapo a été dépêchée sur place. Les soldats armés jusqu'aux dents hurlent et nous ordonnent de prendre le peu d'affaires qu'il nous reste. À coups de crosse et de pied, on nous fait descendre de nos wagons et on nous regroupe sur le quai. Parmi les prisonniers, certains sont terrorisés, d'autres se contentent de boire l'air à grandes goulées.

Par colonnes de cinq, nous nous enfonçons dans la ville noire et silencieuse. Il n'y a aucune étoile dans le ciel.

Nos pas résonnent sur le pavé désert où s'étire la longue cohorte. De rang en rang, les informations circulent. Certains disent qu'on nous conduit vers le fort du Hâ, d'autres sont certains qu'on nous dirige vers la prison. Mais ceux qui comprennent l'allemand apprennent, des discussions des soldats qui nous encadrent, que toutes les cellules de la ville sont déjà pleines.

– Alors où va-t-on ? murmure un prisonnier.

316

– *Schnell, schnell !* hurle un Feldgendarme en lui assenant un coup de poing dans le dos.

La marche nocturne dans la ville muette s'achève rue Laribat, devant les portes immenses d'un temple. C'est la première fois que mon petit frère et moi entrons dans une synagogue.

35.

Il n'y avait plus aucun meuble. Le sol avait été recouvert de paille et un alignement de seaux témoignait que les Allemands avaient pensé à nos besoins. Les trois nefs pouvaient accueillir les six cent cinquante prisonniers du convoi. Étrangement, tous ceux qui venaient de la prison Saint-Michel se regroupèrent, près de l'autel. Des femmes que nous n'avions jamais aperçues de notre wagon furent parquées dans un espace voisin, de l'autre côté d'une grille.

Quelques couples se retrouvent ainsi le long des barreaux qui les séparent. Cela fait pour certains si longtemps qu'ils ne se sont pas vus. Beaucoup pleurent, quand les mains se touchent à nouveau. La plupart restent silencieux, les regards suffisent à tout dire quand on s'aime. D'autres murmurent à peine, que peut-on raconter de soi, des jours écoulés, sans faire du mal à l'autre ?

Le matin venu, il faudra toute la cruauté de nos geôliers pour séparer ces couples, parfois à coups de crosse. Car à l'aube, on emmène les femmes vers une caserne de la ville.

Les jours passent et chacun ressemble à la veille.

Le soir, on nous distribue un bol d'eau chaude où nagent une feuille de chou, parfois quelques pâtes. Nous accueillons cette gamelle comme un festin. De temps en temps, les soldats viennent chercher certains d'entre nous, on ne les revoit jamais et la rumeur nous apprend qu'ils servent d'otages ; dès qu'une action de la Résistance est accomplie dans la ville, ils sont exécutés.

Certains pensent à s'évader. Ici, les prisonniers du Vernet sympathisent avec ceux de Saint-Michel. Les hommes du Vernet sont surpris par nos âges. Des gosses qui faisaient la guerre, ils n'en croient pas leurs yeux.

*

14 juillet

Nous sommes résolus à célébrer ce jour comme il se doit. Chacun cherche de quoi fabriquer des cocardes avec des bouts de papier. On les accroche sur nos poitrines. On chante la *Marseillaise*. Nos geôliers ferment les yeux. La réprimande serait trop violente.

*

20 juillet

Aujourd'hui, trois résistants, que nous avons rencontrés ici, ont tenté de s'évader. Ils se sont fait surprendre par un soldat de garde, alors qu'ils fouillaient la paille, derrière l'orgue où se trouve une grille. Quesnel et Damien, qui fête aujourd'hui ses vingt ans, ont réussi à filer à temps.

Roquemaurel a reçu sa volée de coups de botte, mais au moment de l'interrogatoire, il a eu la présence d'esprit de prétendre qu'il cherchait un mégot de cigarette qu'il avait aperçu. Les Allemands l'ont cru et ne l'ont pas fusillé. Roquemaurel, c'est un des fondateurs du maquis de Bir-Hakeim qui agissait dans le Languedoc et les Cévennes. Damien est son meilleur ami. Tous deux avaient été condamnés à mort après leur arrestation.

À peine remis de leurs blessures, Roquemaurel et ses camarades échafaudent un nouveau plan, pour un autre jour, qui viendra sûrement.

L'hygiène ici n'est pas meilleure que dans le train, et la gale fait rage. Les colonies de parasites pullulent. Ensemble, nous avons inventé un jeu. Dès le matin, chacun fait sur son corps sa cueillette de puces et de poux. Les bestioles sont regroupées dans des petites boîtes de fortune. Quand passent les Feldgendarmes pour nous compter, nous les ouvrons et en semons leur contenu sur eux.

Même là, nous n'avons pas renoncé, et ce jeu qui peut paraître trivial est pour nous une façon de résister, munis de la seule arme qui nous reste et qui nous ronge chaque jour.

Nous qui pensions être seuls à l'action, rencontrons ici ceux qui, comme nous, n'ont jamais accepté la condition qu'on voulait leur imposer, n'ont jamais admis que l'on attente à la dignité des hommes. Il y avait tant de courages dans cette synagogue. Une bravoure parfois submergée par la solitude, mais si forte que, certains soirs, l'espoir chassait les pensées les plus sombres qui nous occupaient.

*

Au début, tout contact avec le monde extérieur nous était impossible, mais depuis deux semaines que nous croupissons ici, les choses s'organisent un peu. Chaque fois que les « gameliers » sortent dans la cour pour aller chercher la marmite, un couple âgé qui vit dans une maison voisine chante les informations du front à tue-tête. Une vieille dame qui habite un appartement donnant sur la synagogue écrit chaque soir en grosses lettres, sur une ardoise, l'avancée des troupes alliées qu'elle présente à sa fenêtre.

Roquemaurel s'était donc promis de tenter une nouvelle évasion. À l'heure où les Allemands autorisent quelques prisonniers à grimper à l'étage pour y récupérer des affaires de toilette (on y a empilé sur la galerie les maigres bagages des déportés), il se précipite avec trois de ses copains. L'occasion est trop belle. Au bout de la coursive qui surplombe la grande salle de la synagogue, se trouve un réduit. Son plan est risqué mais possible. Le cagibi jouxte l'un des vitraux qui ornent la façade. La nuit venue, il suffira de le briser et de fuir par les toits. Roquemaurel et ses amis s'y cachent en attendant la tombée du jour. Deux heures passent et l'espoir grandit. Mais soudain, il entend des bruits de bottes. Les Allemands ont fait leurs comptes et le compte n'y est pas. On les cherche, les pas se rapprochent, et la lumière pénètre leur abri. De la mine ravie du soldat qui les déloge on peut augurer ce qui les attend. Les coups sont si violents que Roquemaurel gît inanimé, baignant dans son sang. Quand il reprend conscience le lendemain matin, il est traîné devant le lieutenant de garde. Christian, c'est son

322

prénom, ne se fait guère d'illusions sur la suite des événements.

Pourtant, la vie ne lui réserve pas le destin qu'il suppose.

L'officier qui l'interroge doit avoir la trentaine. Il s'est assis à califourchon sur un banc de la cour et regarde Roquemaurel en silence. Il inspire profondément, prenant tout le temps de jauger son interlocuteur.

– J'ai moi-même été fait prisonnier, dit-il dans un français presque parfait. C'était pendant la campagne de Russie. Je me suis évadé également, et j'ai parcouru dans des circonstances plus que pénibles des dizaines et des dizaines de kilomètres. Les souffrances que j'ai subies, je ne les souhaite à personne, et je ne suis pas un homme à se régaler de la torture.

Christian écoute sans rien dire le jeune lieutenant qui s'adresse à lui. Et soudain, il a l'espoir d'avoir la vie sauve.

– Comprenons-nous, reprend l'officier, et je suis sûr que vous n'aurez pas l'occasion de trahir le secret que je m'apprête à vous confier. Je trouve normal, presque légitime, qu'un soldat cherche à s'évader. Mais vous trouverez, comme moi, tout aussi normal que celui qui se fait prendre subisse la punition qui sanctionne sa faute aux yeux de son ennemi. Et votre ennemi, c'est moi !

Christian écoute la sentence. Toute la journée, il devra rester immobile, au garde-à-vous face à un mur, sans jamais avoir le droit de s'y adosser ou d'y chercher le moindre appui. Il restera ainsi, les bras le long du corps, sous le soleil de plomb qui frappera bientôt le bitume de la cour.

Chaque mouvement sera sanctionné de coups,

tout évanouissement entraînera la sanction supérieure.

On dit que l'humanité de certains hommes naît dans la mémoire des souffrances subies, dans la ressemblance qui les lie soudain à leur ennemi. Ce furent là les deux raisons qui sauvèrent Christian du peloton. Mais il faut croire que ce genre d'humanité connaît ses limites.

Les quatre prisonniers qui avaient tenté l'évasion se retrouvent ainsi, face au mur, séparés de quelques mètres. Tout au long de la matinée, le soleil grimpe dans le ciel jusqu'à atteindre son zénith. La chaleur est insoutenable, leurs jambes s'ankylosent, les bras deviennent aussi lourds que s'ils étaient en plomb, la nuque se raidit.

Que pense le garde qui marche dans leur dos ?

Au début de l'après-midi, Christian vacille, il reçoit instantanément un coup de poing dans la nuque qui l'envoie valdinguer contre le mur. La mâchoire brisée, il tombe et se relève aussitôt, apeuré de subir la punition suprême.

Que manque-t-il à l'âme de ce soldat qui l'épie et se repaît de la souffrance qu'il inflige à cet homme ?

Puis vient la tétanie, les muscles se contractent sans jamais pouvoir se relâcher. La souffrance est insoutenable. Les crampes gagnent le corps tout entier.

Quel goût prendra l'eau qui coule dans la gorge de ce lieutenant, pendant que ses victimes se consument sous ses yeux ?

La question me hante encore parfois la nuit, quand ma mémoire fait renaître leurs visages tuméfiés, leurs corps brûlés par la chaleur.

La nuit tombée, leurs tortionnaires les ramènent

dans la synagogue. Nous les accueillons avec les clameurs qu'on réserve aux vainqueurs d'une course, mais je doute qu'ils s'en soient rendu compte avant de s'effondrer sur la paille.

*

24 juillet

Les actions que la Résistance mène dans la ville et ses alentours rendent les Allemands de plus en plus nerveux. Il est fréquent désormais que leur comportement frise l'hystérie, et ils nous frappent sans raison, simple délit de gueule ou tort d'être au mauvais endroit, au mauvais moment. À midi, on nous rassemble sous la tribune. Une sentinelle postée dans la rue prétend avoir entendu le bruit d'une lime à l'intérieur de la synagogue. Si celui qui détient un outil destiné à s'évader ne le remet pas dans les dix minutes qui suivent, dix prisonniers seront fusillés. À côté de l'officier, une mitrailleuse nous vise. Et pendant que s'écoulent les secondes, l'homme posté derrière la gueule du canon prête à souffler son haleine carnassière, se plaît à nous mettre en joue. Il joue à charger et décharger son arme. Le temps passe, personne ne parle. Les soldats tabassent, hurlent, terrorisent, les dix minutes sont passées. Le commandant saisit un prisonnier, lui appuie son revolver sur la tempe, arme le chien et vocifère un ultimatum.

Alors, un déporté fait un pas en avant, la main tremblante. Sa paume ouverte révèle une lime, de celles qu'on utilise pour les ongles. Cet outil ne pourrait même pas rayer les murs épais de la synagogue. À peine arrive-t-il, avec cette lime, à aiguiser sa cuillère en bois pour couper du pain quand il y en a. C'est une astuce apprise dans les prisons, un truc aussi vieux que le monde, depuis qu'on emprisonne les hommes.

Les déportés ont peur. Le commandant pensera probablement qu'on se moque de lui. Mais le « coupable » est conduit vers le mur et un coup de feu lui ôte la moitié du crâne.

Nous passons la nuit debout, dans la lumière d'un projecteur, sous la menace de cette mitrailleuse qui nous vise et de cette ordure qui, pour se tenir éveillé, continue à jouer avec son chargeur.

*

7 août

Vingt-huit jours se sont écoulés depuis que nous sommes retenus dans la synagogue. Claude, Charles, Jacques, François, Marc et moi sommes regroupés près de l'autel.

Jacques a repris l'habitude de nous raconter des histoires, pour tuer le temps et nos angoisses.

– C'est vrai que ton frère et toi, vous n'étiez jamais entrés dans une synagogue avant d'arriver ici ? demande Marc.

Claude baisse la tête, comme s'il se sentait coupable. Je réponds à sa place.

– Oui, c'est vrai, c'était la première fois.

– Avec un nom aussi juif que le vôtre, c'est peu banal. N'y vois pas un reproche de ma part, reprend Marc aussitôt. C'est juste que je pensais...

– Eh bien tu te trompes, nous n'étions pas pratiquants à la maison. Tous les Dupont et Durand ne vont pas nécessairement à l'église le dimanche.

– Vous ne faisiez rien, même pour les grandes fêtes ? demande Charles.

– Si tu veux tout savoir, le vendredi, notre père célébrait le sabbat.

– Ah oui, et que faisait-il ? demande François, curieux.

– Rien de plus que les autres soirs, sauf qu'il récitait une prière en hébreu et nous partagions tous un verre de vin.

– Un seul ? demande François.

– Oui, un seul.

Claude sourit, je le vois qui s'amuse de mon récit. Il me pousse du coude.

– Allez, raconte-leur l'histoire, après tout il y a prescription.

– Quelle histoire ? demande Jacques.

– Rien !

Les copains, affamés de récits par l'ennui qui ne les quitte pas depuis presque un mois, insistent tous ensemble.

– Eh bien, chaque vendredi au moment de passer à table, papa nous récitait une prière en hébreu. Il était le seul à la comprendre, dans la famille, personne ne parlait ou ne comprenait l'hébreu. Nous avons ainsi célébré le sabbat pendant des années et des années. Un jour, notre grande sœur nous a annoncé qu'elle avait rencontré quelqu'un et qu'elle voulait l'épouser. Nos parents ont bien accueilli la nouvelle et tenu à ce qu'elle l'invite à dîner, pour faire sa connaissance. Alice a aussitôt proposé qu'il se joigne à nous le vendredi suivant, nous fêterions le sabbat tous ensemble.

À la surprise générale, papa ne semblait pas du tout enchanté par cette idée. Il prétendit que ce soir-là était réservé à la famille et que tout autre soir de la semaine conviendrait mieux.

Maman avait beau lui faire remarquer que, ayant su gagner le cœur de sa fille, leur invité faisait déjà en quelque sorte presque partie de la famille, rien ne fit changer d'avis notre père. Pour des premières présentations, il trouvait que le lundi, le mardi, le mercredi et le jeudi convenaient mieux. Nous nous sommes tous ralliés à la cause de maman et avons insisté pour que la rencontre se fasse le soir du sabbat où le repas était plus copieux et la nappe plus belle. Mon père leva les bras au ciel en gémissant et demanda pourquoi il fallait que la famille soit toujours liguée contre lui. Il aimait bien se poser en victime.

Il ajouta qu'il trouvait étrange, alors qu'il se proposait sans rechigner, sans poser la moindre question (ce qui témoignait de son immense ouverture d'esprit), d'ouvrir la porte de sa maison, tous les jours de la semaine sauf un, que la famille préfère accueillir cet inconnu (qui allait quand même lui enlever sa fille) le seul soir qui ne lui convenait pas.

Maman, étant d'un naturel obstiné, voulut savoir pourquoi le choix du vendredi soir semblait poser un tel problème à son mari.

– Pour rien ! conclut-il, signant là sa défaite.

Mon père n'a jamais su dire « non » à sa femme. Parce qu'il l'aimait plus que tout au monde, plus que ses propres enfants, je crois, et je n'ai pas le souvenir d'un seul souhait de ma mère qu'il ne se soit efforcé d'exaucer. Bref, passe la semaine sans que mon père desserre les dents. Et plus les jours s'effacent, plus nous le sentons tendu.

La veille du dîner tant attendu par nous tous, papa prend sa fille à part et lui demande, en chuchotant, si son fiancé est juif. Et quand Alice lui répond « Oui, évidemment », mon père lève à nouveau les bras au ciel en gémissant « J'en étais sûr ! ».

Vous vous en doutez, sa réaction ne manque pas de stupéfier notre sœur, qui lui demande pourquoi cette nouvelle le contrarie visiblement.

– Mais pour rien, ma chérie, lui répond-il, ajoutant avec une mauvaise foi flagrante : Qu'est-ce que tu vas chercher là ?

Notre sœur Alice, qui a hérité du caractère de maman, le retient par le bras alors qu'il tente de s'esquiver vers la salle à manger, elle se campe face à lui.

– Excuse-moi, papa, mais je suis quand même plus qu'étonnée de ta réaction ! Je redoutais que tu aies ce genre d'attitude si je t'avais annoncé que mon fiancé n'était pas juif, mais alors là !!!

Papa dit à Alice qu'elle est grotesque d'imaginer de telles choses, et jure qu'il se fout complètement des origines, de la religion ou de la couleur de peau de l'homme qu'a choisi sa fille, du moment que ce dernier est un gentleman et la rende heureuse comme lui a su aimer sa mère. Alice n'est pas convaincue, mais papa réussit à lui échapper et change aussitôt de sujet de conversation.

Le vendredi soir arrive enfin, jamais nous n'avions vu notre père aussi nerveux. Maman le taquinait tout le temps, lui rappelant toutes les fois où il gémissait à la moindre douleur, au moindre rhumatisme qu'il serait mort avant d'avoir pu marier sa fille... il était en parfaite santé et Alice désormais amoureuse, toutes les raisons de se réjouir étaient donc réunies, il n'y avait pas de motif à s'angoisser. Papa jura qu'il ne voyait même pas de quoi sa femme lui parlait.

Alice et Georges, c'est le prénom du fiancé de

notre sœur, sonnent à la porte à sept heures précises et mon père sursaute, tandis que maman lève les yeux au ciel en allant les accueillir.

Georges est beau garçon, son élégance est naturelle, on le croirait anglais. Alice et lui vont si bien ensemble que leur couple paraît une évidence. À peine arrivé, Georges est déjà accepté par la famille. Même mon père donne l'impression qu'il commence à se détendre au cours de l'apéritif.

Maman annonce que le dîner est prêt. Tout le monde prend place autour de la table, attendant religieusement que mon père récite la prière du sabbat. Nous le voyons alors inspirer profondément, son torse se gonfle et... se dégonfle aussitôt. Nouvel essai, le voilà qui reprend sa respiration et... à nouveau se déballonne. Une troisième tentative et soudain, il regarde Georges et annonce :

– Pourquoi ne laisserions-nous pas notre invité réciter à ma place ? Après tout, je vois bien que tout le monde l'apprécie déjà et un père doit apprendre à s'effacer devant le bonheur de ses enfants quand le moment est venu.

– Qu'est-ce que tu racontes ? demande maman. Quel moment ? Et qui t'a demandé de t'effacer ? Voilà vingt ans que tu te fais un devoir chaque vendredi de réciter cette prière, dont tu es le seul à comprendre le sens, puisque personne ici ne parle l'hébreu. Tu ne vas pas me dire que tu as soudain le trac devant l'ami de ta fille ?

– Je n'ai pas du tout le trac, assure notre père, en frottant le revers de sa veste.

Georges ne dit rien, mais nous l'avons tous vu perdre quelques couleurs, quand papa a proposé qu'il officie à sa place. Depuis que maman est venue à sa rescousse, il a déjà meilleure mine.

– Bien, bien, reprend mon père. Alors peut-être

que Georges acceptera au moins de se joindre à moi ?

Papa commence à réciter, Georges se lève et répète mot à mot après lui.

La prière dite, ils se rasseyent tous deux, et le dîner est l'occasion d'un moment chaleureux où tout le monde rit de bon cœur.

À la fin du repas, maman propose à Georges de l'accompagner à l'office, l'occasion pour eux de faire un peu connaissance.

D'un sourire complice Alice le rassure, tout se passe pour le mieux. Georges récupère les assiettes sur la table et suit notre mère. Une fois dans la cuisine, elle le débarrasse de la vaisselle et l'invite à prendre place sur une chaise.

– Dites-moi, Georges, vous n'êtes pas du tout juif !

Georges rougit et toussote.

– Je crois que si, un peu par mon père... ou l'un de ses frères ; maman était protestante.

– Tu parles d'elle à l'imparfait ?

– Elle est morte l'an dernier.

– J'en suis désolée, murmure maman, sincère.

– Cela pose un problème que... ?

– Que tu ne sois pas juif ? Pas le moins du monde, dit maman en riant. Ni mon mari ni moi n'accordons d'importance à la différence de l'autre. Bien au contraire, nous avons toujours pensé qu'elle était passionnante et source de multiples bonheurs. Le plus important, quand on veut vivre à deux toute une vie, est d'être sûr que l'on ne s'ennuiera pas ensemble. L'ennui dans un couple, c'est ce qu'il y a de pire, c'est lui qui tue l'amour. Tant que tu feras rire Alice, tant que tu lui donneras l'envie de te retrouver, alors que tu viens à peine de la quitter pour aller travailler, tant que tu seras celui dont elle partage les confidences et à qui elle aime aussi se confier, tant que tu vivras tes rêves avec elle, même ceux que tu ne pourras pas réaliser, alors je suis certaine que quelles que soient tes origines, la seule chose qui sera étrangère à votre couple sera le monde et ses jaloux.

Maman prend Georges dans ses bras et l'accueille dans la famille.

– Allez, file rejoindre Alice, dit-elle, presque la larme à l'œil. Elle va détester que sa mère retienne son fiancé en otage. Et si elle apprend que j'ai prononcé le mot fiancé, elle me tue !

Alors qu'il s'éloigne vers la salle à manger, Georges se retourne et demande à maman au seuil de la cuisine comment elle a deviné qu'il n'était pas juif.

– Ah ! s'exclame maman en souriant. Voilà vingt ans que mon mari récite tous les vendredis soir une prière dans une langue qu'il invente. Il n'a jamais su un mot d'hébreu ! Mais il est très attaché à ce moment où, chaque semaine, il prend la parole en famille. C'est comme une tradition qu'il perpétue en dépit de son ignorance. Et même si ses mots n'ont aucun sens, je sais que ce sont quand même des prières d'amour qu'il formule et invente pour nous. Aussi, tu te doutes bien que lorsque je t'ai entendu tout à l'heure répéter presque à l'identique son charabia, je n'ai pas eu de mal à comprendre... Que tout cela reste entre toi et moi. Mon mari est convaincu que personne ne se doute de son petit arrangement avec Dieu, mais je l'aime depuis tant d'années que son Dieu et moi n'avons plus aucun secret.

À peine de retour dans la salle à manger, Georges se voit entraîner à l'écart par notre père.

– Merci pour tout à l'heure, grommelle papa.

– De quoi ? demande Georges.

– Eh bien de ne pas avoir vendu la mèche. C'est très généreux de ta part. J'imagine que tu dois mal me juger. Ce n'est pas que je prenne un plaisir quelconque à entretenir ce mensonge ; mais depuis vingt ans... comment leur dire maintenant ? Oui, je ne parle pas l'hébreu, c'est vrai. Mais célébrer le sabbat c'est pour moi entretenir la tradition et la tradition c'est important, tu comprends ?

– Je ne suis pas juif, monsieur, répond Georges. Tout à l'heure, je me suis contenté de répéter vos mots sans avoir aucune idée de leur sens, et c'est moi qui voulais vous remercier de ne pas avoir vendu la mèche.

– Ah ! lâche papa en laissant retomber ses bras le long du corps.

Les deux hommes se regardent quelques instants, puis notre père pose sa main sur l'épaule de Georges et lui dit :

– Bon, écoute-moi, je te propose que notre petite affaire reste strictement entre nous. Moi je dis le sabbat et toi, tu es juif !

– Tout à fait d'accord, répond Georges.

– Bien, bien, bien, dit papa en retournant vers le salon. Alors, passe me voir jeudi soir prochain à mon atelier, histoire que l'on répète bien ensemble les mots que nous réciterons le lendemain, puisque maintenant, nous dirons la prière à deux.

Le dîner achevé, Alice raccompagne Georges jusqu'à la rue, attend qu'ils soient à l'abri de la porte cochère et prend son fiancé dans ses bras.

– Ça s'est vraiment bien passé, et puis chapeau, tu t'es débrouillé comme un chef. Je ne sais pas comment tu as fait, mais papa n'a rien vu, il est à mille lieues de se douter que tu n'es pas juif.

– Oui, je crois qu'on s'en est bien sortis, sourit Georges en s'éloignant.

Voilà, c'est vrai, Claude et moi n'avions jamais eu l'occasion d'entrer dans une synagogue, avant d'être enfermés ici.

*

Ce soir-là, les soldats ont hurlé l'ordre d'empaqueter gamelle et petite valise pour ceux qui en avaient une, et de tout regrouper dans le couloir principal de la synagogue. Celui qui traînait se faisait rappeler à l'ordre à coups de botte et de poing. Nous n'avions aucune idée de notre destination, mais une chose nous rassurait : lorsqu'ils venaient chercher des prisonniers pour les fusiller, ceux qui partaient sans jamais revenir devaient abandonner leurs affaires.

En début de soirée, les femmes qui avaient été transférées au fort du Hâ avaient été ramenées et enfermées dans une salle voisine. À deux heures du matin les portes du temple s'ouvrent, nous repartons en colonne et traversons la ville déserte et silencieuse, revenant sur les pas qui nous avaient conduits ici.

Nous avons repris place à bord du train. Les prisonniers du fort du Hâ et tous les résistants capturés ces dernières semaines nous ont rejoints.

Désormais, il y a deux wagons de femmes en tête du convoi. Nous repartons en direction de Toulouse, et certains croient que nous rentrons chez nous. Mais Schuster a d'autres desseins en tête. Il s'est juré que la destination finale serait Dachau et rien ne l'arrêtera, ni les armées alliées qui progressent, ni les bombardements qui rasent les villes que nous traversons, ni les efforts de la Résistance pour retarder notre progression.

Près de Montauban, Walter a enfin réussi à s'évader. Il avait repéré qu'un des quatre écrous qui scellent les barreaux à la lucarne avait été remplacé par un boulon. Avec le peu de salive dont il dispose et toute la force de ses doigts, il s'efforce de le faire tourner, et quand sa bouche est trop sèche, c'est le sang des blessures qui se forment sur ses doigts, qui donnera peut-être assez d'humidité pour faire bouger le boulon. Après des heures et des heures de souffrance, la pièce de métal commence à glisser, Walter veut croire à sa chance, il veut croire en l'espoir.

Ses doigts sont si enflés, quand il arrive à ses fins, qu'il ne peut plus les écarter. Il n'y a plus maintenant qu'à pousser le barreau et l'espace à la lucarne sera suffisant pour s'y faufiler. Tapis dans l'ombre du wagon, trois copains le regardent, Lino, Pipo et Jean, tous des jeunes recrues de la 35ᵉ brigade. L'un pleure, il n'en peut plus, il va devenir fou. Il faut dire que jamais la chaleur n'a été si forte. On suffoque et le wagon tout entier semble expirer au rythme des râles des prisonniers qui étouffent. Jean supplie Walter de les aider à s'évader, Walter hésite, et puis comment ne rien dire, comment ne pas aider ceux qui sont pour lui comme des frères. Alors il les entoure de ses mains meurtries et leur révèle ce qu'il a accompli. On attendra la nuit pour sauter, lui en premier, les autres ensuite. À voix basse, on répète la procédure. S'accrocher au montant, le temps de faire passer tout le corps au-dehors, et puis sauter et courir au loin. Si les Allemands tirent, chacun pour soi ; si on a réussi, quand la lanterne rouge aura disparu, on remontera le long de la voie pour se regrouper.

Le jour commence à s'éteindre, le moment tant attendu ne va pas tarder, mais le destin a l'air d'en avoir décidé autrement. Le convoi ralentit en gare de Montauban. Au bruit des roues, on s'engage sur une voie de garage. Et quand les Allemands avec leurs mitrailleuses prennent position sur le quai, Walter se dit que c'est foutu. La mort dans l'âme, les quatre compères s'accroupissent et chacun retourne à sa solitude.

Walter voudrait dormir, reprendre quelques forces, mais le sang bat dans ses doigts et la douleur est bien trop forte. Dans le wagon, on entend quelques lamentations.

Il est deux heures du matin et le convoi s'ébranle. Le cœur de Walter ne tambourine plus dans ses mains mais dans sa poitrine. Il secoue ses copains et ensemble, ils attendent le bon moment. La nuit est trop claire, la lune presque pleine qui brille dans le ciel les dénoncera trop facilement. Walter guette par la lucarne, le train roule à belle allure, au loin, un sous-bois se dessine.

*

Walter et deux copains se sont évadés du train. Après être tombé dans le fossé, il est resté longtemps accroupi. Et quand la lanterne rouge du convoi s'est effacée dans la nuit, il a levé les bras vers le ciel et a crié « Maman ». Il a marché des kilomètres, Walter. En arrivant à l'orée d'un champ, il est tombé sur un soldat allemand qui se soulageait, son fusil à baïonnette posé près de lui. Allongé au milieu des épis de maïs, Walter a attendu l'instant propice et s'est jeté sur lui. Où a-t-il trouvé ce restant de force pour prendre le dessus au moment de la rixe ? La baïonnette est restée fichée dans le corps du soldat ; en parcourant bien d'autres kilomètres, Walter avait l'impression de voler, comme un papillon.

Le train ne s'est pas arrêté à Toulouse, nous ne rentrions pas chez nous. Nous avons dépassé Carcassonne, Béziers, Montpellier.

36.

Les jours passent et la soif revient. Dans les villages que nous traversons, les gens font de leur mieux pour nous venir en aide. Bosca, un prisonnier parmi tant d'autres, jette par la lucarne un petit mot qu'une femme trouve près de la voie et va remettre à sa destinataire. Sur le bout de papier, le déporté tente de rassurer son épouse. Il l'informe qu'il est à bord d'un train qui était de passage à Agen le 10 août et qu'il va bien, mais Mme Bosca ne reverra jamais son mari.

Au cours d'un arrêt près de Nîmes, on nous donne un peu d'eau, du pain sec et de la confiture avariée. La nourriture est immangeable. Dans les wagons, certains sont frappés de démence. La bave suinte à la commissure de leurs lèvres. Ils se lèvent, tournent sur eux-mêmes et hurlent avant de s'écrouler, secoués de spasmes qui précèdent leur mort. On dirait des chiens enragés. Les nazis vont nous faire tous mourir ainsi. Ceux qui ont encore gardé la raison n'osent plus les regarder. Alors, les prisonniers ferment les yeux, se recroquevillent sur eux-mêmes en se bouchant les oreilles.

– Tu crois vraiment que la démence est contagieuse ? demande Claude.

– Je n'en sais rien, mais faites-les taire, supplie François.

Au loin, les bombes tombent sur Nîmes. Le train s'arrête à Remoulins.

*

15 août

Le convoi n'a pas bougé depuis plusieurs jours. On débarque le corps d'un prisonnier mort de faim. Les plus malades sont autorisés à aller se soulager le long de la voie. Ils arrachent des brins d'herbe qu'ils distribuent en revenant. Les déportés affamés se disputent cette nourriture.

Les Américains et les Français ont débarqué à Sainte-Maxime. Schuster cherche un moyen de passer entre les lignes alliées qui l'encerclent. Mais comment faire pour remonter la vallée du Rhône, et avant cela, traverser le fleuve dont tous les ponts ont été bombardés ?

*

18 août

Le lieutenant allemand a peut-être trouvé une solution à son problème. Le train repart. Au passage d'un aiguillage, un cheminot a ouvert le loquet d'un wagon. Trois prisonniers ont réussi à s'échapper à la faveur d'un tunnel. D'autres le feront un peu plus tard au cours des quelques kilomètres qui nous séparent de Roquemaure. Schuster immobilise le convoi à l'abri d'une percée rocheuse ; là, il sera protégé des bombardements ; ces derniers jours, nous avons été survolés plusieurs fois par des avions anglais ou américains. Mais, dans cette percée, la Résistance ne nous trouvera pas non plus. Aucun convoi ne peut nous croiser, le trafic ferroviaire est interrompu dans tout le pays. La guerre fait rage et la Libération progresse, pareille à une vague qui recouvre, un peu plus chaque jour, le pays. Puisque la traversée du Rhône est impossible en train, qu'importe, Schuster nous le fera franchir à pied. Après tout, ne dispose-t-il pas de sept cent cinquante esclaves pour transborder les marchandises qui accompagnent les familles de la Gestapo et les soldats qu'il s'est juré de ramener chez eux ?

Ce 18 août, sous un soleil ardent qui brûle le peu de peau que nous ont laissé les puces et les poux, nous marchons en colonne. Nos maigres bras portent des valises allemandes, des caisses de vin que les nazis ont volées à Bordeaux. Une cruauté de plus, pour nous qui crevons de soif. Ceux qui tombent inanimés ne se relèveront pas. Une balle dans la nuque les achève comme on abat des chevaux devenus inutiles. Ceux qui le peuvent, en aident d'autres à se tenir debout. Quand l'un vacille, ses copains l'entourent pour masquer sa chute et le relèvent aussi vite que possible, avant qu'une sentinelle ne s'en aperçoive. Autour de nous, les vignes s'étendent à perte de vue. Elles sont chargées de grappes de raisin que l'été torride a fait mûrir précocement. Nous voudrions les cueillir et faire craquer leurs grains dans nos bouches asséchées, mais seuls les soldats, qui nous hurlent de rester dans le chemin, en remplissent leur casque et les savourent, devant nous.

Et nous passons, tels des fantômes, à quelques mètres des ceps.

Alors je me souviens des paroles de la *Butte Rouge*. Te souviens-tu ? *Ceux qui boiront d'ce vin-là, boiront le sang des copains.*

Dix kilomètres déjà, combien derrière nous gisent dans les fossés ? Quand nous traversons des villages, les gens regardent effarés cette étrange colonne qui avance. Certains veulent nous venir en aide, ils accourent en nous portant de l'eau, mais les nazis les repoussent violemment. Quand les volets d'une maison s'ouvrent, les soldats tirent sur les fenêtres.

Un prisonnier accélère le pas. Il sait qu'en tête de la colonne marche sa femme, descendue d'un des premiers wagons du train. Les pieds en sang, il réussit à la rejoindre et, sans rien dire, lui prend sa valise des mains et la porte à sa place.

Ensemble, les voilà qui marchent côte à côte, enfin réunis, mais sans le droit de se dire qu'ils s'aiment. À peine échangent-ils un sourire, de peur d'y laisser la vie. Qu'en reste-t-il, de leur vie ?

Autre village, dans une courbe, la porte d'une maison s'entrouvre. Les soldats, eux aussi terrassés par la chaleur, sont moins vigilants. Le prisonnier prend la main de sa femme et lui fait signe de se glisser dans l'embrasure, il couvrira sa fuite.

– Vas-y, chuchote-t-il, la voix tremblante.

– Je reste avec toi, lui répond-elle. Je n'ai pas fait tout ce chemin pour te quitter maintenant. Nous rentrerons ensemble, ou pas du tout.

Ils sont morts tous les deux à Dachau.

À la fin de l'après-midi, nous arrivons à Sorgues. Cette fois, ce sont des centaines d'habitants qui nous voient traverser leur bourgade et rejoindre la gare. Les Allemands sont dépassés, Schuster n'avait pas prévu que la population sortirait si nombreuse. Les habitants improvisent des secours. Les soldats ne peuvent les retenir, ils sont débordés. Sur le quai, les villageois apportent des vivres, du vin dont les nazis s'emparent. Profitant de la cohue, certains font évader quelques prisonniers. Ils les recouvrent d'une veste de cheminot, de paysan, leur glissent une cagette de fruits sous le bras, tâchant de les faire passer pour l'un de ceux qui viennent porter secours, et les entraînent loin de la gare avant d'aller les cacher chez eux.

La Résistance, prévenue, avait envisagé une action armée pour libérer le convoi, mais les soldats sont trop nombreux, ce serait un carnage. Désespérés, ils nous regardent embarquer à bord du nouveau train qui nous attend à quai. Si, en montant dans ces wagons, nous avions su que dans huit jours à peine, Sorgues serait libérée par les armées américaines...

*

Le convoi repart à la faveur de la nuit. Un orage éclate, apportant un peu de fraîcheur et quelques gouttes de pluie ; elles ruissellent par les interstices du toit, et nous nous abreuvons.

37.

19 août

Le train file à vive allure. Soudain, les freins crissent et le convoi glisse sur les rails, des gerbes d'étincelles se forment sous les roues. Les Allemands sautent des wagons et se précipitent sur les bas-côtés. Un déluge de balles s'abat sur nos wagons, un ballet d'avions américains tournoie dans le ciel. Leur premier passage a fait un véritable carnage. On se précipite aux lucarnes, agitant des morceaux de tissu, mais les pilotes sont trop haut pour nous voir et déjà, le bruit des moteurs s'amplifie quand les appareils piquent sur nous.

L'instant se fige et je n'entends plus rien. Tout se déroule comme si soudain, le temps ralentissait chacun de nos gestes. Claude me regarde, Charles aussi. Face à nous, Jacques sourit, illuminé, et sa bouche crache une gerbe de sang ; lentement, il tombe à genoux. François se précipite pour le retenir dans sa chute. Il le recueille dans ses bras. Jacques a un trou béant dans le dos ; il voudrait nous dire quelque chose, mais aucun son ne sort de sa gorge. Ses yeux se voilent, François a beau lui retenir la tête, elle glisse sur le côté, maintenant que Jacques est mort.

La joue tachée du sang de son meilleur ami, de celui qui jamais ne l'a quitté pendant ce long trajet, François hurle un « NON » qui envahit l'espace. Et sans que nous puissions le retenir, il se jette à la lucarne, arrache à mains nues les barbelés. Une balle allemande siffle et lui enlève l'oreille. Cette fois, c'est son sang qui coule dans sa nuque, mais rien n'y fait, il s'accroche à la paroi et se faufile au-dehors. À peine retombé sur ses pieds, il se redresse, se précipite vers la porte du wagon et soulève le loquet pour nous laisser sortir.

Je revois encore la silhouette de François se découper dans la lumière du jour. Derrière lui, dans le ciel, les avions qui tournoient et reviennent vers nous, et dans son dos, ce soldat allemand qui vise et tire. Le corps de François est projeté en avant et la moitié de son visage s'épanche sur ma chemise. Son corps sursaute, un ultime tremblement et François rejoint Jacques dans la mort.

Le 19 août, à Pierrelatte, parmi tant d'autres, nous avons perdu deux amis.

*

La locomotive fume de toutes parts. La vapeur s'échappe par ses flancs troués. Le convoi ne repartira pas. Il y a beaucoup de blessés. Un Feldgendarme va chercher un médecin au village. Que peut faire cet homme, désemparé devant ces prisonniers allongés, les entrailles dehors, certains les membres couverts de plaies béantes. Les avions reviennent. Profitant de la panique qui gagne les soldats, Titonel se fait la malle. Les nazis ouvrent le feu sur lui, une balle le transperce, mais il continue sa course à travers champs. Un paysan le recueille et le conduit à l'hôpital de Montélimar.

Le ciel est redevenu calme. Le long de la voie, le médecin de campagne supplie Schuster de lui confier les blessés qu'il peut encore sauver, mais le lieutenant ne veut rien savoir. Le soir, on les charge dans les wagons, au moment même où une nouvelle locomotive arrive de Montélimar.

*

Voilà presque une semaine que les Forces françaises libres et de l'intérieur sont passées à l'offensive. Les nazis sont en déroute, leur retraite commence. Les voies ferrées, comme la nationale 7, font l'objet de violents combats. Les armées américaines, la division blindée du général de Lattre de Tassigny, débarquées en Provence, progressent vers le nord. La vallée du Rhône est une impasse pour Schuster. Mais les Forces françaises se replient pour venir en soutien aux Américains qui visent Grenoble ; ils sont déjà à Sisteron. Hier encore, nous n'aurions eu aucune chance de traverser la vallée, mais momentanément, les Français ont desserré l'étau. Le lieutenant en profite, c'est le moment ou jamais de passer. À Montélimar, le convoi s'arrête en gare, sur la voie où passent les trains qui descendent vers le sud.

Schuster veut se débarrasser au plus vite des morts et les abandonner à la Croix-Rouge.

Richter, chef de la Gestapo de Montélimar, est sur place. Quand la responsable de la Croix-Rouge lui demande de lui remettre aussi les blessés, il refuse catégoriquement.

Alors elle lui tourne le dos et s'en va. Il lui demande où elle va ainsi.

– Si vous ne me laissez pas emmener les blessés avec moi, alors démerdez-vous avec vos cadavres.

Richter et Schuster se consultent, ils finissent par céder et jurent qu'ils reviendront chercher ces prisonniers dès qu'ils seront guéris.

Depuis les lucarnes de nos wagons, nous regardons nos copains partir sur des civières, ceux qui gémissent, ceux qui ne disent plus rien. Les cadavres sont alignés sur le sol de la salle d'attente. Un groupe de cheminots les regarde tristement, ils enlèvent leurs casquettes et leur rendent un dernier hommage. La Croix-Rouge fait évacuer les blessés vers l'hôpital, et pour écarter tout appétit de la part des nazis qui occupent encore la ville de venir en finir avec eux, la responsable de la Croix-Rouge invente qu'ils sont tous atteints du typhus, une maladie terriblement contagieuse.

Pendant que les camionnettes de la Croix-Rouge s'éloignent, on conduit les morts au cimetière.

Parmi les corps allongés dans la fosse, la terre se referme sur les visages de Jacques et de François.

*

20 août

Nous roulons vers Valence. Le train s'arrête dans un tunnel pour se protéger d'une escadrille d'avions. L'oxygène se raréfie au point que nous perdons tous connaissance. Lorsque le convoi entre en gare, une femme profite de la distraction d'un Feldgendarme et brandit un panneau depuis la fenêtre de son logement. On lit dessus : « Paris est encerclé, ayez du courage. »

21 août

Nous traversons Lyon. Quelques heures après notre passage les Forces françaises de l'intérieur incendient les dépôts de carburant de l'aérodrome de Bron. L'état-major allemand abandonne la ville. Le front se rapproche de nous, mais le convoi poursuit sa route. À Chalon, nouvelle halte, la gare est en ruine. Nous croisons les éléments de la Luftwaffe qui remontent vers l'est. Un colonel allemand a bien failli sauver la vie de quelques prisonniers. Il réclame à Schuster deux wagons. Ses soldats et ses armes sont bien plus importants que les épaves humaines en guenilles que le lieutenant garde à son bord. Les deux hommes en viennent presque aux mains, mais Schuster a la dent dure. Il convoiera tous ces juifs, métèques et terroristes jusqu'à Dachau. Aucun d'entre nous ne sera libéré et le convoi repart.

Dans mon wagon, la porte s'ouvre. Trois jeunes soldats allemands aux visages inconnus nous tendent des fromages et la porte aussitôt se referme. Depuis trente-six heures, nous n'avons reçu ni eau ni nourriture. Les copains organisent aussitôt un partage équitable.

À Beaune, la population et la Croix-Rouge nous viennent en aide. On nous apporte de quoi nous ravitailler un peu. Les soldats s'emparent de caisses de bourgogne. Ils s'enivrent, et quand le train repart, ils jouent à tirer à la mitraillette sur les façades des maisons qui bordent la voie.

À peine trente kilomètres parcourus, nous sommes maintenant à Dijon. Une terrible confusion règne dans la gare. Plus aucun train ne peut remonter vers le nord. La bataille du rail fait rage. Les cheminots veulent empêcher le train de repartir. Les bombardements sont incessants. Mais Schuster ne renoncera pas et, malgré les protestations des ouvriers français, la locomotive siffle, ses bielles se remettent en mouvement, et la voilà tractant son terrible cortège.

Elle n'ira pas bien loin, devant, les rails sont déplacés. Les soldats nous font descendre et nous mettent au travail. De déportés, nous voici devenus des forçats. Sous un soleil brûlant, devant les Feldgendarmes qui pointent sur nous leurs fusils, nous reposons les rails que la Résistance avait défaits. Nous serons privés d'eau jusqu'à réparation complète, hurle Schuster debout sur la plate-forme de la locomotive.

*

Dijon est derrière nous. À la tombée du jour, nous voulons croire encore que nous nous en sortirons. Le maquis attaque le train, non sans précautions pour ne pas nous blesser, et aussitôt les soldats allemands ripostent depuis la plate-forme accrochée au bout du convoi, repoussant l'adversaire. Mais le combat reprend, les maquisards nous suivent dans cette course infernale qui nous rapproche inexorablement de la frontière allemande ; une fois que nous l'aurons franchie, nous le savons, nous ne reviendrons pas. Et à chaque kilomètre qui file sous les roues du train, nous nous demandons combien nous séparent encore de l'Allemagne.

De temps à autre, les soldats mitraillent la campagne, ont-ils vu une ombre qui les inquiète ?

23 août

Jamais le voyage n'a été aussi insupportable. Ces derniers jours sont caniculaires. Nous n'avons plus de vivres, plus d'eau. Les paysages que nous parcourons sont dévastés. Deux mois bientôt que nous avons quitté la cour de la prison Saint-Michel, deux mois que le voyage a commencé, et sur nos visages émaciés, nos yeux enfoncés dans leurs orbites voient nos os détailler nos squelettes le long de nos corps décharnés. Ceux qui ont résisté à la folie s'enfoncent dans un profond mutisme. Mon petit frère, avec ses joues creuses, ressemble à un vieillard pourtant, chaque fois que je le regarde, il me sourit.

25 août

Hier, des prisonniers se sont évadés, Nitti et quelques-uns de ses copains ont réussi à desceller des planches, ils ont sauté sur les rails à la faveur de la nuit. Le train venait de passer la gare de Lécourt. On a retrouvé le corps de l'un, coupé en deux, un autre a eu la jambe arrachée, en tout six sont morts. Mais Nitti et quelques autres ont réussi à s'échapper. Nous sommes regroupés autour de Charles. À l'allure à laquelle file le convoi, ce n'est plus qu'une question d'heures avant que nous franchissions la frontière. Les avions ont beau nous survoler souvent, ils ne nous libéreront pas.

– Nous ne pouvons plus compter que sur nous, maugrée Charles.

– On tente le coup ? demande Claude.

Charles me regarde, j'acquiesce d'un signe de tête. Qu'avions-nous à perdre ?

Charles nous détaille son plan. Si nous réussissons à ouvrir quelques lattes du plancher, nous nous laisserons glisser dans le trou. À tour de rôle, les copains retiendront celui qui s'y faufilera. Au signal, ils le lâcheront. Il faudra alors se laisser tomber, les bras le long du corps pour qu'ils ne soient pas hachés sous les roues. Surtout ne pas relever la tête, au risque de se faire décapiter par l'essieu qui arrivera à toute vitesse. Il faudra compter les wagons qui passeront au-dessus de nous, douze, treize peut-être ? Puis attendre, immobile, que la lumière rouge du train s'éloigne avant de se relever. Pour éviter de pousser un cri qui alerterait les soldats sur la plate-forme, celui qui saute s'enfoncera un morceau de tissu dans la bouche. Et pendant que Charles nous fait répéter la manœuvre, un homme se lève et se met à l'ouvrage. De toutes ses forces, il tire sur un clou. Ses doigts glissent sous le métal et tentent de le faire tourner sans relâche. Le temps presse, sommes-nous seulement encore en France ?

Le clou cède. Les mains en sang, l'homme le prend et pioche dans le bois dur ; il tire sur les lattes qui bougent à peine et creuse encore. Les paumes transpercées de toutes parts, il ignore sa douleur et continue sa tâche. Nous voulons l'aider mais il nous repousse. C'est la porte de la liberté qu'il dessine sur le plancher de ce wagon fantôme, et il insiste pour qu'on le laisse faire. L'homme veut bien mourir mais pas pour rien, s'il peut au moins sauver des vies qui le méritent, alors la sienne aura servi à quelque chose. Lui n'a pas été arrêté pour faits de résistance, juste pour quelques larcins, c'est par hasard qu'il s'est retrouvé dans le wagon de la 35e brigade. Alors il nous supplie de le laisser faire, il nous doit bien cela dit-il, en creusant encore et encore.

Maintenant, ses mains ne sont plus que lambeaux de chair, mais le plancher bouge enfin. Armand se précipite et tous, nous l'aidons à arracher une première latte, puis une suivante. Le trou est assez grand pour s'y faufiler. Le vacarme des roues envahit le wagon, les traverses défilent sous nos yeux à toute vitesse. Charles décide de l'ordre dans lequel nous sauterons.

– Toi, Jeannot, tu passes en premier, ensuite Claude, puis Marc, Samuel...

– Pourquoi nous d'abord ?

– Parce que vous êtes les plus jeunes.

Marc, épuisé, nous fait signe d'obéir, Claude ne discute pas.

Il faut nous rhabiller. Enfiler nos vêtements sur nos peaux recouvertes d'abcès est une torture. Armand, qui sautera en neuvième, offre à celui qui a creusé le trou de s'évader avec nous.

– Non, dit-il, je serai celui qui soutiendra le dernier des vôtres à sauter. Il en faut bien un, n'est-ce pas ?

– Vous ne pouvez pas y aller maintenant, dit un autre homme assis contre la paroi. Je connais la distance qui sépare chaque poteau, j'ai compté les secondes entre. Nous roulons au moins à soixante kilomètres à l'heure, vous vous briseriez tous le cou à cette vitesse. Il faut attendre que le convoi ralentisse, quarante à l'heure, c'est le maximum.

L'homme sait de quoi il parle : avant la guerre, il posait des rails de chemin de fer.

– Et si la loco était en queue de convoi et non en tête ? demande Claude.

– Alors, vous y passerez tous, répond l'homme. Il y a aussi le risque que les Allemands aient fixé une barre au bout du dernier wagon, mais c'est un risque à courir.

– Pourquoi auraient-ils fait cela ?

– Pour qu'on ne puisse pas sauter sur les rails, précisément !

Et soudain, alors que nous pesons le pour et le contre, le convoi perd de la vitesse.

– C'est le moment ou jamais, dit l'homme qui posait des voies quand le pays était en paix.

– Vas-y ! dit Claude. Tu sais ce qui nous attend à l'arrivée de toute façon.

Charles et lui me soutiennent par les bras. J'enfonce le morceau de tissu dans ma bouche et mes jambes pénètrent le trou béant. Il faut empêcher mes pieds de toucher la terre avant que les copains ne me donnent le signal, sinon mon corps se retournera, happé et déchiqueté en une seconde. Mon ventre me fait mal, il n'y a plus aucun muscle pour m'aider à tenir cette position.

– Maintenant ! me crie Claude.

Je tombe, le sol heurte mon dos. Ne pas bouger, le vacarme est assourdissant. À quelques centimètres, de part et d'autre, défilent les roues qui sifflent sur les rails. Chaque essieu me frôle, je sens le souffle de l'air qu'il déplace et l'odeur du métal. Compter les wagons, mon cœur bat si fort dans ma poitrine. Encore trois, peut-être quatre ? Claude a-t-il déjà sauté ? Je veux pouvoir le serrer encore une fois dans mes bras, lui dire qu'il est mon frère, que sans lui, jamais je n'aurais survécu, jamais je n'aurais pu mener ce combat.

Le vacarme s'interrompt et j'entends le train s'éloigner alors que la nuit m'entoure. Est-ce enfin l'air de la liberté que je respire ?

Au loin, la lanterne rouge du convoi s'étiole et disparaît dans la courbe des rails. Je suis en vie ; dans le ciel, la lune est pleine.

– À ton tour, ordonne Charles.

Claude enfonce le mouchoir dans sa bouche et ses jambes glissent entre les planches. Mais les copains le remontent aussitôt. Le train oscille, est-il en train de s'arrêter ? Fausse alerte. Il passait sur un petit pont en mauvais état. On reprend la manœuvre et cette fois, le visage de Claude disparaît.

Armand se retourne, Marc est trop épuisé pour sauter.

– Reprends des forces, je fais passer les autres et nous passerons ensuite.

Marc acquiesce d'un signe de la tête. Samuel saute, Armand est le dernier qui s'engouffre dans le trou. Marc n'a pas voulu y aller. L'homme qui a creusé dans le plancher le porte.

– Vas-y, qu'as-tu à perdre ?

Alors, Marc se décide enfin. Il s'abandonne et glisse à son tour. Le convoi freine brusquement. Les Feldgendarmes en descendent aussitôt. Tapi entre deux traverses, il les voit venir vers lui, ses jambes n'ont plus la force de l'aider à fuir et les soldats le cueillent. Ils le ramènent vers un wagon. En route, ils le tabassent si fort qu'il en perd connaissance.

Armand est resté accroché aux essieux pour échapper aux lampes des soldats qui font la ronde à la recherche d'autres évadés. Le temps passe. Il sent ses bras qui vont lâcher. Si près du but, c'est impossible, alors il résiste ; je te l'ai dit, nous n'avons jamais renoncé. Et soudain, le convoi s'ébranle. Le copain attend qu'il reprenne un peu de vitesse et se laisse tomber sur la voie. Et il est le dernier à voir le fanion rouge s'éteindre au loin.

Voilà peut-être une demi-heure que le train a disparu. Comme nous en étions convenus, je remonte la voie ferrée, à la rencontre des copains. Claude a-t-il survécu ? Sommes-nous en Allemagne ?

Devant moi se profile un petit pont, gardé par une sentinelle allemande. C'est celui où mon frère avait failli sauter, juste avant que Charles ne le retienne. Le soldat de faction fredonne *Lili Marlene*. Voilà qui semble répondre à l'une des deux questions qui me hantent ; l'autre concerne mon frère. Le seul moyen de franchir cet obstacle est de glisser sur l'une des poutres qui soutiennent le tablier du pont. Suspendu dans le vide, j'avance dans la nuit claire, redoutant à chaque instant que l'on me surprenne.

*

J'ai marché si longtemps que je ne peux plus compter mes pas, ni les traverses de la voie que je longe. Et devant moi, toujours ce silence et pas âme qui vive. Suis-je le seul à avoir survécu ? Tous les copains sont-ils morts ? « Vous avez une chance sur cinq de vous en sortir », avait dit l'ancien poseur de rails. Et mon frère, bon sang ? Pas ça ! Tuez-moi sur-le-champ mais pas lui. Il ne lui arrivera rien, je le ramènerai, je l'ai juré à maman, dans le pire de mes rêves. Je croyais ne plus avoir de larmes, plus jamais de raison de pleurer, et pourtant, à genoux au milieu des rails, seul dans cette campagne déserte, je te l'avoue, j'ai pleuré comme un gosse. Sans mon petit frère, à quoi servait la liberté ? La voie s'étend dans le lointain et Claude n'est nulle part.

Un frémissement dans un buisson me fait tourner la tête.

– Bon, tu veux bien arrêter de chialer et venir me donner un coup de main ? Ça fait un mal de chien ces épines.

Claude, la tête en bas, est prisonnier d'un bosquet de ronces. Comment a-t-il fait son coup pour se mettre dans cette situation ?

– Libère-moi d'abord et je t'expliquerai ensuite ! râle-t-il.

Et pendant que je l'extirpe des branchages qui le retiennent, je vois la silhouette de Charles qui marche en titubant vers nous.

Le train avait disparu pour toujours. Charles pleurait un peu, nous serrant dans ses bras. Claude essayait d'enlever du mieux qu'il le pouvait les épines fichées dans ses cuisses. Samuel se tenait la nuque, masquant une méchante blessure qu'il s'était faite en sautant. Nous ne savions toujours pas si nous étions en France ou déjà en terre allemande.

Charles nous fait remarquer que nous sommes à découvert et qu'il serait temps de sortir d'ici. Nous gagnons un petit bois, portant Samuel que ses forces abandonnent, et attendons cachés derrière des arbres la venue du jour.

38.

26 août

L'aube se lève. Samuel a perdu beaucoup de sang au cours de la nuit.

Pendant que les autres dorment encore, je l'entends gémir. Il m'appelle, je m'approche de lui. Son visage est blafard.

– Quelle connerie, si près du but ! murmure-t-il.

– De quoi tu parles ?

– Ne fais pas le con, Jeannot, je vais y passer, je ne sens déjà plus mes jambes, et j'ai tellement froid.

Ses lèvres sont violettes, il grelotte, alors je le serre dans mes bras pour le réchauffer du mieux que je le peux.

– C'était quand même une sacrée évasion, n'est-ce pas ?

– Oui, Samuel, c'était une sacrée évasion.

– Tu sens comme l'air est bon ?

– Garde tes forces, mon vieux.

– Pour en faire quoi ? Ce n'est plus qu'une question d'heures pour moi. Jeannot, il faudra un jour que tu racontes notre histoire. Il ne faut pas qu'elle disparaisse comme moi.

– Tais-toi, Samuel, tu dis des bêtises et je ne sais pas raconter les histoires.

– Écoute-moi, Jeannot, si toi tu n'y arrives pas, alors tes enfants le feront à ta place, il faudra que tu le leur demandes. Jure-le-moi.

– Quels enfants ?

– Tu verras, poursuit Samuel dans un délire halluciné. Plus tard tu en auras, un, deux, ou plus je ne sais pas, je n'ai plus vraiment le temps de compter. Alors il faudra que tu leur demandes quelque chose de ma part, que tu leur dises que cela compte beaucoup pour moi. C'est un peu comme s'ils tenaient une promesse que leur père aurait faite dans un passé qui n'existera plus. Parce que ce passé de guerre n'existera plus, tu verras. Tu leur diras de raconter notre histoire, dans leur monde libre. Que nous nous sommes battus pour eux. Tu leur apprendras que rien ne compte plus sur cette terre que cette putain de liberté capable de se soumettre au plus offrant. Tu leur diras aussi que cette grande salope aime l'amour des hommes, et que toujours elle échappera à ceux qui veulent l'emprisonner, qu'elle ira toujours donner la victoire à celui qui la respecte sans jamais espérer la garder dans son lit. Dis-leur, Jeannot, dis-leur de raconter tout cela de ma part, avec leurs mots à eux, ceux de leur époque. Les miens ne sont faits que des accents de mon pays, du sang que j'ai dans la bouche et sur les mains.

– Arrête, Samuel, tu t'épuises pour rien.

– Jeannot, fais-moi cette promesse : jure-moi qu'un jour tu aimeras. J'aurais tant voulu pouvoir le faire, tant voulu pouvoir aimer. Promets-moi que tu porteras un enfant dans tes bras et que dans le premier regard de vie que tu lui donneras, dans ce regard de père, tu mettras un peu de ma liberté. Alors, si tu le fais, il restera quelque chose de moi sur cette foutue terre.

J'ai promis et Samuel est mort au lever du jour. Il a inspiré très fort, le sang a coulé de sa bouche, et puis j'ai vu sa mâchoire se crisper tant la douleur était violente. La plaie à son cou était devenue parme. Elle est restée ainsi. Je crois que sous la terre qui le recouvre, dans ce champ de la Haute-Marne, un peu de pourpre résiste au temps, et à l'absurdité des hommes.

*

Au milieu de la journée, nous avons aperçu au loin un paysan qui avançait dans son champ. Dans notre état, affamés et blessés, nous ne pourrions plus tenir longtemps. Après concertation, nous avons décidé que j'irais à sa rencontre. S'il était allemand, je lèverais les bras en l'air, les copains resteraient cachés dans le petit bois.

Alors que je marchais vers lui, je ne savais pas lequel des deux effrayerait le plus l'autre. Moi, en guenilles, en habits de fantôme, ou lui dont j'ignorais encore la langue dans laquelle il me parlerait.

— Je suis un prisonnier évadé d'un train de déportation et j'ai besoin d'aide, ai-je crié en lui tendant la main.

— Vous êtes tout seul ? m'a-t-il demandé.

— Alors vous êtes français ?

— Bien sûr que je suis français, pardi ! Quelle question ! Allez, venez, je vous emmène à la ferme, a dit le fermier effaré, vous êtes dans un sale état !

J'ai fait signe aux copains qui ont accouru aussitôt.

*

Nous étions le 26 août 1944, et nous étions sauvés.

39.

Marc a repris connaissance trois jours après notre évasion, le convoi conduit par Schuster entrait dans le camp de la mort de Dachau, sa destination finale qu'il a atteinte le 28 août 1944.

Des sept cents prisonniers qui avaient pourtant survécu au terrible voyage, à peine une poignée échappèrent à la mort.

Alors que les troupes alliées reprenaient le contrôle du pays, Claude et moi avons récupéré une voiture abandonnée par les Allemands. Nous avons remonté les lignes et sommes partis vers Montélimar chercher les corps de Jacques et de François pour les ramener à leurs familles.

Dix mois plus tard, un matin du printemps 1945, derrière les grilles du camp de Ravensbrück, Osna, Damira, Marianne et Sophie virent arriver les camions de la Croix-Rouge qui venaient les libérer. Peu de temps avant, à Dachau, Marc qui avait survécu avait été libéré lui aussi.

Claude et moi n'avons jamais revu nos parents.

*

Nous avions sauté du train fantôme le 25 août 1944, ce jour même où Paris était libéré.

Les jours suivants, le fermier et sa famille nous prodiguèrent des soins. Je me souviens de ce soir où ils nous préparèrent une omelette. Charles nous regardait en silence ; le visage des copains attablés dans la petite gare de Loubers revenait à nos mémoires.

*

Un matin, mon frère me réveilla.

– Viens, me dit-il en me tirant du lit.

Je le suivis à l'extérieur de la grange où Charles et les autres dormaient encore.

Nous avons marché ainsi, côte à côte, sans parler, jusqu'à nous retrouver au milieu d'un grand champ de chaumes.

– Regarde, me dit Claude en me tenant la main.

Les colonnes de chars américains et ceux de la division Leclerc convergeaient au loin vers l'est. La France était libérée.

Jacques avait raison, le printemps était revenu... et j'ai senti la main de mon petit frère qui serrait la mienne.

Dans ce champ de chaumes, mon petit frère et moi étions et resterions à jamais deux enfants de la liberté, égarés parmi soixante millions de morts.

Épilogue

Un matin de septembre 1974, j'allais avoir dix-huit ans, maman entra dans ma chambre. Le soleil était à peine levé et elle m'annonça que je n'irais pas au lycée.

Je me redressai dans mon lit. Cette année-là, je préparais mon bac et m'étonnai que ma mère me propose de sécher les cours. Elle partait avec papa pour la journée et souhaitait que ma sœur et moi soyons du voyage. J'ai demandé où nous allions, maman m'a regardé avec ce sourire qui ne la quittait jamais.

– Si tu le lui demandes, peut-être que ton père te parlera en route d'une histoire qu'il n'a jamais voulu vous raconter.

Nous sommes arrivés à Toulouse au milieu de la journée. Une voiture nous attendait à la gare et nous conduisit jusqu'au grand stade de la ville.

Alors que ma sœur et moi prenions place sur les gradins presque déserts, mon père et son frère, accompagnés de quelques hommes et femmes, descendaient les marches, se dirigeant vers une estrade dressée au milieu de la pelouse. Ils s'y alignèrent en rang, un ministre avança vers eux et prononça un discours :

« En novembre 1942, la Main-d'œuvre immigrée du Sud-Ouest se constitua en mouvement de résistance militaire pour former la 35e brigade FTP-MOI.

Juifs, ouvriers, paysans, pour la plupart immigrés hongrois, tchèques, polonais, roumains, italiens, yougoslaves, ils étaient plusieurs centaines à participer à la libération de Toulouse, de Montauban, d'Agen ; ils étaient de tous les combats pour bouter l'ennemi hors de la Haute-Garonne, du Tarn, du Tarn-et-Garonne, de l'Ariège, du Gers, des Basses et Hautes-Pyrénées.

Nombre d'entre eux ont été déportés ou ont laissé leur vie, à l'image de leur chef Marcel Langer...

Traqués, misérables, sortis de l'oubli, ils étaient le symbole de la fraternité forgée dans le tourment né de la division, mais aussi symbole de l'engagement des femmes, des enfants et des hommes qui contribuèrent à ce que notre pays, livré en otage aux nazis, sortît lentement de son silence pour renaître enfin à la vie...

Ce combat condamné par les lois alors en vigueur fut glorieux. Il fut le temps où l'individu dépasse sa propre condition en connaissant le mépris des blessures, les tortures, la déportation et la mort.

Il est de notre devoir d'enseigner à nos enfants combien il était porteur de valeurs essentielles, combien il mérite en raison du lourd tribut payé à la liberté d'être inscrit dans la mémoire de la République française. »

Le ministre accrocha une médaille au revers de leurs vestes. Alors qu'arrivait le tour d'être décoré de l'un d'entre eux qui dénotait par la rousseur de ses cheveux, un homme monta sur l'estrade. Il portait un costume bleu marine de la Royal Air

Force et une casquette blanche. Il s'approcha de celui qui, en d'autres temps, se prénommait Jeannot et le salua lentement comme on salue un soldat. Alors, les yeux d'un ancien pilote et ceux d'un ancien déporté se croisèrent à nouveau.

*

À peine descendu de l'estrade, mon père a ôté sa médaille et l'a rangée dans la poche de sa veste. Il est venu vers moi, m'a pris sous son épaule et a murmuré « Viens, il faut que je te présente aux copains, et puis nous rentrerons à la maison ».

*

Le soir, dans ce train qui nous ramenait vers Paris, je l'ai surpris, regardant défiler la campagne, muré dans son silence. Sa main traînait sur la tablette qui nous séparait. Je l'ai recouverte de la mienne, cela n'était pas rien, nous ne nous touchions pas beaucoup lui et moi. Il n'a pas détourné la tête, mais j'ai pu voir, dans la fenêtre, les reflets de son sourire. Je lui ai demandé pourquoi il ne m'avait pas raconté tout cela plus tôt, pourquoi avoir attendu tout ce temps.

Il a haussé les épaules.

– Qu'est-ce que tu voulais que je te dise ?

Moi, je pensais que j'aurais voulu savoir qu'il était Jeannot, j'aurais voulu porter son histoire sous mon habit d'école.

– Beaucoup de copains sont tombés sous ces rails, nous avons tué. Plus tard, je veux juste que tu te souviennes que je suis ton père.

Et, bien plus tard, j'ai compris qu'il avait voulu peupler mon enfance d'une autre que la sienne.

Maman ne le quittait pas des yeux. Elle a posé un baiser sur ses lèvres. Aux regards qu'ils échangeaient, nous devinions ma sœur et moi comme ils s'aimaient depuis le premier jour.

Me reviennent les dernières paroles de Samuel.

Jeannot a tenu sa promesse.

Voilà, mon amour. Cet homme accoudé au comptoir du café des Tourneurs et qui te sourit dans son élégance, c'est mon père.

Sous cette terre de France, reposent ses copains.

Chaque fois qu'ici ou là j'entends quelqu'un exprimer ses idées au milieu d'un monde libre, je pense à eux.

Alors je me souviens que le mot « Étranger » est une des plus belles promesses du monde, une promesse en couleurs, belle comme la Liberté.

Je n'aurais jamais pu écrire ce livre sans les témoignages et récits recueillis dans *Une histoire vraie* (Claude et Raymond Levy, Les Éditeurs Français Réunis), *La Vie des Français sous l'Occupation* (Henri Amouroux, Fayard), *Les Parias de la Résistance* (Claude Levy, Calmann-Lévy), *Ni travail, ni famille, ni patrie – Journal d'une brigade FTP-MOI, Toulouse, 1942-1944* (Gérard de Verbizier, Calmann-Lévy), *L'Odyssée du train fantôme. 3 juillet 1944 : une page de notre histoire* (Jürg Altwegg, Robert Laffont), *Schwartzenmurtz ou l'Esprit de parti* (Raymond Levy, Albin Michel) et *Le Train fantôme – Toulouse-Bordeaux, Sorgues-Dachau* (Études Sorguaises).

Le discours de la pages 366 a été prononcé par M. Charles Hernu, ministre des Armées, à Toulouse, le 24 septembre 1983.

Remerciements

Emmanuelle Hardouin

Raymond et Danièle Levy, Lorraine Levy, Claude Levy

Claude et Paulette Urman

Pauline Lévêque

Nicole Lattès, Leonello Brandolini, Brigitte Lannaud, Antoine Caro, Lydie Leroy, Anne-Marie Lenfant, Élisabeth Villeneuve, Brigitte et Sarah Forissier, Tine Gerber, Marie Dubois, Brigitte Strauss, Serge Bovet, Céline Ducournau, Aude de Margerie, Arié Sberro, Sylvie Bardeau et toutes les équipes des Éditions Robert Laffont

Laurent Zahut et Marc Mehenni

Léonard Anthony

Éric Brame, Kamel Berkane, Philippe Guez

Katrin Hodapp, Mark Kessler, Marie Garnero, Marion Millet, Johanna Krawczyk

Pauline Normand, Marie-Ève Provost

et

Susanna Lea et Antoine Audouard

Retrouvez toute

l'actualité de Marc Levy sur :

www.marclevy.info

**www.facebook.com/
marc.levy.fanpage**

POCKET N° 16344

Une
histoire
d'amour
insolite et
bouleversante.

Marc LEVY
ET SI C'ÉTAIT VRAI...

En rentrant dans son nouvel appartement Arthur découvre une femme dans le placard de sa salle de bains. Elle s'étonne qu'il puisse la voir, disparaît et réaparaît à sa guise, et prétend de surcroit être plongée dans un profond coma à l'autre bout de la ville. Doit-il lui faire consulter un psychiatre ? en consulter un lui-même ? ou au contraire, se laisser entraîner dans une extravagante aventure ?
Et si c'était vrai ?...

> « Fraîcheur et originalité, chargé d'émotions
> et de rebondissements. »
> *Point de vue*

Retrouvez toute l'actualité de Marc Levy sur :
www.marclevy.info
www.facebook.com/marc.levy.fanpage

POCKET N° 14410

Un grand roman d'aventures, doublé d'une histoire d'amour.

Marc LEVY

LE PREMIER JOUR

Où commence la vie ? Où est née la première aube ? Ces questions, Keira et Adrian se les posent depuis toujours, chacun de son côté. Elle est archéologue, il est astrophysicien. Lorsque Keira découvre un étrange objet dans un volcan éteint, elle pense détenir la preuve qui bouleversera tout ce que l'on croit savoir de la naissance de l'humanité. Des hauts plateaux chiliens, jusqu'au Tibet, en passant par Londres et la Birmanie, le jeu de piste ne fait que commencer… et il n'est pas sans dangers.

« C'est un bonheur de lecture. »
Pierre Vavasseur - *Le Parisien*

Retrouvez toute l'actualité de Marc Levy sur :
www.marclevy.info
www.facebook.com/marc.levy.fanpage

POCKET N° 13840

Un père,
sa fille.
Tout les sépare,
tout les rapproche.

Marc LEVY

TOUTES CES CHOSES
QU'ON NE S'EST PAS
DITES

Quelques jours avant son mariage, Julia reçoit un appel téléphonique du secrétaire particulier de son père : comme elle l'avait pressenti, Anthony Walsh, homme d'affaires brillant, et père distant, ne pourra pas assister à la cérémonie. Mais pour une fois, Julia doit reconnaître qu'il a une excuse irréprochable : il est mort. Le lendemain de l'enterrement, Julia découvre que son père lui réserve une autre surprise. Le voyage le plus extraordinaire de sa vie… et peut-être l'occasion pour un père et sa fille de se dire, enfin, toutes les choses qu'ils ne se sont pas dites.

« Ce roman se dévore au pas de course. »
Direct Soir

Retrouvez toute l'actualité de Marc Levy sur :
www.marclevy.info
www.facebook.com/marc.levy.fanpage

POCKET N° 16314

Il y a des **rêves** et des **amours** qui ne s'éteignent jamais.

Marc LEVY
UNE AUTRE IDÉE DU BONHEUR

Philadelphie, premiers jours du printemps. Milly mène une vie réglée comme du papier à musique. S'il lui arrive de rêver que le destin frappe à sa porte, elle ne s'attendait pas à ce qu'il prenne cette forme-là : Agatha, trente ans de plus qu'elle, tout juste évadée de prison, la prend en otage à bord de sa propre voiture, et lui ordonne de la conduire à l'autre bout du pays. Un revolver pointé sur elle, Milly n'a pas le choix. Embarquée dans une cavale à travers les États-Unis, elle devra affronter bien davantage que les limiers du FBI : ses propres certitudes…

« Une formidable histoire d'amour et d'amitié. »
Paris Match

Retrouvez toute l'actualité de Marc Levy sur :
www.marclevy.info
www.facebook.com/marc.levy.fanpage

Imprimé en France par CPI
en octobre 2018
N° d'impression : 3030809

POCKET – 12, avenue d'Italie – 75627 Paris Cedex 13

Dépôt légal : octobre 2009
Nouveau tirage, dépôt légal : octobre 2018
S29065/01